Marc Kayser

Das Phantom vom Pfaffenteich

© Uwe Tölle

Marc Kayser, geboren und aufgewachsen in Potsdam, volontierte bei der *Süddeutschen Zeitung*, schrieb unter anderem für *Die Zeit* und *Die Weltwoche* in Zürich. Er publizierte zwei Politthriller im Heyne Verlag, einen Kriminalroman bei Hinstorff, war Mitautor dreier Sachbücher, unter anderem gemeinsam mit Igor Maximytschew *Russland begreifen* (edition berolina, 2018), und veröffentlichte verschiedene Reisedokumentationen. Parallel zu seiner Tätigkeit als Autor arbeitet er als Manager für Public Relations. Zuletzt erschienen bei Bild und Heimat: *Große Freiheit Ost* (2015), *Ein Wochenende mit Tucholsky* (2017) und die Schwerin-Krimis *Die Rache des Petermännchens* (2017) und *Der Schatten aus dem Ramper Moor* (2019). Mehr über den Autor: www.marckayser.com

Marc Kayser

Das Phantom vom Pfaffenteich

Ein Schwerin-Krimi

Bild und Heimat

ISBN 978-3-95958-245-2

1. Auflage

Umschlaggestaltung: fuxbux, Berlin
Umschlagabbildung: © Tijs Huisman
Druck und Bindung: GGP Media GmbH, Pößneck

Ein Verlagsverzeichnis schicken wir Ihnen gern:
BEBUG mbH / Verlag Bild und Heimat
Alexanderstr. 1
10178 Berlin
Tel. 030 / 206 109 – 0

www.bild-und-heimat.de

Der Inhalt dieses Buches ist ein Produkt meiner Fantasie. Jede noch so winzige Ähnlichkeit mit lebenden oder verstorbenen Personen ist unbeabsichtigt und wäre rein spekulativ.

Für Kolja Kareem

Und er sprach: … von innen, aus dem Herzen der Menschen, kommen heraus die bösen Gedanken, Unzucht, Diebstahl, Mord, Ehebruch, Habgier, Bosheit, Arglist, Ausschweifung, Missgunst, Lästerung, Hochmut, Unvernunft. All dies Böse kommt von innen heraus …

Aus: Das Evangelium nach Markus, 7, 20–23 (65–70 n. Chr.)

Mord ist der Wollust nah wie Rauch dem Feuer.

William Shakespeare (1564–1616)

Teil I

1

Schwerin, Anfang Dezember 2008

»Am friedlichsten sind doch die Menschen, wenn sie tot sind«, raunte der schlanke, hochgewachsene Mann und grinste hässlich dabei, während er weiter im Stehen mit dem Kaffeesieb eines in die Jahre gekommenen Espressoautomaten hantierte. Das Gerät stand auf einer Küchenanrichte, deren Holzoberfläche durch Wasserflecken rissig, grau und unansehnlich geworden war. Neben dem Möbel lehnte ein schwerer Teppichklopfer aus Metall an der Küchenwand. Sein Fuß stand auf einem gefalteten, weißen Laken. Er wirkte in seinem Design, wie aus der Zeit gefallen. Er war etwa einen Meter lang mit einer Schlagfläche aus einer eisernen Gitterstruktur. Der obere Teil seines Schaftes, der aussah, als sei er nur grob an die Schlagfläche angeschweißt worden, war blutverschmiert, so wie auch Teile des Gitters. Einzelne Blutstropfen waren zudem auf dem weißen Leinen sichtbar. Fliegen machten sich an dem Teppichklopfer zu schaffen, rannten mit ihren kurzen Beinchen über die Blutkrusten, unbemerkt von dem Mann, der sich einen kleinen Schwarzen gebraut hatte und jetzt vorsichtig trank.

Der Mann schien höchstens Anfang dreißig zu sein, trug sein Haar an den Seiten kurzrasiert, während ihm vom Scheitel lange dunkle Strähnen in Richtung Ohren fielen. Auffällig war sein kleiner silberner Ring im linken Ohrläppchen. Er war ein eher südeuropäischer Typ vom Schlag verführerischer Musiker, der auf der Bühne über seinem Instrument kauerte, dabei verklärt blickte, ein wenig schwitzte und bei seinem vor allem weiblichen Publikum Begehrlichkeiten nach Nähe weckte. Er trug eine eng anliegende blaue Jeans, ein rotschwarz kariertes Baumwollhemd und weiße Turnschuhe. Durch das halbgeöffnete Küchenfenster strömte eiskalte Luft hinein.

Ein Geräusch wie ein tropfender Wasserhahn ertönte. Der Mann blickte auf seine Armbanduhr. Neunzehn Uhr.

Er zog einen abgewetzten Holzstuhl zu sich heran, ließ sich nieder, die Espressotasse in der Hand, und fixierte mit seinen Augen das Fenster, das zum Hof hinausging. Den Obstbaum und die Kastanie sah er nur schemenhaft, dafür umso deutlicher seine abgewetzte Bank, die er sich vor das Fenster gestellt hatte. Sie war stark mit Vogelkot verunreinigt. Der Mann vom Typ Verführer schluckte den Rest seines Gebräus in einem Zug hinunter, erhob sich abrupt und schlenderte zu einem ebenso fleckigen kleinen Holztisch, auf dem Notenblätter für Melodieläufe einer Konzertgitarre lagen. Er warf einen kurzen Blick darauf, wandte sich aber ab, stellte die leere Espressotasse in die Spüle und verließ mit energischen Schritten die Küche.

Vom sich anschließenden Flur, der wie ein schmaler und hoher Tunnel wirkte, ging von den Wänden jeweils eine Tür ab, eine nach links, eine nach rechts und eine Ausgangstür vor die im Erdgeschoss liegende Wohnung. Sie waren alle verschlossen und gut sichtbar. Nur die rechte Tür, von wo aus eine Treppe in die Tiefe führte, war gut getarnt und verbarg sich hinter einem mannshohen Spiegel, der mit einem seitlichen Mechanismus aufklappbar war und erst dann den Gang in die Tiefe freigab. Der Mann betätigte den Mechanismus, trat auf die erste Stufe und verzog angewidert sein Gesicht. Es roch nicht gut.

Er knipste auf den Lichtschalter im Innern des engen Treppenabstiegs und setzte vorsichtig einen Fuß vor den anderen. Unten angelangt, befand er sich in einem großen Kellerraum mit Fenster, das allerdings vergittert und von innen mit einer Jalousie versehen war. Er drückte abermals einen Lichtschalter. Der Mann verharrte einen kurzen Moment und betrachtete mit interessiertem Gesichtsausdruck ein beinahe nacktes Mädchen, das sich regungslos und in verkrümmter Seitenlage vor ihm auf einem ausladend großen Bett befand. Ihre Augen waren verschlossen, ihre Haut schimmerte bläulich, ihr Gesicht fahl und ohne Leben. Ihr Hinterkopf existierte nicht mehr in seiner ursprünglichen Form. Teile ihres Hirns waren ausgetreten und lagen – wie in einer bizarren Ausstellung nekromantischer Kunst – auf dem Kingsize-Bett mit beachtlichen Ausmaßen. Davor stand ein leeres Kamerastativ. Der Mann wandte sich schnell wieder ab und einem langgezogenen Wandregal zu, in dem neben allerlei Werkzeug auch eine in Folie eingeschlagene mächtig wirkende Teppichrolle lag.

Er zerrte und zog an der Verpackung, bis sie samt Inhalt zu Boden fiel. Der Mann schnitt mit einem Tapetenmesser aus seinem Werkzeugsammelsurium drei Verschnürungen durch, hievte den kunstvoll geknüpften Bodenbelag zur Seite, bis er völlig frei und aufgeschlagen vor ihm lag.

»Müsste passen«, murmelte er. In der Regalreihe darüber lagerten neben einem Verbandskasten auch mehrere Packungen mit blauen, puderfreien Nitril-Handschuhen. Er streifte sich ein Paar davon über die Hände.

Er wandte sich erneut der Leiche zu und betrachtete sie sich noch einmal in einer Weise, als wollte er von ihr Abschied nehmen. Sie war vollständig entkleidet bis auf einen schmalen lachsfarbenen Slip, der allerdings am Bund wie von einer groben Hand aufgerissen und an einigen Stellen blutbefleckt war. Er beugte sich über sie, verzog dabei seine Nase, streifte mit einer Hand ihren Slip leicht hinunter, verharrte einen Moment beim Anblick ihrer verletzten Vulva und schluckte hörbar. Auch an dieser Stelle ihres Körpers hatte Gewalt sichtbar ihr Werk getan.

»Du hättest nicht so hochmütig sein sollen«, murmelte er in einem Ton, als sei die Tote zu ihren Lebzeiten eine ehemalige Vertraute von ihm gewesen. »War ich nicht furchtbar freundlich zu dir? Warst du es nicht, die mir Bilder ihrer Titten und ihrer Muschi geschickt hat? Ich gab dir eine Chance! Aber du hast sie nicht ergriffen. Mit mehr Achtung, Mädchen, für meine *Bedürfnisse* würdest du vielleicht noch leben. Vielleicht.«

Er hielt noch weitere Momente inne, doch dann riss er sich von seinem Anblick los, packte das tote Mädchen an den Schultern, drehte es auf den Rücken und griff dann grob unter ihre Arme. Mit einem starken Ruck zog er den leblosen Körper vom Bett, hievte ihn an den Rand des Teppichs, drehte ihn mit wenigen Handgriffen auf den Bauch und schnürte die Leiche dann sorgsam in den Teppich ein. Er begutachtete ausgiebig sein Werk, zog die Bettwäsche von seiner Liegestatt ab, klemmte sie sich unter den Arm und eilte aus dem Kellergeschoss nach oben. Im Flur griff er nach einer dunkelblauen Wattejacke, streifte sich eine schwarze Wollmütze über, langte nach seinem Autoschlüssel, warf einen kurzen Blick in den Spiegel an der Wand neben der Tür und verließ – samt der blutbefleckten Bettwäsche – seine beinahe ebenerdig liegende Wohnung. Wegen der teils vereisten Straße manövrierte er sein Auto vorsichtig rückwärts auf den Gehsteig. Die Straße schien völlig unbelebt und ruhig. Hinter den Fenstern anderer Wohnungen brannte zwar Licht; doch bei dieser Kälte streckte niemand sein Gesicht hinaus. Er stellte seinen Kombi so ab, dass der Kofferraum mit seiner geöffneten Klappe beinahe den Hauseingang, der sich mittels zweier Flügeltüren weit öffnen ließ, berührte.

Nur einige Minuten später kehrte er in seine Wohnung zurück, eilte die Stufen hinunter in den Keller, packte grob nach der Leiche im Teppich und stieg, mit dem langen Bündel über der rechten Schulter, die Treppe wieder hinauf in den Flur.

Vorsichtig wie ein Wolf auf Jagd bugsierte der Mörder das

tote Mädchen durch die Heckklappe in seinen Kombi hinein und schlug die Tür zu. Er setzte sich ans Steuer und fuhr gemächlich und ohne auffällige Motorengeräusche davon.

2

Schwerin, im März 2012, drei Jahre und dreieinhalb Monate später

Die Frau, die in ihrer legeren Jeans, einer weißen Bluse mit roten Knöpfen und rustikalen flachen Lederschuhen etwas verlegen vor den zweiundzwanzig Mitarbeitern des Kommissariats für Gewalt- und Schwerkriminalität stand, hielt ein Blatt Papier in den Händen, das mit einer kleinen Schrift eng beschrieben war. Sie blies sich eine Strähne ihrer wildgelockten Haare aus der Stirn. Sommersprossen betupften ihren Nasenrücken, ihre leuchtend grünen Augen bildeten einen hübschen Kontrast zu ihren dunklen Augenbrauen. Jetzt hielt sie ihr Blatt Papier in die Höhe wie ein Fähnchen auf einer Demonstration. »Kurze Rede, liebe, neue Kolleginnen und Kollegen, und dann mache ich meinen Job als Kommissarin.« Die Angesprochenen applaudierten knapp. Die Kommissarin blieb, wo sie bis eben auch gestanden hatte, warf noch einmal einen kurzen Blick auf ihren Zettel und sagte dann:

»Ich bin zweiunddreißig, bin eine Frau – dazu heiße ich auch noch Eva – und Single, und Sie können mir glauben, ich lebe dennoch nicht nur von meiner Arbeit allein. Meine berufsbiografischen Stationen kann man im Intranet der Behörde nachlesen, deshalb überspringe ich die jetzt mal. Aber eines sollten hier alle über mich wissen: Ich kann raubeinig sein, meine Waffe ist nicht die Pistole, sondern der Verstand, und wer mit mir gut auskommen will, der lässt mich ausreden, wenn ich etwas Wichtiges zu sagen habe.«

Die Kommissarin nahm die vor ihr stehenden, männlichen Kollegen in den Blick.

»Ich betone dies, weil ich einerseits von der faszinierenden Wirkung von Testosteron begeistert bin«, sie grinste jetzt mehrdeutig, »andererseits möchte ich meine Energien vorwiegend auf die Ermittlung von Mördern und Gewaltverbrechern legen und nicht darauf, Diskussionen oder Auseinandersetzungen mit meinen männlichen Mitstreitern darüber zu führen, wer in einer Untersuchung die dickeren Eier hat.«

Eva Lindenthal ließ ihre Worte wirken.

Einige der Männer, die sie im Blick hatte, scharrten mit ihren Sohlen auf dem sandfarbenen, harten Sisalteppich, der hier überall ausgelegt war. Es lag eine knisternde Spannung im Raum.

»Und noch etwas: Ich halte meine Gedanken für schneller als jeden Schuss aus einer Waffe, den vielleicht der eine oder andere hier im Raum gern abgibt. Also langweilen Sie mich nicht mit der Theorie, dass ein Ermittler waffentechnisch mindestens so gut ausgerüstet sein müsse wie der Gangster gegenüber. Meine Theorie ist: Er oder sie weiß nicht, wie gut oder wie anders ich ausgerüstet bin. Einzig mit meinem Verstand muss ich besser sein als mein Gegenüber, das sich sicher und unerkannt wähnt.«

»Gut gesagt, Eva!«, rief aus der dritten Reihe ein schon betagterer Mann mit gepflegtem Haarschnitt, grauen Schläfen, Zweireiher und blitzenden Lacklederschuhen.

»Danke, Herr Timmermann«, ließ sich Eva Lindenthal vernehmen, »es ist gut, vom Chef der Abteilung Unterstützung zu haben. Aber worin genau unterstützen Sie mich?«

Timmermann lächelte etwas gequält. »In Fragen der Geschlechterspezifik«, sagte er nach einem kurzen Moment.

»Das freut mich«, erwiderte die Kommissarin lapidar.

»Aber immer doch, gern«, antwortete er. »Sie sind ja bei uns, weil Sie einen Ruf als harter Hund haben, wenn ich das mal im Maskulinum ausdrücken darf. Ich bin mir sicher, dass hier niemand Ihre Arbeit behindern wird, weil Sie eine Frau sind.«

»Das würde ich auch niemandem empfehlen«, entgegnete die

Kommissarin trocken und nahm dann Timmermanns Worte auf. »Wie jeder weiß, stammen Hunde von Wölfen ab. Und so domestiziert kann ich gar nicht sein, dass ich hier Pfötchen gebe. Also kurz gesagt: Ich bin froh, hier zu sein, und bitte allerseits um Respekt, den ich euch auch erweise.« Sie trat einen Schritt zur Seite, ihren Zettel hatte sie bereits während ihrer kurzen Ansprache zerknüllt.

»Dann starten wir alle gut in den Tag!«, rief Timmermann aus dem Pulk der überwiegend männlichen Kommissare heraus. »Ach, Kommissarin Lindenthal …?« Sie wandte sich zu ihm um. »Kommen Sie doch gleich mal in mein Büro. Ich habe einen Spezialauftrag für Sie.«

Offensichtlich wusste jeder der Anwesenden, was der Chef des Kommissariats damit meinte, denn der eine oder andere ließ ein vielsagendes Grinsen erkennen.

»Zehn Minuten«, antwortete sie ihm. »Ich habe noch etwas zu erledigen.«

»Nur zu!«, entgegnete Timmermann kurz.

Eva Lindenthal war das Gebäude noch so fremd, dass sie sich auf dem Weg zu Timmermanns Büro erst einmal verlief und spontan entschied, einem Laster nachzugeben, zu dem sie ein ambivalentes Verhältnis pflegte. Sie trat vor die Tür der Polizeiinspektion, zündete eine Zigarette an und dachte nach. Ihre Gedanken kreisten intensiv um ihren neuen Job, in dieser, ihr fremden Stadt, das Rauchen entspannte sie. Sie ließ sich Zeit beim Paffen, ging innerlich in Ruhe durch, was sie als frischgebackene Kommissarin hier erwarten würde. Timmermanns Andeutungen eines Spezialauftrags klangen nach einem möglicherweise dicken Brocken. Die Zigarette war schneller verglommen, als ihr gerade recht war. Kurz überlegte sie, noch einmal in die Schachtel zu greifen, doch dann entschied sie sich dagegen. Mit ruhigen Schritten schlenderte die junge Kommissarin erneut die Gänge zu ihrer Abteilung entlang, erreichte schließlich die Bürotür ihres Chefs, klopfte an und wartete entspannt.

»Kommen Sie rein!«, erscholl es aus Timmermanns Reich. Ihr Magen reagierte mit einem leichten Knurren. Sie öffnete die Tür und verharrte dann überrascht. Das Büro entsprach nicht den üblichen Vorstellungen von einem Arbeitsraum. Die Mischung aus Bibliothek, Museum und Hightech-Labor erzählte Geschichten. Drei von vier Wänden des geräumigen Raumes waren von Regalen zugestellt, welche vom Fußboden bis an die Decke reichten. In ihnen stapelten sich Bücher über Forensik, Profilanalysen, Observationstaktiken, Psychologie, Innere Sicherheit, Strafrecht sowie Abhandlungen über Vernehmungsmethoden und zur Spurenanalyse. Dazwischen hatte Timmermann Kästen mit alten Revolvern, Messern und Spezialwerkzeugen gestellt, die die Fachbereiche voneinander trennten. Wie Fremdkörper wirkten dagegen die vier Kunstdrucke des Impressionisten und Symbolisten Paul Gauguin. Sie zeigten allesamt spärlich bekleidete Frauen in der Karibik. Der weit ausladende Schreibtisch protzte ungeniert mit seinem Preis, der Chefsessel nicht minder. Ein Touchscreen war auf der Tischoberfläche eingelassen, auf dem Timmermann per Fingerdruck nicht nur Verbindungen ins Internet herstellte, sondern sich auch mit Behörden anderer europäischer Länder verband. Akten, Tages- und Wochenzeitungen, Magazine der Kriminalistik und Gesetzveröffentlichungen der vergangenen Monate lagen auf dem Tisch oder auf dem Boden verstreut oder waren zu kleinen Türmen aufgeschichtet. Die Jalousien vor den Fenstern hingen auf halber Höhe. Die Kommissarin fand den Raum zu dämmrig, sagte aber nichts. Timmermann wies auf einen schweren Sessel, der links neben seinem Schreibtisch stand. Vor seinem Fenster zogen düster gefärbte Schneewolken auf. Der noch junge Frühling hatte es gegen diesen hartnäckigen Winter schwer.

Sie starrte auf einen Teller mit Schokoladengebäck, den Timmermann gut sichtbar auf dem Tisch vor ihnen platziert hatte.

»Bitte setzen Sie sich!«, sagte Timmermann freundlich, aber

mit ernster Miene. Er deutete kurz auf einen Stapel Akten, der sich neben ihm, auf dem Büroboden, auftürmte.

»Darf ich?«, fragte sie und wies mit den Augen auf das Gebäck. Die Zigarette hatte bei ihr ein unbestimmtes Gefühl des Appetits hinterlassen.

Er machte eine einladende Handbewegung. Sie langte beherzt zu. Erst dann ließ sie sich in dem Sessel neben dem Schreibtisch nieder. Timmermann griff nach einem Ordner und holte tief Luft.

»Wir haben einen ungelösten Mordfall, der mehr als drei Jahre zurückliegt«, begann er, zu referieren, ohne den Ordner dabei aufzuschlagen. »Mathilda Rausch war vierzehn, als sie auf dem Weg von ihrem Zuhause zu ihrer Schule am Pfaffenteich spurlos verschwand. Sie wurde seitdem nie wieder gesehen. Doch vor ein paar Tagen wurde ein Skelett entdeckt, eingeschlagener Schädel, eingewickelt in einem Teppich, den wiederum ein Bagger bei der Renaturierung einer Müllhalde in der Nähe Schwerins zufällig aus dem Dreck zog.« Timmermann atmete kurz durch.

»Die DNA passt auf Mathilda Rausch. Beinahe dreieinhalb Jahre haben die Schweriner Öffentlichkeit, die Medien, das Innenministerium Druck gemacht. Es wühlt die Bevölkerung zu Recht auf, wenn ein so junger Mensch einfach verschwindet, sich quasi in Luft auflöst, keine Zeichen mehr sendet. Und jetzt haben wir die traurige Gewissheit, aber eben nicht ihren Mörder.«

»Es ist sehr selten, dass nach so vielen Jahren noch der entscheidende Hinweis auftaucht«, gab Eva Lindenthal zu bedenken. »Der Fall klingt danach, als würden der oder die Täter ungeschoren davonkommen.«

Sie griff erneut nach einem Gebäckstück. Der bittere Rauchgeschmack in ihrem Mund wollte nicht weichen. Sie verzog das Gesicht.

Timmermanns Augen verharrten jetzt auf der Akte vor sich. Er schlug sie auf.

»Es gibt diesen Hinweis, und jetzt kommen Sie ins Spiel.« Die Kommissarin äugte Timmermann eine Spur zu auffällig an.

»Was ist?«, fragte er daraufhin.

»Wieso soll ich besser sein als die Kollegen, die mit dem Fall seit Jahren vertraut sind?«

»Weil ich aus Ihrer Vita weiß, dass sie verdeckte Ermittlung können. Einschleusungen, Chimären, Maskenspiele, elektronische Überwachung, Pseudoidentitäten. Das ganze Programm, um einem Verbrecher erst nahezukommen, ihn einzulullen und dann vor Gericht zu stellen.«

»Das war in den USA«, sagte die Kommissarin in eher zurückhaltender Stimmlage.

»Ich besorge Ihnen einen staatsanwaltlichen oder richterlichen Beschluss, damit Sie das *hier* auch können. Einschließlich Funkzellenabfrage, Handyortung, Chats auslesen, Online-Banking-Abfragen, E-Mails abfischen und so weiter.«

Eva Lindenthal schwieg kurz. »Was wissen wir noch?«, fragte sie eindringlich.

Timmermann blätterte in den Papieren. »Ich fasse mal kurz zusammen, was die Ermittler, Fallpsychologen, Staatsanwaltschaft und das Gericht zusammengetragen haben. Sie können sich gern weiter bedienen.« Er wies mit der Hand auf den Teller mit dem Gebäck.

Die Kommissarin nickte knapp.

3

Der Nachmittag und der Abend, bevor Mathilda verschwand, verliefen nach einem Muster, das die Pubertierende seit einigen Wochen ganz bewusst pflegte. Sie kam aus der »ecolea«-Ganztagsschule gegen 15.30 Uhr nach Hause, warf sich auf ihr Bett, las im dritten Teil einer Fantasy-Saga. Nebenher pickte sie mit einer Gabel eher lustlos in einem Salat, den ihr ihre Mutter, überdeckt mit einer Folie, im Kühlschrank hinterlassen hatte. Gegen siebzehn Uhr startete sie ihr Notebook. Zwei Anbieter sozialer Netzwerke poppten über Apps auf, ihr E-Mail-Programm, ein Browser, zwei Spielprogramme, ein Nachrichtenmessenger. Und seit sie vierzehn Jahre alt geworden war, traute sie sich in Chatforen, in denen sie sich an anderen Gleichaltrigen spiegeln konnte. Themen wie Liebe, Vertrauen, Eltern, Musik, Modetrends und Schule vermischten sich auf mitunter wundersame Weise und ergaben für die heranwachsende Mathilda dennoch ein Gesamtbild, aus dem sie sich für die langsame Ausformung ihres eigenen Weltbildes gierig bediente. Dabei war Mathilda eher diejenige, die lieber las, was andere schrieben, als dass sie von sich etwas preisgab. Ihre Antworten waren meist kurz, aber oft mit einem Fragezeichen versehen, so dass ihr weibliches oder männliches Gegenüber zu Antworten angestachelt wurde. In einem der beiden Foren mit dem Namen *You* verbrachte sie beinahe zwei Stunden.

Gegen neunzehn Uhr löste sie ein paar Mathematikhausaufgaben, schrieb eine kurze Einleitung zu einem Sachtext für das Fach Deutsch und untersuchte dann einen ihrer Hefter auf eine mögliche Zettelnachricht, die ihr Pascal zugesteckt haben könnte. *Ich steh total auf dich,* war auf den ersten Zettel geschrieben, den sie in ihrem Schulrucksack gefunden hatte. Das war jetzt einige Wochen her. Der zweite folgte kurz darauf: *Wollen wir zusammen …?*, und lag zwischen der fünften und der sechsten Seite ihrer

Mitschriften in Englisch. Mathilda hatte den gleichaltrigen Pascal nach dieser Nachricht auf dem Pausenhof direkt zur Rede gestellt und ihn gefragt, was er mit dieser Botschaft hatte andeuten wollen. Und wie er es schaffen würde, unbemerkt diese Zettelchen in ihre Taschen oder Hefter einzuschleusen. Pascal hatte sich gewunden, betreten gelächelt und geantwortet: »Wo ein Wille, da ein Weg. Wollte dich neugierig auf mich machen und nicht gleich deine Handynummer abgreifen. Könnten ja zusammen nach der Schule ein bisschen chillen und lästern.«

Sie würde es sich überlegen, hatte sie geantwortet, ihn aber gleichzeitig ermuntert, Vorschläge zu machen. Ihr gefiel, auf welche Art und Weise er vorging. Auch wenn es sich merkwürdig anfühlte, wie nahe Pascal ihr kam, wenn er seine Zettel hinterließ, so empfand sie es dennoch als mutig und verwegen. Aber etwas ganz anderes imponierte ihr viel mehr: Pascal schrieb ihr mit der Hand auf Papier. Schließlich benutzte jeder in der Schule einen Kanal der sozialen Medien, um sich Nachrichten auszutauschen. Selbst wer in Klassenzimmern nebeneinander saß oder sich schon seit Jahren aus dem Kindergarten oder dem Hort kannte, versandte Nachrichten erst digital, bevor man vielleicht persönlich miteinander sprach.

Seitdem bekam sie von Pascal immer wieder diese kleinen Zettelnachrichten – und fand auch jetzt wieder solch ein handgeschriebenes Exemplar, diesmal in ihrer Federtasche: *Morgen um 7 an der Bushalte?*

Unschlüssig hatte sie das kleine, karierte Papier neben sich auf den Schreibtisch gelegt und überlegt, ob sie auf sein Angebot eingehen sollte. Sie war ein eher stilles, zurückhaltendes Mädchen, das mit ihrer sehr schmalen Figur, den kaum sichtbaren Brüsten, ihrem Gesicht und ihren Haaren nur *mäßig* zufrieden war. Den Spiegel an der Innentür ihres Zimmers empfand sie oft als anmaßend. Mit dem Zettel in der Hand stellte sie sich jetzt etwas ungelenk davor. Sie beäugte ausgiebig ihre zwei Pickelchen auf der

Stirn und verzog ihr Gesicht. Auch die blaue Tönung, die sie vor ein paar Tagen in ihre naturblonden Haare partiell eingefärbt hatte, gefiel ihr nicht mehr. Sie befand ihr Gesicht für zu rund, ihre hellen, ins Grünliche changierenden Augen für zu groß und ihre Lippen für zu schmal.

Der Ruf, zum Essen zu kommen, drang durch ihre Zimmertür. Zeit für das Abendbrot zu dritt, mit ihrer Mutter und Leon, ihrem kleineren Bruder. Sie war noch nicht ganz durch die Tür, als ihr Handy leise fiepte. Eine Textnachricht. Gebannt las sie ihren Inhalt. Rote Flecken überzogen ihr Gesicht, sie atmete etwas schwerer. Dann lächelte sie gelöst, durchquerte fröhlich pfeifend die Wohnung und begrüßte ihren kleinen Bruder beinahe überschwänglich.

»Nanu, so gut drauf heute?«, bemerkte ihre Mutter erstaunt, eine schlanke Frau von Mitte dreißig mit hellen, hochgesteckten Haaren und viel Make-up.

»Sie ist verliebt«, sagte Leon, der Sechsjährige.

»Vielleicht?«, antwortete Mathilda und schob den Teller ein wenig von sich.

»Kartoffelbrei!«, rief der Kleine.

Ihre Mutter runzelte die Stirn.

»Nicht viel Hunger«, sagte Mathilda.

»Sie will dünn sein für ihren Freund«, neckte Leon.

»Lass gut sein«, ermahnte ihn seine Mutter und wandte sich an Mathilda: »Iss nicht viel, aber etwas. Du brauchst Energie. Schulsachen erledigt?«

Mathilda nickte und aß dann schweigend. Zu dem Kartoffelbrei gab es Möhren und Wiener Würstchen.

»Wie war's heute so?«, erkundigte sich die Mutter. »Wie kommst du mit dem neuen Deutschlehrer zurecht?«

Mathildas Gesicht lief zartrosa an.

»Immer besser«, sagte sie nach einem kurzen Moment. »Er ist besser als sein Vorgänger. Erstens haben wir nicht so viele Hausaufgaben auf, und zweitens steht er nicht so auf Gedichte. Ich darf eine Zusammenfassung der *Legenden* schreiben, die ich gerade lese. Cool, oder?«

Leon grinste hinterhältig. »Dein Typ, oder?«

»Ach du«, antwortete sie ihm und klapste ihm eher zärtlich auf den Rücken.

Ihre Mutter schien erfreut, denn sie lächelte kurz und fragte ihren Sohn: »Und bei dir? Was machen deine Rechenkünste? Ist Larissa fleißig mit dir?«

Leon vergrub sich tief in seinen Kartoffelbrei. Er brauchte eine kleine Weile und murmelte dann etwas von: »Na ja geht so. Fußball ist besser.«

»Noch vier Monate, und du gehst zur Schule. Dann hast du schon einen kleinen Vorsprung«, beschwichtigte ihn seine Mutter. »Und sie kann an dir üben, wie es später als Lehrerin sein wird.«

Mathilda blickte jetzt von ihrem Essen auf. »Was studiert sie?«

»Lehramt. Mathe, Englisch.«

»Oh«, sagte Mathilda, »Englisch wäre gut für mich.«

»Ich frage sie«, antwortete ihre Mutter kurz. »Kostet aber.«

»Dann zieh fünf Euro von meinem Taschengeld ab«, erwiderte Mathilda fest, »ich brauche für die Zehnte einen guten Abschluss.«

Ihre Mutter reagierte mit einem breiten Lächeln. »Das gefällt mir«, sagte sie knapp.

Zurückgekehrt in ihr Zimmer, warf sich Mathilda auf ihr Bett, starrte einen Moment lang an die Decke, griff in ihre Hosentasche und rief die letzte Nachricht noch einmal auf. Sie betrachtete die zwei beigefügten Fotos ausgiebig und zoomte sie immer wieder größer an sich heran. »Eklig«, murmelte Mathilda leise.

Sie bemerkte nicht, wie ihre Tür leise geöffnet wurde und ihr kleiner Bruder durch den Spalt zu ihr hinüberlugte und sie beobachtete.

Mit zwei, drei Fingerklicks tippte sie irgendetwas und löschte dann ihren Account. Das Handy mit der rechten Hand fest umschlossen, warf sie sich auf die Seite und vergrub ihr Gesicht im Kissen. Auf ihrem Laptop war noch immer der Chat aus dem Forum *You* geöffnet. Ihr Gegenüber im virtuellen Chatroom nannte sich: *milkman*.

Leon zog sich wieder zurück, geschickt und fast geräuschlos schloss er Mathildas Zimmertür.

4

Timmermann hob den Kopf und schob den Ordner von sich. Die Kommissarin blickte ihn weiter erwartungsvoll an. Sie strich sich eine Locke aus der Stirn.

»War ihr Bruder der Letzte, der sie lebend gesehen hat?«, fragte sie.

Timmermann blickte kurz nach oben. Zwei Fliegen umkreisten mit einem unüberhörbaren Gebrumm unermüdlich den Lampenschirm. Er senkte wieder seinen Blick und sagte: »Mathildas Mutter ging kurz nach sechs aus dem Haus, nahm Leon dann gleich mit in den Frühhort. Mathilda versandte ihre letzte Nachricht um 6.42 Uhr an ihre Schulfreundin mit der Mitteilung, dass sie jetzt losgehen würde. Welchen Weg sie zur Schule nahm, das wissen wir nicht. Ihr Mitschüler Pascal sagte aus, dass er auf Mathilda an der Bushaltestelle ab circa sieben Uhr etwa zwanzig Minuten wartete und dann allein zur ›ecolea‹ ging. Dort ist aber Mathilda nie angekommen. Seit circa einer Woche haben wir aber die traurige Gewissheit, dass Mathilda Rausch nicht mehr lebt. Die Rechtsmediziner haben die DNA des Skeletts und die Zähne eindeutig Mathilda zuordnen können. Ihr Mörder muss den Leichnam sehr sorgfältig in einen Teppich eingewickelt und irgendwo dort abgelegt haben, wo ein städtischer Entsorger Container mit Bauschutt, Sperrmüll und Holz aufnimmt und auf die Deponie abtransportiert.« Timmermann hielt jetzt inne. Er atmete durch. Die Kommissarin war etwas bleich. Solcherart Ausgang einer Tat ging ihr nahe und wühlte sie auf. Dieser Mord war alles andere als ein Routinefall.

»Was ergab die Obduktion, die sicher nicht einfach war?«, erkundigte sie sich.

»Der Kehlkopf war eingerissen, das weist auf tätliche Gewalt am Hals hin. Außerdem war ihr Hinterkopf völlig zertrümmert.«

»Keine Fremd-DNA?«

»Nichts. Dennoch können wir eine mit dem Mord einhergehende Vergewaltigung nicht ausschließen. Beweisbar wäre sie ohne DNA eh nicht.«

»Vielleicht ist sie damals ihrem Mörder auf dem Weg zur Schule begegnet …«, sinnierte die Kommissarin.

»Oder sie machte noch einen kleinen Ausflug, hatte niemals den Plan, an dem Tag zur Schule zu gehen, und begab sich vielleicht sogar freiwillig in die Hand ihres späteren Mörders, das wissen wir nicht. Wie ich eingangs schon sagte, hat die SOKO ›Mathilda‹ damals in alle Richtungen ermittelt, Suchtrupps durchkämmten die halbe Stadt und Teile des Umlands. Doch wir fanden weder ihr Handy noch Kleidungsstücke. Wir wissen also bis heute nicht, mit wem sie Kontakt über Messenger-Dienste oder Ähnlichem hatte. Ihre Chats auf ihrem Laptop waren die eines heranwachsenden Mädchens und boten keinerlei Auffälligkeiten. Wir haben auch einzelne IP-Adressen ihrer Chatgegenüber überprüft. Negativ. Und da sie wenig bis gar nicht telefonierte, eher Nachrichten schrieb, war auch die Funkzellenabfrage für ihre letzten Standorte nicht ergiebig. Allerdings …«, und hier setzte Timmermann eine sehr bedeutungsvolle Pause, »… war um 6.45 Uhr, also dem Zeitpunkt ihres mutmaßlichen Verlassens des Wohnhauses, neben ihrem Handy ein weiteres Mobiltelefon in derselben Funkzelle eingeloggt. Das Handy gehörte zu einer männlichen Person, die nebenan wohnte. Wir haben sie damals diskret überprüft. Ordentlicher Leumund, keine Vorstrafen, er war sauber.«

»Wie alt?«, fragte Eva Lindenthal.

»Siebenundzwanzig.«

»Selten, dass jemand in dem Alter Mädchen umbringt«, gab sich die Kriminalkommissarin informiert. »Warum *war* er sauber? *Ist* er es nicht mehr?«, hakte sie nach.

»Wer weiß das schon«, sagte ihr Vorgesetzter, »Menschen ändern sich manchmal rasch. Aber etwas anderes wollte ich Ihnen mitteilen. Ein Mann eines mobilen Blumenstands soll vor zwei Tagen ein gerade dreizehn Jahre altes Mädchen angesprochen haben, ob sie ihn befriedigen würde. Sie wohnt ebenfalls in der Straße, in der auch Mathilda wohnte. Die Beschreibung des Mädchens von dem Mann passt allerdings nicht zu dem, den wir damals nur oberflächlich überprüften. Wir haben die Anzeige der Mutter des Mädchens vorliegen und gehen jetzt natürlich von Amts wegen der Sache nach.«

»Aber wenn er nicht auf die Beschreibung passt, was könnte der vergleichsweise junge Mann damit zu tun haben? Und das Ansprechen eines Menschen auf der Straße ist allenfalls Belästigung, aber strafbar ist es nicht«, gab Eva Lindenthal zu bedenken.

»Das ist richtig«, gab Timmermann zu. »Aber was ist, wenn doch mehr dahintersteckt? Es gibt zu Mathilda möglicherweise drei Übereinstimmungen: Das Mädchen ist minderjährig, vaterlos aufgewachsen, sagt, es kenne den Mann vom Sehen, und es hat eine sehr ähnliche Figur wie Mathilda: sehr schmal, kaum Brust, eher noch jungenhaft als fraulich.«

Timmermann beugte sich aus seinem Sessel zur Kommissarin vor. Seine Stimme bekam jetzt einen etwas härteren Klang: »Also, die Ermittlungen verliefen im Sand. Wir haben damals fast alle Sexualstraftäter aus der Region und darüber hinaus überprüft. Entweder saßen sie im Knast oder konnten physisch nicht vor Ort sein oder hatten ein Alibi. Aber die Öffentlichkeit fragt sich natürlich weiter, warum der Mädchenmörder bis heute nicht enttarnt und gefasst wurde. Wir sind geradezu dazu verurteilt, neuen Spuren nachzugehen, auch wenn es vielleicht keine gibt, und müssen wortwörtlich jeden Sandkrümel umdrehen, ob sich darunter ein noch kleinerer Sandkrümel befindet.«

»Was sagt die Staatsanwaltschaft?«, fragte die Kommissarin und hatte sich um einen ruhigen Ton bemüht. Sie wusste, dass zu großer Druck auf Ermittlungsbehörden auch schnell das Gegenteil von dem bewirken konnte, was er eigentlich erreichen sollte.

»Wir haben von der Staatsanwaltschaft zum jetzigen Zeitpunkt natürlich kein grünes Licht für verdeckte Ermittlungen, welcher Art auch immer. Wir laden den Mann vor, und er soll uns erklären, ob oder warum er das Mädchen angesprochen hat. Es gilt ja die Unschuldsvermutung. Vielleicht übertreibt das Mädchen, und die Mutter reagiert hysterisch.«

»Oder er ist der Falsche«, sagte Eva Lindenthal trocken. »Wenn es so läuft wie bei solchen Anzeigen oft, dann erscheint er gar nicht persönlich, sondern sein Anwalt verlangt Akteneinsicht, die Zeit vergeht, und am Ende streitet er alles ab, weil niemand Zeuge war.«

»Ja«, sagte Timmermann etwas konsterniert, »das befürchte ich auch.«

»Hmm«, ließ sich die Kommissarin vernehmen. »Was tun wir?«

»Wir laden ihn vor, das ist der offizielle Weg. Parallel dazu observieren wir ihn.«

»Das ist illegal«, platzte es aus Eva Lindenthal heraus, sie ahnte aber bereits Timmermanns Antwort.

»Deshalb sind Sie hier, Frau Kommissarin. Überprüfen Sie doch mal außerordentlich diskret das Umfeld dieses Mannes. Mich lässt einfach der Gedanke nicht los, dass dieser Typ zur gleichen Uhrzeit mit Mathilda in einer Funkzelle war und in ihrer Nachbarschaft wohnt. Und nun diese Anzeige. Wieder eine Minderjährige aus der Hospitalstraße, wieder dieser Unbekannte.«

Die Kommissarin schwieg einen Moment lang.

»Warum glauben Sie immer noch, dass er als Täter in Frage kommt? Müssen wir nicht völlig neu denken? Was ist mit einer Schülerbefragung an Mathildas Schule, Aufarbeitung des Falles für ›Aktenzeichen XY … ungelöst‹, eine Recherche in den benachbarten Bundesländern? Vielleicht kommt der Mann ab und an in die Schweriner Provinz, versucht, ein Mädchen abzugreifen, und verschwindet wieder?« Die Kommissarin erhob sich bewegt, stellte sich an Timmermanns Bürofenster und blickte hinunter auf die

Straße. Zwei gelbe Plastiktüten eines Discounters mit Hund tanzten miteinander ausgelassen im Wind.

»Das arme Mädchen«, sagte sie leise. »Sie war, wie viele Jugendliche sind. Verträumt, verspielt, verliebt.«

»Verliebt?«, fragte Timmermann.

»Ganz sicher hatte ihr ein Verehrer eine Nachricht gesandt, und sie genoss es. Jedenfalls schlussfolgere ich das aus Ihrem Bericht.«

»Das mag sein«, antwortete ihr Vorgesetzter. »Doch aus ihrem Umfeld gibt es auch nicht den leisesten Hinweis darauf, dass ihr jemand wehtun wollte oder gar plante, sie zu töten. Nichts, rein gar nichts.«

»Ich würde gern rauchen«, sagte Eva Lindenthal, »das beruhigt mich.« Und im Moment bereute sie ihre Worte. Sie hatte eben ohne wirkliche Not eine Schwäche von sich preisgegeben, und das ausgerechnet gegenüber ihrem Vorgesetzten.

»Rauchen Sie aus meinem Fenster«, sagte Timmermann jovial, »ich brenne mir ein Zigarillo an. Meine Sekretärin schützt uns, sie kennt meine heimliche Passion.«

Die Kommissarin grinste überrascht und fröhlich. Ihr war Timmermann sympathisch, auch wenn ihm der Ruf vorauseilte, ein eitler Tropf zu sein, der sich mit seinen guten Beziehungen ins Innenministerium brüstete. Angeblich gingen er und der Innenminister zusammen am Wochenende golfen. Und wenn schon, hatte sie bei ihrer Bewerbung auf die Kommissariatsstelle in Schwerin gedacht, jeder, der Chef war, sollte einen Spleen haben dürfen. Und bei einem Blick durch Timmermanns Arbeitszimmer wurde sie in ihrer Ansicht bestätigt, dass dessen Merkwürdigkeiten ausgewachsen waren.

Einträchtig standen sie nebeneinander und dampften. Timmermann beobachtete sie kurz von der Seite, vermaß ihr Gesichtsprofil mit den Augen.

5

»Warum wollten Sie Kriminalkommissarin werden?«, fragte Timmermann leichthin, war sich aber bewusst, möglicherweise eine Sprengstofffrage gestellt zu haben.

Eva Lindenthal ließ sich einen Augenblick lang Zeit. Dann sagte sie: »Ich war ein Mädchen vom Land, mit Eltern, die Kühe, Schweine und ein paar Kaninchen besaßen. Meine Familie betrieb in Zickhusen bei Schwerin einen kleinen Hof. Glaubt man meiner Mutter, dann war ich sehr eigensinnig, lebhaft und geradezu versessen aufs Reiten. Sie brachten mir das Melken von Kühen und das Besamen von Schweinen bei.«

Sie sog sinnierend an ihrer Zigarette. »Mein erster Freund war dann auch der Sohn der Nachbarn. Tim. Er verstand, so wie ich auch, die Tiere und sah sie nicht nur als Lebewesen, die Geld brachten, aber Dreck machten und stanken. Na ja, und eines Tages, da muss ich etwa vierzehn gewesen sein, verschwanden über Nacht zwei Schweine, eine Kuh und sämtliche Kaninchen. Die Polizei fand ihre Kadaver mit durchschossenem Kopf auf einer Wiese nahe unseres Dorfes. Damals haben wir uns geschworen, dass wir als Erwachsene genau solche Menschen verfolgen wollten, die Tiere stahlen, um sich daran zu ergötzen, wie sie unter ihrer Hand starben. Dabei aß ich Fleisch, trug Lederschuhe und machte mir wenig Gedanken darüber, woher die Wurst und der Schinken kamen, die immer reichlich bei den Lindenthals auf den Tisch kamen. Ich wäre im Leben nicht auf die – wie sagt man so schön – ›zweite Ebene‹ gekommen, dass tagtäglich weltweit Millionen Tiere starben, um die Fleischlust der Menschen zu befriedigen. Und um jetzt endlich Ihre Frage konkret zu beantworten: Mit achtzehn war also die Sache für uns klar. Weil Tim eine Ausbildung zum Rechtsanwaltsfachangestellten machte, um später Jura zu studieren, schlug ich den Weg des gehobenen Polizeivollzugsdienstes ein. Verändert hatte sich, dass ich keine Tiermörder mehr jagen wollte. Und ich weiß noch, wie ich zu Tim damals sagte: ›Das ist doch eine Superaufteilung: Du wirst Richter, und ich bringe dir die Kandidaten zur Verurteilung.‹«

Sie wandte ihren Blick zu Timmermann hin. Rauch entfloh ihrem Mund.

»Gutes Motiv«, kommentierte er. »Und warum Single? Sie haben das vorhin bei Ihrer Vorstellung betont.«

Sie blickte jetzt scheel von der Seite auf ihn. »Muss ich das beantworten?«

»Sie müssen gar nichts, aber mich würde es interessieren. Sie sind eine noch junge Kommissarin und anscheinend auch sehr ehrgeizig. Liegt's daran? Am Ehrgeiz?«

»Nein«, sagte sie direkt. »Tut es nicht. Tim war meine erste, große Liebe und ist es im Grunde genommen bis heute geblieben. Wir stammten ja nicht nur aus demselben Dorf, wir teilten auch erst unser Kinder- dann unser Jugendleben miteinander. Wir waren beide an einer Schule, in derselben Klasse, beim selben Klavierlehrer. Wir gingen zusammen reiten … Unsere Freundschaft wurde zu einer Beziehung, die so lange hielt, wie wir beide am selben Ort wohnten. Er entschied sich für München als Studienort, wollte raus aus der Provinz. Mich zog es nach Berlin an die Polizeischule. Er wurde Rechtsanwalt, ich Kommissarin.« Sie hielt kurz inne. »Ich glaube, er hat mich wirklich geliebt, vielleicht er mich mehr als ich ihn. Daher weiß ich nicht, ob er mir je verziehen hat, dass ich mich wegen der Entfernung von ihm trennte … Ich konnte mir eine Fernbeziehung nach all der Nähe einfach nicht vorstellen, habe es nicht einmal probiert. Habe einfach Adieu gesagt.« Sie pausierte erneut kurz und schob dann nach: »Das ist die ganze Geschichte. Nach ihm hatte ich ein paar Affären mit Kommilitonen, nichts wirklich Ernsthaftes.«

»Sie haben meine Frage nicht beantwortet«, stupste Timmermann sie vorsichtig an.

Sie schwieg einen Moment lang, sog an ihrer Zigarette, verblies den Rauch. »Tim war ein Guter. Er verstand mich und ich ihn. Ich habe nie wieder einen Menschen getroffen, der mich so *verstand* wie er. Vielleicht arbeite ich deshalb auch so gern mit Frauen. Apropos …«, sie schaute ihm jetzt direkt in die Augen, »… es gibt da eine Frau, die ich als Assistentin gern an meiner Seite hätte. Sie heißt Laura. Ein Wechselmädchen. Kommt eigentlich aus dem Theater und war dort Visagistin. War ihr aber nicht aufregend genug. Ging dann nach Güstrow auf die Polizeischule. Ich mag sie, unsere Chemie stimmt. Wenn Sie also die Ermittlungen an mich abgeben, dies quasi mein erster Fall in Schwerin wird, dann bekomme ich Laura. Sie soll nächsten Montag hier anfangen.«

»Und wenn nicht?«, fragte er etwas eisig.

»Dann droht, dass der Fall nur ein Fall bleibt«, sagte sie kurz.

Timmermann entgleisten die Gesichtszüge. »Sie sind Beamtin und erpressen mich?«

»Ja«, entgegnete die Kommissarin fest. »Ich brauche eine Assistentin an meiner Seite, der ich vertrauen kann. Sie kennt sich mit Charakteren und Maskeraden großartig aus, wie gesagt, sie war beim Theater und Visagistin, bevor sie Polizistin wurde. Außerdem kenne ich in diesem Kommissariat niemanden außer Sie – und, mit Verlaub, auch nur aus unserem jetzigen Gespräch. Ich wäre Ihnen also sehr verbunden …«

»Wir haben aber keine weiteren Planstellen«, sagte Timmermann kurz.

»Dann schaffen wir eine«, erwiderte sie ebenso knapp.

»Das müssen Sie dem Innenminister sagen«, antwortete ihr Chef.

»Das machen Sie«, parierte sie seine Antwort, »kommenden Sonntag beim Golfen. Ich liefere Ihnen dafür den Mörder von Mathilda.«

Timmermann schluckte. So hatte zuvor keiner seiner Kommissare je mit ihm geredet, geschweige denn solcherart Forderungen mit Arbeitsergebnissen verbunden. »Ich gucke, was sich machen lässt«, knurrte er.

6

Eine Woche später

Timmermann hatte Wort gehalten: Nachdem der Innenminister einer Verstärkung der Mordkommission zugestimmt hatte, hatte Ulrich Timmermann den Personalplan neu gebaut und Laura Derwall als Assistentin von Eva Lindenthal eingestellt. Heute war der erste Arbeitstag der jungen Frau. Sie war gerade dreiundzwanzig Jahre alt geworden, eine hübsche, hochgewachsene Person mit einem ausgeprägten Hang zu wild-bunten Armbändern, die aus Schnüren, Lederbändern, kleinen Federn und Perlen bestanden. Das war offiziell im Polizeidienst zwar nicht erlaubt; doch Eva wusste, wen sie da vor sich hatte: Eine talentierte Person, die den Geruch der Bühne kannte, Kunst liebte und dennoch den oft rationalen und mühsamen Alltag von Ermittlungsarbeit dem *laissez-faire* des Theaters vorzog. Aus der Polizeihochschule hieß es, Laura Derwall sei fleißig und habe Spürsinn, sei trickreich und sozial. Genau so eine Person brauchte sie, dachte die Kommissarin, um in dem von Männern dominierten Mordkommissariat schnell Tritt zu fassen.

Was sie nicht ahnen und schon gar nicht wissen konnte: Eva und Laura würden schon sehr bald in der Behörde als erfolgreich, effizient und furchtlos gelten. Während Eva Lindenthal gern auch einmal bewusst übers Ziel hinausschösse und dabei gegen Dienstvorschriften verstieße, würde Laura der Mensch an ihrer Seite sein, der sie behutsam davor zu schützen wüsste, dass die Kommissarin sich nicht verrannte.

Die beiden schwerwiegendsten Fälle ihrer gemeinsamen, erfolgreichen Karriere der darauffolgenden beiden Jahre – die Kindermorde eines rachsüchtigen Kleinwüchsigen und die Polizistenmorde eines ehemaligen Wismarer Kommissars und abtrünnigen

V-Mannes des Verfassungsschutzes – würden Eva Lindenthal in den Boulevardmedien den Ruf einer »Lara Croft des Ostens« einbringen. Sie selbst wird diesen Begriff eher lächerlich finden, sie wird sagen, dass sie doch nur ihren Job mache, aber diesen mit Empathie und einer gewissen Nervenstärke.

Und auch wenn ihr Vorgesetzter Ulrich Timmermann nicht alle Methoden billigen würde, derer sich die Kommissarin ab und an bediente, so würde er doch voller Lobes über die mentale Stärke der Oberkommissarin in spe sein.

»Das Mädchen war vierzehn! Mein Gott! Ein durch und durch unschuldiges Ding!« Eva Lindenthal vergrub ihr Gesicht in beiden Händen und starrte durch sie hindurch auf die Schreibtischplatte vor sich. Laura stand nicht weit von ihr im Rahmen der Tür, die ihr Büro mit dem der Kommissarin verband. Sie hielt eine beinahe leere Kaffeetasse in der Hand.

»In einen Müllcontainer hat er das arme Ding geschmissen«, quetschte Eva Lindenthal ihre Worte durch die Hände, »in einem Teppich! Entwürdigt, gewürgt, erschlagen. Dreieinhalb Jahre läuft Mathildas Mörder oder Mörderin da draußen schon frei herum! Das ist eine verdammt lange Zeit. Er oder sie könnte inzwischen auf den Bahamas wohnen und dort ein fröhliches Leben führen. Wir verfügen heute über die modernsten und komplexesten Methoden, jemanden zu überführen, und trotzdem ist und bleibt der Täter oder die Täterin so etwas wie ein Phantom.«

Eva Lindenthal verharrte einen Augenblick in ihrer Haltung, nahm dann die Hände vom Gesicht und sagte entschlossen: »Wir werden ihn finden, und dann buchten wir ihn bis zum Ende seines kleinen, armseligen Lebens ein. Wie gehen wir jetzt vor?« Die Kommissarin schwang sich auf ihrem Drehstuhl von ihrem Schreibtisch weg und sprang auf. »Haben wir schon ein Ergebnis der Log-in-Daten?«

»Nein«, antwortete Laura, »das dauert mindestens ein paar Stunden. Die Staatsanwaltschaft hat noch nicht einmal reagiert.«

»Gut, dann reden wir jetzt mit der Mutter des Mädchens, das dieser Kerl angemacht hat. Vielleicht bringt sie uns auf eine Spur.«

»Sofort?«, fragte Laura nach.

»Sofort!«, bestätigte die Kommissarin. »Sie wartet bereits im Besprechungszimmer auf uns.«

Corinna Schröder war eine schlicht gekleidete, energisch wirkende Frau um die vierzig, dunkelhaarig, dezent geschminkt, die sofort zur Sache kam: »Lea ist erst dreizehn. Ich gebe zu, sie wirkt schon sehr fraulich, obwohl ihr Busen … Sie wissen schon. Ich habe ihr oft gesagt, zieh keine engen Leggings an, wenn du in die Schule gehst. Damit ziehst du unnötig Aufmerksamkeit auf dich. Und dann dieses Geschminke …!«

»Moment«, unterbrach Eva Lindenthal den Wortschwall der Frau, »dürfen wir erst einmal Ihren Ausweis sehen? Laura?«

»Aber ich habe doch schon an der Pforte …«

»Dennoch …«, sagte die Kommissarin fest.

»Natürlich«, sagte die Frau jetzt etwas ruhiger, »Entschuldigung! Sie müssen verstehen …«

»Ja, ich verstehe«, sagte Eva Lindenthal freundlich. Laura sah auf das Dokument, nickte ihrer Chefin zu und gab den Ausweis zurück.

»Erzählen Sie mal von Anfang an. Ich bin übrigens Kriminalkommissarin Lindenthal, neben mir meine Assistentin Kriminalobermeisterin Laura Derwall.«

»Freut mich, also. Ich und Lea wohnen in der Hospitalstraße, von wo sie es knappe vierhundert Meter zur Schule hat. An der Ecke zur Schelfstraße, bei diesem alten Klotz mit dem roten Backstein, also kurz vor der ›ecolea‹, hatte es sich ein älterer, eher ungepflegt wirkender Mann auf einem Stuhl bequem gemacht, um sich herum Wassertöpfe mit frischen Tulpen. Hab den vorher noch nie gesehen und meine Lea auch nicht. An und für sich ist das ja auch nicht verboten, auf der Straße Blumen zu verkaufen.

Meine Lea aber mag Blumen und ist nahe bei dem Typen stehen geblieben …«

»Wann war das?«, unterbrach sie die Kommissarin.

»Lea sagte, nach der Schule auf dem Heimweg. Es muss so gegen vierzehn Uhr gewesen sein.«

Die Kommissarin warf Laura einen Blick zu und hielt sich eine Hand ans Ohr, als wolle sie damit telefonieren. Laura verstand und reagierte sofort.

»Und wie ging es dann weiter?«, fragte Eva Lindenthal freundlich, aber bestimmt.

»Da fragt der Mann erst, ob sie ein Bund für einen Sonderpreis von zwei Euro haben will, und als sie sagt, dass sie kein Geld dabeihat, da fragt sie dieser Kerl, ob sie sich was dazuverdienen will …«

Die Mutter pausierte kurz. Die Kommissarin schurrte mit den Sohlen auf dem Sisalteppich. Laura rieb sich ihr rechtes Auge. Der Lüfter eines Computerlaufwerks machte leise Geräusche.

»Wie jedes Kind hat Lea natürlich neugierig gefragt, wie er das meinen würde. Und da hat er zu ihr gesagt, dass sie zwanzig Euro in nur einer Stunde haben kann, wenn sie mit ihm um die Ecke in seine Wohnung gehen und mit *ihm* spielen würde. Dabei zeigte er sich zwischen den Schritt.«

Die Kommissarin blickte vor sich auf die Tischplatte. Ihre Oberfläche war so weiß wie ein Laken. Und noch so sauber wie frisch gewaschen. Eva Lindenthal zog mit ihrem rechten Zeigefinger eine Linie, hob den Kopf und fragte: »Wie ist Ihre Tochter sozialisiert? Gibt es einen Vater, hat sie viele Freunde und Freundinnen? Oder ist sie eher einzelgängerisch?«

»Lea kennt ihren Vater nicht«, sagte die Frau eher leise. »Und besonders viele Freunde hat sie auch nicht. Sie chattet viel, schminkt sich gern, trägt viel zu enge Klamotten.« Ihre letzten Worte klangen nach Resignation.

Die Kommissarin machte sich Notizen und wollte nun wissen: »Ist Lea etwas an dem Mann aufgefallen? Irgendeine Besonderheit?«

Die Mutter dachte nach. »Sie sprach von einem silbernen Ohrring. Ansonsten hat sie ihn ja schon auf der Wache beschrieben. Ich bekomme das jetzt auch nicht so genau zusammen … Aber der Ohrring, der war auffällig.«

»Frau Schröder«, sagte die Kommissarin fest, »ich kann mir vorstellen, dass Sie diese Vorgänge beunruhigen. Und einer Anzeige müssen wir nachgehen, ob uns das jetzt Zeit kostet oder nicht. Und sicher werden wir versuchen, den ominösen Blumenmann hierher zu bestellen. Aber eigentlich würde ich Ihnen raten, die Anzeige zurückzuziehen. Dass der von Ihnen Beschuldigte gegenüber einer Minderjährigen eine Grenze weit überschritten hat, ist ja zwischen uns allen hier im Raum Konsens. Dennoch sage ich Ihnen gleich: Der Beschuldigte wird keinerlei Strafe zu erwarten haben, es sei denn, er ist ein Serientäter oder gar ein gesuchter Schwerverbrecher. Wir können ihn ermahnen und auffordern, derlei dämliches Angemache zu unterlassen. Die Grenzen zwischen ekelhaftem Übermut, derbem Flirt und vokabulärer sexueller Belästigung ohne Drohungen, ohne das Versenden von sexuell konnotierten Bildern oder Videos oder gar einer Ausführung einer Tat sind zwar fließend, aber eben nicht strafbar.«

»Aber meine Lea ist total geschockt?!«

Eva Lindenthal verkniff es sich, darauf zu antworten. Dieses Thema, das hatte sie bei ihrem Studium gelernt, war voller Sprengfallen für alle Beteiligten. »Ich will mir nicht anmaßen, zu beurteilen, inwieweit Ihre Tochter bereits in Kontakt mit dem Unterschied zwischen Mann und Frau und den gegenseitigen Begehrlichkeiten gekommen ist. Ich denke aber, sie wird darum wissen, Biounterricht sechste Klasse, *Facebook*-Chats, *WhatsApp*, Foren, *Jappy*-Community, *WeChat*. Überall sexuell aufgeheiztes Gelände. Reden Sie mit ihr offen, was ihr zu diesem Thema im Kopf herumgeht, da lässt sich schon vieles klären. Und ich bestelle den

Mann mit den Tulpen hierher ein. Äußert er sich dazu, entscheidet die Staatsanwaltschaft, ob das Verfahren eingestellt wird oder nicht.«

Die Frau schwieg jetzt. Dann sagte sie leise: »Sie ist doch erst dreizehn. Und wir alle wissen, wie widerwärtig Männer mit ihren Scheißpenissen sein können.«

Jetzt war es an Laura, bedeutungsvoll auf die Kommissarin zu blicken.

»Wollen Sie uns etwas erzählen, Frau Schröder?«, fragte die Kommissarin behutsam.

»Nein, nein, das will ich nicht«, wehrte die Frau ab. »Aber der scheußliche Mord an der kleinen Mathilda und dann die Nachrichten über Missbrauch von Männern an Kindern überall auf der Welt, das geht mir schon nahe.«

»Mir auch«, sagte die Kommissarin in mitfühlendem Ton. »Und Sie selbst?«, fragte sie nach. »Haben Ihnen Männer schon mal etwas angetan?«

Leas Mutter schwieg jetzt, wirkte in sich gekehrt und müde. »Lassen wir es bei diesem Gespräch zum Thema meiner Tochter«, bat sie leise. »Ich …«

»Sie können uns jederzeit kontaktieren, ja?«, unterbrach die Kommissarin behutsam. »Ich schreibe jetzt eine Zusammenfassung unseres Gesprächs für den Staatsanwalt. Laura begleitet Sie aus dem Kommissariat. Sie wird Ihnen eine Karte mit einer Nummer geben, unter der Sie uns erreichen können.«

»Das ist sehr nett von Ihnen«, sagte die Mutter und winkte der Kommissarin zum Abschied einen Gruß zu. Eva Lindenthal lächelte ihr aufmunternd zu.

7

Früher Abend, gleicher Tag

Das Haus Nummer 9a in der Schweriner Hospitalstraße machte von außen einen gepflegten Eindruck. Es stammte aus der Gründerzeit, hatte einen gelblichen Anstrich, die Fenster waren mit weißgetünchten Faschen geschmückt. Ein Wasserspeier aus Zinn hoch oben am Dachfirst öffnete sein Maul zu einer mächtigen Wasserrinne, durch die man einen großkalibrigen Torpedo hätte jagen können. Nummer 9a sah also ganz und gar harmlos aus, so harmlos wie alle Häuser dieser Straße, die um die Jahrhundertwende gebaut worden waren. Es war der schöne und historische Teil Schwerins, der nicht nur Touristen anzog, sondern auch jene, die über die nötige Solvenz verfügten, sich eine dieser großbürgerlichen Wohnungen zu leisten.

Doch wie jedes Haus barg auch dieses ein Geheimnis.

Der Rollstuhlfahrer, der jetzt aus dem Hauseingang glitt, sah sich auf dem Bürgersteig vor dem Haus prüfend um. Sodann bewegte er sich eher gemächlich die Hospitalstraße in Richtung einer kleinen Anhöhe, für die er alle Armkraft benötigte, um sich und sein Gefährt in Schwung zu halten. Es dämmerte schon, doch noch waren die Straßenlaternen nicht aufgeflammt. Der Mann im Rollstuhl trug eine dunkelblaue Jacke und eine schwarze Strickmütze. Er schien etwa Mitte fünfzig zu sein, trug Bart und Brille. Über seine Hände hatte er sich Lederhandschuhe gezogen. An der Ecke zur Schelfstraße stoppte er. Er blickte hinüber zur »ecolea«-Schule, wo noch vereinzelte Lichter in Klassenräumen brannten. Vorsichtig manövrierte er seinen Rollstuhl dicht an den Eingang des letzten Hauses der Kreuzung, drehte ihn und hatte nun die Gebäudewand im Rücken. Parkende Autos versperrten ihm zwar die Sicht auf die zwei Straßen, die auf die Kreuzung zuliefen, dafür hatte er aber die beiden Fußgängerüberwege gut im Blick. Nicht weit von ihm, gut sichtbar, lag ein gelbes Paket von der Größe einer Hutschachtel neben einem weiteren Hauseingang. Der Mann fummelte eine Zigarettenpackung aus einer der Innentaschen seiner Jacke und zündete sich eine Kippe an. Er rauchte langsam und entspannt. Über seine Hose hatte er sich eine Decke mit den Figuren der *Simpsons* gelegt.

So verharrte er etwa eine halbe Stunde lang. Die wenigen Passanten, die an ihm vorbeiliefen, beachteten ihn kaum oder gar nicht. Für die Insassen vorbeifahrender Autos blieb er beinahe unsichtbar, denn auch ihnen versperrten geparkte Autos die Sicht.

Es war 17.25 Uhr.

Der Mann rauchte eine weitere Zigarette und blickte dabei aufmerksam zu dem Schulgebäude hinüber. Jetzt erloschen nacheinander einige der Lichter in den Räumen. Etwa eine weitere Viertelstunde später erspähte der Rollstuhlfahrer eine schlanke, offensichtlich sehr junge weibliche Person mit langen hellen Haaren, gekleidet in eng anliegenden, schwarzen Jeans, heller Cordjacke mit Strasssteinen besetzt und auffällig buntem Rucksack auf den Schultern. Sie lief direkt auf ihn zu. In ihren Ohren steckten Kopfhörer. Sie summte leise. Als sie schon fast an ihm vorbei war, riss er beide Arme hoch und entflammte dabei ein Feuerzeug. Das Mädchen blickte überrascht zu ihm hin. Er winkte ihr zu und bedeutete ihr, näher zu kommen. Irritiert nahm sie einen ihrer Kopfhörer aus dem Ohr.

»Wie bitte?«, fragte sie etwas unwillig.

»Hey! Du! Kannst du mir nur ganz kurz helfen?«

»Ähm«, machte das Mädchen. »Eigentlich nicht, bin spät dran.«

»Nur kurz«, bettelte er, »ich kriege das Paket dahinten nicht hoch, der Postbote hat es vor die falsche Tür gelegt. Ich wohne zwei Häuser weiter. Ich brauche nur sehr kurz deine Hilfe.«

Sie überlegte einen Moment. »Na schön«, sagte sie dann, »wohin soll das Paket? Und ist es schwer?

»Nein«, sagte der Mann, »da sind nur neue Handgriffe für meinen Rolli drin. Und eine neue Sitzauflage. Ich habe sie schon sehr durchgesessen. Nicht dramatisch vom Gewicht.«

Das Mädchen lächelte jetzt sogar etwas. »Okay, aber anbauen tun Sie das allein?«

»Jaja, keine Sorge«, sagte der Mann freundlich. »Es ist sehr nett von dir, mir zu helfen. Kommst du gerade aus der Schule? Schätze ich richtig, neunte oder zehnte Klasse?« Seine Brillengläser glitzerten.

Das Mädchen ging darauf nicht ein. Es sagte: »Mein Opa sitzt auch im Rollstuhl, er hat es nicht leicht, und er tut mir auch irgendwie leid. Er ist erst achtundsechzig und trotzdem nicht mehr so gut drauf.«

»Gut, dass dein Papa noch fit ist«, sagte er, und es klang nach einer aufrichtigen Feststellung.

»Ich habe keinen Papa«, erwiderte das Mädchen.

»Hättest du gern einen gehabt?«

»Klar, wär sicher cool gewesen.«

»Es ist ein hartes Schicksal, nicht mehr so laufen zu können wie beispielsweise du«, wechselte der Rollstuhlfahrer das Thema. »Deshalb bin ich dir auch so dankbar. Gleich morgen oder nachher kannst du deinen Freunden von deiner guten Tat berichten …«

»Schon gut«, unterbrach ihn das Mädchen. »Wo soll das Paket denn hin? Wo wohnen Sie?«

Der Mann zeigte mit einer Hand die Straße hinunter. »Dort, Nummer 9a, nur hundert Meter. Nimm das Paket, und ich rolle schon mal los?«

»Geht klar«, sagte das Mädchen und folgte ihm, bis der Mann stoppte, auf eine Türklinke einer breiten Hauseinfahrt wies und meinte: »Sie ist schwer, und wenn du schon mal hier bist, dann öffne sie bitte, meine Wohnung ist gleich im Erdgeschoss.«

»Sie wohnen in meiner Nachbarschaft«, sagte das Mädchen

im Hausflur. »Aber ich habe Sie noch nie gesehen.« Die schwere Hauseingangstür war jetzt hinter ihnen mit einigem Getöse zugeklappt. Ein breiter Durchgang wie einst für Pferdekutschen hatte sich vor dem Mädchen aufgetan. An den nicht mehr ganz frisch wirkenden Wänden links und rechts prangten Graffitos eines eher mäßig begabten Sprayers. Auf beiden Seiten des breiten, zugigen Flurs führten Türen zu Wohnungen. Sie waren blau gestrichen worden. An der linken Tür fehlte das Namensschild. Dorthin wies der Mann.

»Ich habe die Wohnung auch erst kürzlich bezogen«, sagte er, reichte ihr den Wohnungsschlüssel und bat sie, aufzuschließen.

»Soll ich Ihnen helfen, in die Wohnung zu kommen?«, fragte das Mädchen arglos.

»Das wäre natürlich total nett …«, murmelte der Mann, stemmte sich aus seinem Rollstuhl und wirkte – gegenüber der zierlichen Statur des Mädchens – wie ein Riese. Sie zuckte etwas zurück, als er seinen Arm um ihre Hüfte legte und darum bat, dass sie ihn die beiden Stufen zur Wohnung nach oben drücken solle. Sie tat, was er sagte, er entriegelte die Tür, sie standen im Flur. Die Einzimmerwohnung bot mit ihren weißgetünchten Wänden trotz ihrer tiefen Lage und der dreistöckigen Häuser auf der Straßenseite gegenüber eine warme Helle. Der Flur wirkte freundlich, den Boden zierte ein auffällig leuchtend-bunter Teppich.

»Soll ich den Rolli …?«, wollte das Mädchen wissen, beendete aber die Frage nicht.

»Gern«, sagte er.

Sie wandte sich von ihm ab, griff nach dem Rollstuhl vor der Tür in der Einfahrt und zerrte ihn die beiden Stufen hoch. Kaum in der Wohnung und noch die Hände am Rollstuhl, packten sie von hinten ein Arm am Bauch und eine Hand am Gesicht. Sie besaß nicht die geringste Chance, sich gegen die Kraft des Mannes zu wehren, dessen Hände und Arme so hart wie Eisen an ihr zogen und ihr den Atem nahmen. Das Mädchen bäumte sch auf, versuchte, zu schreien, doch die riesige Hand des Mannes presste ihm die Nase und den Mund zusammen, es bekam keine Luft …

Die Schülerin strampelte wild mit den Beinen, versuchte, sich gegen die Wand im Wohnungsflur zu stemmen – vergeblich. Der Mann zog sie, wie eine Riesenspinne ihre Beute, Stück für Stück tiefer in die Wohnung hinein. Er ließ erst ein wenig von der Jugendlichen ab, als er seine Küche erreicht hatte. Doch ihre Atemnot hatte sie geschwächt. Mit einem kräftigen Ruck riss er den weißen Nylonvorhang von seinem Küchenfenster aus der Schiene. Er schleuderte die Wehrlose herum. Sie krachte mit dem Gesicht gegen die Fensterscheibe. Blitzschnell umwickelte er ihren Hals und zog dann fest zu. Betäubt vom Schmerz und wegen des Luftverlustes rutschte sie kraftlos zu Boden. Der Mann ließ erst von ihr ab, als sie sich nicht mehr rührte. Er zog das leblose Mädchen zurück in seinen Flur. Dort legte er es ab und öffnete eine als mannshoher Spiegel getarnte Tür, hinter der eine Treppe in die Tiefe führte. Vorsichtig zog er den Leichnam mit sich und schritt, sichtlich angestrengt, Stufe für Stufe die Treppe hinab.

Mit aller Kraft hievte er sein noch körperwarmes Opfer auf ein großes Bett. Er entkleidete die Leiche bis auf ihren Slip, durchsuchte ihre Taschen, fand ihren Ausweis und beugte sich dann unter das Matratzengestell. Er zog einen quadratischen Karton hervor, öffnete ihn, warf den Ausweis hinein und entnahm ihm vier schwarze Lederfesseln und eine Kapuze von der Form der Kopfbedeckung eines Ku-Klux-Klan-Anhängers. Er band dem leblosen Mädchen beide Arme über dem Kopf zusammen und fesselte die Leiche an das Kopfende des Bettgitters. Er spreizte ihre Beine weit auseinander und fixierte sie mit den beiden anderen Lederfesseln links und rechts an die seitlich verlaufenden Gitterstäbe.

Der Mann war so konzentriert bei der Sache, dass er sich unglaublich erschrak und zusammenzuckte, als es an der Wohnungstür klingelte.

»Verdammt«, fluchte er. Besuch bekam er hier nicht. Bis auf seine Mutter und die Vermieterin, die zwei Stockwerke über ihm wohnte, wusste niemand, dass er sich hier einquartiert hatte. So war er sicher, ungestört agieren zu können. Nervös geworden, eilte er aus dem Souterrain nach oben in seine Wohnung, klappte leise den Spiegel in seine Halterung und blickte durch den Türspion. Er sah eine Frau mit hellen Haaren, gut frisiert, junge Ausstrahlung. Sie trug eine schwarze Tasche. Sie stand unterhalb der beiden Stufen und blätterte, so schien es ihm, in einem Magazin. Zögerlich öffnete er die Wohnungstür.

»Sie müssen verzeihen«, sagte er zu der Frau, »aber ich hatte etwas gelegen. Nachtschicht, Sie wissen schon. Was kann ich denn Gutes für Sie tun?«

»Schon *Erwachet!* gelesen?«, fragte die junge Frau forsch. »Es erleuchtet Sie.«

»Zeugen Jehovas?«, fragte er.

»Jehovas Zeugen«, korrigierte ihn die Dame. »Sie wissen Bescheid.« Sie lächelte ihn an und drückte ihm eine Zeitschrift in die Hand. »Ich kann Ihnen auch zwei oder drei Exemplare dalassen. Können Sie gern weitergeben.«

»Nein, nein, lassen Sie mal«, wehrte er ab. »Mich kann derzeit nur ausreichend Schlaf erleuchten.«

Er trat schnell in seine Wohnung zurück, hob die Hand, in der er die Zeitschrift hielt, zum Abschied und verschloss dann fest die Tür. Er blickte durch den Türspion. Die Frau war verschwunden.

Im Bad erleichterte er seine Blase, öffnete dann seinen Spiegelschrank und entnahm ihm ein unauffälliges leeres Kulturtäschchen. Er riss sich mit einem kurzen Ruck den Oberlippenbart ab, streifte die Perücke herunter, klappte die Brille zusammen und zog sich zwei der Silikonplättchen vom Gesicht, die seine Unterlider wulstig und alt gemacht hatten. Er verstaute die Utensilien. Der Mann, der eben noch wie Mitte fünfzig gewirkt hatte, trocknete sein Originalhaar mit einem Handtuch halbwegs trocken, legte Haupt- und Deckhaar wieder in Form, wusch sich sein Gesicht und begutachtete das Ergebnis. Sein Spiegelschrank zeigte ihm das Gesicht eines attraktiven Endzwanzigers vom Typ südländischer Verführer.

8

Zurück im Flur, lugte er erneut angespannt durch den Türspion. Niemand zu sehen. Vorsichtig öffnete er seine Wohnungstür, sprang behände die beiden Stufen hinunter und spazierte nur wenige Meter zu seinem Briefkasten, entriegelte ihn und sah nach Post. Ein mittelgroßes Kuvert war angekommen, das an den Namen *Jonas Lipsky* adressiert war. Er riss es auf. Kontoauszüge. Er blickte auf sein Guthaben. 41.395 Euro. Er lächelte fein.

Zurück in seiner Wohnung, warf er den Umschlag achtlos auf ein Beistelltischchen im Flur, klappte die als Spiegel getarnte Tür auf und verschwand erneut im Souterrain.

Obwohl das Bett riesig war, nahm es dennoch nicht den gesamten Raum ein. Den noch verbliebenen Platz teilte es sich mit einem schmalen Metalltisch, auf dem ein Computerbildschirm samt Tastatur und Maus und ein kleines Mischpult standen. Direkt vor dem Bett war eine Kamera auf einem Stativ aufgebaut und starrte mit ihrem Objektiv direkt aufs Laken. Von den vier Ecken an der Decke des Raumes blickten die Linsen vier weiterer Überwachungskameras auf das Geschehen darunter. Links und rechts des Bettes waren Mikrofone auf Ständer geschraubt und ebenfalls auf das Bett gerichtet. Etwa fünf Zentimeter dicke Styroporplatten, die an die Wände geklebt waren, sollten Hallgeräusche verhindern.

Lipsky schwang sich auf seinem Drehstuhl vor den imposant großen Bildschirm, der bereits im Stand-by-Modus auf ihn wartete. Er drückte auf einen Knopf. Das Standbild eines Videos im Ruhemodus flammte auf. Der Mörder des Mädchens drückte auf *record.* Kamerabilder zeigten in eigenen Bildsplits das Bett mit dem toten Mädchen. Er zoomte die Kamera jetzt unverschämt dicht an das Mädchen heran und suchte sich das Areal unterhalb des Bauchnabels. Er erhob sich, entkleidete sich, zog sich eine

Maske über die Augen und glitt nun selbst als Akteur in das Bild hinein, zerschnitt mit einer kleinen Schere ihren Slip und machte sich an dem Mädchen mit der Zunge, Fingern und seinem Geschlechtsteil zu schaffen. Den fünf Kameras entging dabei nichts, was der Mann nicht auch freiwillig zeigen wollte. Je mehr Zeit verstrich, umso brutaler sein Vorgehen. Das erregte Stöhnen des Mannes war deutlich zu hören, das sich in der Folge seiner augenscheinlichen Vergewaltigung in eine Art ekstatisches Geheul steigerte. Etwa bei Minute einundzwanzig entlud sich Lipsky auf dem nackten Körper, glitt einen Moment später aus dem Bild der Kameras, stoppte die Aufnahmen, ein Standbild erschien. Nackt wie er war, die Maske weiter auf dem Gesicht, sah sich Jonas Lipsky das Video an, masturbierte und beendete sein Tun nur kurze Zeit später röchelnd und mit verzerrtem Gesicht. »Mehr, ich will mehr ...«

Er wusch sich die Hände und kehrte an seinen Computer zurück. Er speicherte die Datei, rief eine verschlüsselte Seite über einen Browser namens *Tor* im Darknet auf und schrieb eine kryptisch klingende Nachricht an einen User, der sich *Hadraniel5211* nannte. Er versetzte seinen Bildschirm in den Ruhemodus. Er löschte alle Lichter und warf sich neben die Leiche auf das Bett. Er zog eine Decke über sich und das Mädchen und schlief ein.

Eineinhalb Stunden später erklang ein scharfes, hoch tönendes Signal. Verschlafen richtete sich Lipsky auf. Der Computer-Bildschirm war in den Betriebsmodus zurückgekehrt und beleuchtete mit einem kalten Licht düster den Raum. Lipsky verließ das Bett, setzte sich vor den Bildschirm, rief die Datei mit dem Video auf, lud es in den Orbit des Internets hoch und versandte es an die Adresse, die ihm *Hadraniel5211* per Nachricht hatte zukommen lassen. Er wartete. Die Datei war hochgeladen. Er wartete erneut. Er erhielt eine Nachricht mit einer Überweisungskopie. 2.500 Euro. Zahlungsgrund: »Technische Dienstleistungen«.

Unbekümmert und wie eine Ratte, die ans Tageslicht will,

verließ er sein Kellerloch und kehrte eine Etage darüber in seine Küche zurück. Er setzte seine Espressomaschine unter Strom. Er war zufrieden, das Geschäft mit seinen gierigen Kunden lief wie geschmiert.

Nur wenig später duschte er, kleidete sich an und kehrte in den Souterrain zurück.

Lipsky entleerte den Rucksack des Mädchens auf dem Boden. Schulhefte, eine Federtasche, ein Handy und der Fantasy-Roman *Avalon* von Marion Zimmer Bradley fielen heraus. Er stapelte seinen Fund übereinander, legte ihren Ausweis aus dem Karton obenauf, sah auf ihren Namen und griff aus dem Regal, wo noch weitere Teppiche lagerten, nach einer Plastikdose mit Paketschnur. Er verschnürte alles und schob die Habseligkeiten wieder zurück in den Rucksack. Dann wandte er sich davon ab und dem Mädchen zu.

»Hallo, kleine Elisabeth, ich ziehe dir jetzt die Kapuze vom Gesicht. Das geht schnell und tut nicht weh.«

Von der Stirn bis hinunter zu ihrem Dekolleté zogen sich bläuliche Streifen. Aus ihren Lippen war jegliches Rot gewichen. Ihre Haut um Mund und Nase war so bleich wie Wachs.

»Was mache ich denn jetzt mit dir, du junges Ding?«

Er blickte auf die Tote vor sich, als erwarte er tatsächlich eine Antwort von ihr.

9

Am nächsten Tag, gegen neun Uhr

Als Laura zu Dienstbeginn mit der Meldung hereinschneite, dass niemand aus Haus Nummer 9a in der gleichen Funkzelle wie Lea eingeloggt war und auch niemand auf die Beschreibung des Mannes passte, schlug die Stimmung der beiden Frauen vollends in Ernüchterung um. Eva Lindenthal machte einen noch müden Eindruck. Sie war am Abend zuvor nach drei Gläsern Rotwein zwar selig eingeschlafen, aber am Morgen mit starken Kopfschmerzen erwacht.

Die Nachricht von Laura zog sie noch weiter herunter.

»Berichte kurz detaillierter«, bat die Kommissarin ihre Assistentin etwas zu harsch.

Laura spurte. »Von den acht Parteien in dem Haus habe ich fünf angetroffen. Einen älteren Mann, der nicht auf die Beschreibung passt, aber ein *Erwachet!*-Heft mit in seine Wohnung nahm; ein älteres Ehepaar, eine Mutter mit Kind, eine offensichtlich alleinstehende Dame und einen jungen, mutmaßlich noch minderjährigen Typen, aus dessen Wohnung es schwer nach Marihuana roch. Bisher also Fehlanzeige.« Laura wirkte zerknirscht. Sie drehte eine blonde Perücke unschlüssig in ihrer Hand. Die Perlen an ihren bunten Armbändern klingelten dabei leise.

»Nur nicht aufgeben. Die Sache mit der *Erwachet!*-Zeitschrift ist doch recht originell. Sendet die Wanze?«

»Ja, ich habe die IT-Abteilung instruiert, alles aufzuzeichnen, was uns der kleine Spion liefert.«

»Im Klartext heißt das, dass wir jemanden abhören, der sehr wahrscheinlich überhaupt nichts mit dem Mathilda-Fall zu tun hat. Das ist eine heiße Kiste. Wir verstoßen da gerade eindeutig gegen Gesetze.« Die Kommissarin sah alarmiert aus.

»Und wie geht es jetzt weiter?«, fragte Laura und sah erwartungsvoll auf ihre Chefin.

Die rieb sich die Augen. »Wir warten ab, was die Wanze liefert, ansonsten schalten wir sie spätestens nach drei Tagen ab. Ich habe gestern Nachmittag noch mit der zuständigen Staatsanwältin telefoniert und ihr vom Ergebnis unseres Gesprächs mit der Mutter Leas berichtet. Zwar hat die Kollegin nicht ausgeschlossen, dass es weitere Ermittlungen geben soll. Doch ich glaube, herausgehört zu haben, dass ihr die Beweislage und die Anschuldigungen zu dünn sind, als dass sich der personelle und damit finanzielle Aufwand einer umfassenden polizeilichen Recherche lohnt. Und wenn ich jetzt dein Ergebnis höre, dann komme ich zu dem Schluss: Der Mann, der einst im Zusammenhang von Mathildas Verschwinden wegen seiner gleichzeitigen Einwahl ins Funknetz in das Visier der Ermittler geraten war, wohnt entweder nicht mehr in Haus Nummer 9a oder war zumindest von der Beschreibung von damals nicht derjenige, der Lea belästigt hat.«

Lindenthal nagte an ihrer Unterlippe. »Check doch mal, wann, wer aus dem Haus in den letzten Monaten um- oder ausgezogen ist. Und vielleicht macht eine diskrete Umfrage in der Schule unter den Acht- bis Zwölfklässlern Sinn, ob noch jemand diesen ominösen Tulpenverkäufer gesehen hat. Aber bitte, ohne Leas Namen zu nennen oder gar ein Bild zu zeigen. Ach so, und noch etwas: Um auf Nummer sicher zu gehen, soll Lea hier nochmals mit ihrer Mutter erscheinen und ein Phantombild erstellen. Mit diesen Maßnahmen ersparen wir uns Nachfragen, ob wir ausschließen können, dass es sich um ein und denselben Mann handelt.«

»Existiert denn überhaupt ein Foto oder sonst etwas von dem Kerl?«, erkundigte sich Laura.

»Soweit ich weiß, nein. Sie haben damals nur eine Funkzellenabfrage gemacht, und er war der einzige neben Mathilda, der vielleicht auch gerade telefonierte oder eine Nachricht schrieb. Wenigstens konnte man ihn über seinen Provider als Bewohner der Hospitalstraße 9a zuordnen. Und wie wir jetzt wissen, deckt sich dessen Name nicht mit denjenigen, die in Haus Nummer 9a wohnen. Richtig?«

»Ja«, sagte Laura kurz. »Wieso ist unser erster gemeinsamer Fall so undankbar?«

»Mörder kann man sich nicht aussuchen«, sagte die Kommissarin lapidar. »Aber jeder macht mal einen Fehler. Und auf diesen Fehler werden wir kommen. Wir sind schließlich Frauen.«

»Ich hoffe nur, dass wir nicht zu Cold-Case-Spezialistinnen verdammt sind und nur in alten Fällen herumwühlen. Das ist eine undankbare Aufgabe.« Dass Laura ihre eben gemachte Aussage ernst meinte, sah man ihr an. Sie guckte grämlich.

»Es ist nur gut, dass wir hier gerade unter uns reden«, antwortete die Kommissarin mahnend. »Ich kläre nämlich lieber einen alten Fall auf, bei dem es keine neuen Opfer zu beklagen gibt. Solche Aussagen, liebe Laura, können schnell missverstanden werden. Aber ich schätze dein Feuer bei den anstehenden Aufgaben. Du wirst schneller, als dir lieb ist, ins Zentrum aktueller Verbrechen rücken.«

»Aber irgendwie beginnt alles quälend langsam«, sagte Laura. »Wir haben keine neuen Anhaltspunkte. Und ich kann mir nicht vorstellen …«

»… dass die Staatsanwaltschaft mit den bisherigen Ergebnissen zufrieden ist? Du hast recht«, gab die Kommissarin unumwunden zu. »Wir tappen im Dunkeln. Timmermann hat uns einen Fall übergeben, der nur eine Leiche kennt, aber keinen Verdächtigen. Und es könnte durchaus passieren, dass wir auch in den nächsten Wochen oder gar Monaten keine heiße Spur haben.«

»Und was machen wir dann so lange?«

Die Kommissarin grinste. »Aktenstudium machen, bisherige Spuren nachverfolgen, Schweriner Sexualstraftäter erneut unter die Lupe nehmen – und abwarten. So unangenehm das auch im Angesicht einer toten Teenagerin klingt. Polizisten sind keine Zauberer, Mordermittler keine Propheten. Das Böse da draußen …«, Eva Lindenthal wies mit einer Hand auf das Fenster ihres Büros, »… will weiter böse sein. Es ist geradezu versessen darauf, böse zu sein. Und das wird dem Bösen auch zum Verhängnis. Vielleicht nicht heute, aber möglicherweise morgen.«

Laura hatte den Ausführungen der Kommissarin gespannt gelauscht. Es war ihre erste Lektion als Jägerin in einem Team von Jägern.

10

Am selben Tag, später Vormittag

Die Schweriner Polizeiinspektion war von außen ein quadratischer Klotz, der nicht gerade dazu einlud, sich über den verantwortlichen Architekten Gedanken zu machen. Dass neu errichtete Zweckbauten nicht zwangsläufig langweilig und öde aussehen müssen, bewiesen die Polizeigebäude in Winterthur in der Schweiz oder in München an der Theresienwiese. Vielleicht hatten der Bauherr und sein Architekt viele schlechte Tage, an denen ihnen nichts Besseres einfiel. Und so waren wie die Fenster außen auch im Innern die Büros so schmal wie Sehschlitze und an den Wänden aneinandergereiht wie Zellen in einem Knast.

Das Büro von Eva Lindenthal in der Mordkommission war nüchtern und funktional eingerichtet und somit präzise darauf eingestellt, nicht in Urlaubsstimmung zu kommen, obwohl: Die Kommissarin hatte sich an die Wand in ihrem Rücken einen gewaltig wirkenden Kalender von der Größe DIN A0 aufgehängt, der ihr jeden Monat aufs neue kitschige, aber schöne Bilder aus der Karibik zeigte. Ihr Schreibtisch indessen war so neu wie sie selbst in der Behörde, ihr Telefon zwar digital, aber unscheinbar und grau, der Flachbildschirm war Massenware und die Grünlilie erhob nicht den Anspruch, eine botanische Seltenheit zu sein. Durch eine Verbindungstür getrennt, schloss sich das Büro von Laura an, die es bislang ebenso wenig geschafft hatte, ihrem Refugium Charakter zu verleihen. Immerhin: Sie hatte einen riesigen Bildschirm an der Wand, auf dem Täterprofile, Datenbankenanalysen und – klein in einem Extrafenster – aktuelle Nachrichten eines öffentlich-rechtlichen Nachrichtenkanals ohne Ton liefen. Laura hockte an ihrem Schreibtisch, vor sich ihr Flachbildschirm, auf den sie angestrengt blickte. Gerade machte sie sich einige Notizen.

Eva Lindenthal hielt indes ihren Telefonhörer am Ohr und hörte einer kernig klingenden Männerstimme zu. Es klopfte an die Tür ihres Büros, sie hielt schützend die Hand vor das Mikrofon und rief: »Herein!«

Ein Herr im Blaumann – eine weiße Atemmaske vor Nase und Mund – trat schweigend ein, eine Bohrmaschine, eine Magnettafel und eine Menge Schrauben in den Händen. Lindenthal warf ihm einen erstaunten, dann missbilligenden Blick zu.

»Grippeschutz«, murmelte der Mann und tippte mit einem Zeigefinger gegen seine Maske. »Bin gleich wieder verschwunden.« Er bohrte zwei Löcher, schraubte die Tafel an die Wand, hustete seine Bronchien frei, murmelte ein »Tschüss« und verschwand so fix wieder, wie er auch hereingekommen war.

Eva Lindenthal betrachtete dessen Werk und nahm das Whiteboard dann in ihren Besitz. Die Magnete schob sie an die rechte obere Ecke. Den Trockenschwamm platzierte sie auf die untere Leiste, die Marker daneben. In blauer Farbe schrieb sie untereinander auf, was Laura und sie bislang über den Fall der getöteten Mathilda wussten, welche offenen Fragen es gab und wo sie neu ansetzen mussten. Mitten in ihre Gedankenarbeit platzte ein Jubelruf Lauras. Eva Lindenthal blickte missmutig auf. Laura erschien in der Verbindungstür, ihre Kettchen am linken Arm klingelten leise. »Ich habe eine Entdeckung gemacht«, sagte sie und schwieg dann wieder.

Die Kommissarin hob die Augenbrauen.

»2009 wurde in Schwerin ein damals achtundzwanzig Jahre alter Gelegenheitsarbeiter wegen sexueller Nötigung und versuchter Vergewaltigung zu achtzehn Monaten Haft verurteilt. Sein Name ist Jonas Lipsky. Der Mann kam allerdings auf Bewährung wieder frei, weil sein Anwalt in Berufung ging. Damals neue Ermittlungen machten den Richtern glaubhaft, dass das Opfer zwar gegen seinen eigenen Willen sexuell genötigt wurde, aber in einem späteren Chat mit einer Freundin schrieb, dass es den Mann attraktiv fand. Außerdem attestierten die Richter dem Täter eine angeblich günstige Sozialprognose.«

»Und was könnte der Kerl mit unserem Fall zu tun haben?«, fragte die Kommissarin neugierig.

»Sie war Schülerin der ›ecolea‹-Schule und wohnhaft in der Parallelstraße von Mathilda. Sie war minderjährig, wuchs ohne Vater auf, eher Einzelgängerin. All das trifft auch auf Mathilda zu.«

»Und auf Lea«, ergänzte Eva Lindenthal. »Vielleicht doch ein und derselbe Mensch? Vielleicht unser Täter? Hast du dessen aktuelle Anschrift?«

»Ich bin mit den Meldebehörden in Kontakt. Die Staatsanwaltschaft will mir ihre Akten schnellstmöglich übersenden.«

»Gute Arbeit, Laura«, sagte die Kommissarin anerkennend. »Hast du schon einen Termin mit der Schule gemacht?«

»An einem Freitag passt es denen am besten«, antwortete Laura.

»Hmm, gut, heute ist Dienstag. Freitag ist Feiertag. Ich nehme inzwischen mal Kontakt mit der Redaktion von ›XY … ungelöst‹ auf. Der Fall Mathilda muss viel mehr in die Öffentlichkeit, als er es bislang war. Vielleicht bekommt der Täter davon Wind, dass wir an ihm dran sind, und macht Fehler, die uns nützen.«

»Oder er taucht ab … Wenn du Hilfe bei der Aufarbeitung der Fakten für die Redakteure brauchst, dann …«

»Schon gut, Laura, ich bekomme das allein hin. Mörder haben im Übrigen immer die Chance, abzuhauen. Tun sie aber meist nicht, sondern bleiben, wo sie sind, und wirbeln keinen weiteren Staub auf. Ich habe mich oft gefragt, warum das so ist … ähm … kümmere dich um unseren Mann aus den Akten und die Schulbefragung. Denk daran, dass in ein paar Tagen die Osterferien beginnen. Bis dahin sollten wir mit der Schule durch sein.«

»Und mit ›XY‹, die senden doch nur drei- oder viermal im Jahr, oder?«

»Da hast du recht. Ich bespreche das mal mit Timmermann. Und nun frisch ans Werk!«

Laura streckte ihren linken Daumen in die Höhe und verschwand in ihrem Büro.

Die Kommissarin griff zu ihrem Telefonhörer. Die Regenbogenhäute ihrer Augen sahen verdunkelt aus.

11

Nächster Tag, um die Mittagszeit

Über die Jahre rutschen Gerichtsakten nach und nach immer tiefer in die Archive der Staatsanwaltschaft oder eines Landgerichts. Auch wenn den Akten über Sexualstraftaten eine gesonderte Priorität zukommt, so liegen sie doch nicht griffbereit in einer Schublade des beteiligten Staatsanwalts oder gar des verantwortlichen Richters. Und so verging ein Tag, bis die Ermittlungsakten im Falle der Verurteilung eines Schweriner Sexualstraftäters im Jahr 2009 auf Lauras Schreibtisch landeten. Ein eher schmaler Ordner, in dem Polizeirecherchen, Zeugenaussagen, Einlassungen des Täters und die seines Rechtsanwalts sowie die Bewertung durch die Justiz zusammengetragen waren.

Die Sachlage war damals eindeutig gewesen, der Täter geständig, das Opfer minderjährig.

»Hast du es schon gelesen?«, fragte Eva Lindenthal ihre Assistentin.

»Nur die Klageschrift der Staatsanwaltschaft. Das Gericht war ihr weitestgehend gefolgt.«

»Gibt es denn Hinweise darauf, dass es sich um ein und denselben Täter handeln könnte, der auch Mathilda auf dem Gewissen hat?«

Laura zögerte für einen Moment. »Vielleicht solltest du dir selbst ein Bild machen. Ich habe nicht den Eindruck, als sei es tatsächlich die gleiche oder ähnliche Handschrift. Unser gesuchter Täter ging bei Mathilda sehr viel brutaler vor als dieser Kerl hier. Zwar war das Opfer ebenfalls vierzehn, aber kennengelernt hatten sie sich in einem Chat. Darin machte ihm das Mädchen nach Ansicht der Staatsanwaltschaft und des Gerichts sexuelle Avancen, die sich später strafmildernd auf das Urteil auswirkten.«

»Aber erst, nachdem der Täteranwalt in Berufung gegangen war, richtig?«

»Ja, so steht's in den Akten.«

Die Kommissarin stützte ihren Kopf in beide Hände und sah auf den kleinen Bilderrahmen vor sich. Sie hatte ihn sich heute Morgen auf den Schreibtisch gestellt. Auf dem Foto waren zwei Kinder zu sehen, die sich an den Händen hielten, im Hintergrund eine Weide mit Kühen, darüber der Himmel mit ein paar weißen Wolken. In der rechten unteren Ecke des Fotos waren die Buchstaben E und T in Blau und zwischen ihnen ein rotes Herzchen hineingemalt.

»Wir sollten ihn besuchen«, sagte Eva Lindenthal, »und von ihm selbst hören, was er in den letzten Jahren getrieben hat. Wurde er nochmals auffällig ...?«

Mitten hinein in ihren Satz schellte Lauras Handy. Die Kommissarin runzelte die Stirn.

»Derwall?« Laura lauschte eine Weile. »Wirklich? Das ändert einiges«, sagte sie dann. Sie lauschte erneut. »Aber kein kinderpornographisches Material?«, fragte sie nach. Sie schwieg wieder. »Ja, gut, ich gebe es gleich weiter. Danke, Frau Staatsanwältin.«

Das Gesicht der Kommissarin stand auf Spannung.

»Unser Mann aus den Akten wurde zwischen 2009 und heute insgesamt viermal wegen sexueller Übergriffe angezeigt, aber nie verurteilt. Zweimal wegen der Entblößung seines Geschlechtsteils vor Minderjährigen in der Öffentlichkeit. Einmal wegen mehrfachen unsittlichen Berührens einer Zwölfjährigen im Schwimmbad unter Wasser und nochmals wegen des Versuchs der sexuellen Nötigung auf einem Campingplatz in der Nähe von Wismar.«

»Er hat sich entwickelt«, sagte Eva Lindenthal mehr zu sich selbst. »Plötzlich brachen sich seine kranken Anlagen Bahn. Mit beinahe Ende zwanzig. Das ist spät ...« Sie wandte sich Laura jetzt direkt zu: »Wurden keine Kinderpornos auf seinem Rechner gefunden? Hat er keine Kinderpornos verbreitet, bestand kein Verdacht auf Mitgliedschaft eines Pornorings im Darknet?«

»Soweit aus den Akten zu lesen ist, nein. Und eben auch nochmals bestätigt von der Schweriner Staatsanwaltschaft.«

»Dann ist er kein Pädophiler, sondern eher ein Parthenophiler. Er scheint also eher an pubertären Kindern zwischen elf und vierzehn interessiert zu sein und nicht an den Altersstufen darunter. Das macht ihn aber nicht weniger gefährlich.«

»Aber wieso wird der nicht einfach mal für ein paar Jahre aus dem Verkehr gezogen?«, fragte Laura jetzt ihrerseits hitzig. »In eine psychiatrische Anstalt gesteckt und verdorrt da?« Ihre Augen blitzten wütend.

»Weil die Grenzen der Strafbarkeit für die sogenannte sexuelle Nötigung fließend sind. Aussage steht häufig gegen Aussage. Selbst mit bestem Willen und großem Ressourceneinsatz tut sich die Justiz häufig schwer, mutmaßliche Vergewaltiger zu überführen. Und die letzten Kriminal- und Verurteilungsstatistiken sprechen eine sehr deutliche und zumeist für die Opfer unerträgliche Sprache: Nur in knapp acht Prozent der polizeilich erfassten Fälle von Vergewaltigung und sexueller Nötigung werden die Täter auch verurteilt. Und wurde keine nachweisbare oder sichtbar gewordene Gewalt angewendet, keine Sperma-DNA gefunden oder Videos von sexuellen Übergriffen ins Internet mit einer eindeutigen ID des Täters gepostet, bleibt es meist bei Geldstrafen oder Auflagen, bestimmte Orte um soziale - oder Bildungseinrichtungen Jugendlicher auf Dauer zu meiden.«

»Krank«, kommentierte Laura. »Manchmal auch unsere Gesetze.«

»Wie dem auch sei«, fing die Kommissarin ihre Assistentin wieder ruhig ein, »wir besuchen diesen Herrn zeitnah. Aber zuvor scheuche ich nicht nur ihn, sondern auch vielleicht unseren Mörder mit einem medialen Feuerwerk auf. Mathildas Mörder soll wissen, dass wir ihm mit Frau und Verstand auf den Fersen sind.«

Laura musste unwillkürlich lächeln. Sie mochte es, wenn Eva Lindenthal darauf setzte, ein starker Mensch weiblichen Geschlechts zu sein.

12

Am darauffolgenden Tag

Zwar verfügte die noch frische Oberkommissarin als Neubürgerin Schwerins über keinerlei Kontakte zu örtlichen Medienvertretern, ihr Vorgesetzter Timmermann jedoch schon. Dessen Überzeugung, dass jede Führungskraft nur so gut sei wie ihre innerbetriebliche und gegebenenfalls auch öffentliche Wahrnehmung, ebnete ihr einen Weg, von dem sie zwar wusste, dass sie ihn in dieser Weise nicht gehen sollte, ihn aber dennoch ging. Timmermann hatte ihr gegenüber eindringlich auf die hauseigene Pressestelle verwiesen, sie aber dennoch mit ein paar Telefonnummern von Journalisten, die er persönlich kannte, versorgt. Sie verwunderte das, kommentierte es ihm gegenüber aber nicht. Im Gegenteil: Eva Lindenthal verstand das Vorgehen ihres Chefs als Wink und führte kurzerhand die Telefonate mit den dafür in Frage kommenden Pressevertretern selbst. Dabei stellte sie sich knapp als Ermittlungsführerin im Fall »Mathilda« vor, formulierte einen eher emotionalen Sachtext, versandte ihn an die Redaktionen und schaffte es, nur Stunden später ihre Meldung in allen verfügbaren klassischen - und Onlinemedien in Schwerin und den umliegenden Bundesländern bis hin nach Hamburg zu platzieren.

In den Mittelpunkt der Polizeimeldung, die allerdings ohne das Fahndungs- oder Phantombild eines verdächtigen Täters erschien, stellte die Kommissarin mögliche Beobachtungen rund um die »ecolea«-Schule, angrenzende Straßen und die Aufforderung, jegliche sexuelle Belästigungen gegenüber minderjährigen Mädchen, auch in der Vergangenheit, sofort bei der nächsten Polizeidienststelle zu melden. Sie schrieb in ihre in einem eigenwilligen Stil verfasste Meldung:

Wir haben es in Schwerin mit einem heimtückischen Täter zu tun. Helfen Sie mit, ihn zu finden! Seine Ziele sind Schulen, vielleicht auch Kindergärten und Horte. Auch wenn Sie vielleicht bislang glaubten, Ihr halbwüchsiges Kind sei sicher, so bitten wir Sie beim leisesten Verdacht um eine Kontaktaufnahme mit der nächsten Polizeidienststelle. Nur so sind wir informiert, wer vor Ihrer Haustür sein Unwesen treibt. Informieren Sie sich ständig, aber ohne Panik, wo Ihre Tochter oder Ihr Sohn am Abend oder in der Nacht wirklich ist!

Ohne den Gedanken daran, dass Polizeireporter gerade bei ungeklärten Mordfällen nur darauf warteten, Witterung aufzunehmen wie Schweißhunde auf eine Blutspur, veröffentlichte Eva Lindenthal ihren eigenen Namen als verantwortliche Ermittlerin der Schweriner Mordkommission. Kurz nacheinander fragten Journalisten der *Bild*-Zeitung und der *Hamburger Morgenpost* Interviews an, der Norddeutsche Rundfunk lud sie in die Abendsendung »Nordmagazin« ein. Sie lehnte zwar ab, doch die Geister, die sie mit der Veröffentlichung ihres Namens gerufen hatte, wurde sie nicht los. Ein besonders interessierter Reporter eines Onlinemediums wühlte sich durch das nie enden wollende Gedächtnis der Internetsuchmaschinen und veröffentlichte nur wenige Stunden nach ihrer Polizeimeldung einen Text unter der Überschrift: »Das ist Eva – die Jägerin des Mörders von Mathilda«. Zwar war das Foto einer Jahrgangsfeier ihrer Güstrower Polizeischule unscharf, und die Informationen waren eher spärlich und mit Vermutungen und Kommentaren des Reporters versehen; doch im Kommissariat schlugen erst der sehr persönlich gehaltene Fahndungsaufruf und dann der Bericht des Journalisten ein wie zwei Bomben. Timmermann bestellte die Kommissarin dann auch postwendend und mit starkem Unmut in sein Büro ein.

»So hatte ich mir das nicht vorgestellt«, herrschte er sie an. »Nicht, dass ich Ihnen missgönne, in der Öffentlichkeit zu stehen.

Aber wir bleiben in der Regel unsichtbar und haben eine Pressestelle für derlei Veröffentlichungen! Und außerdem: Wo bleibt Ihre Bescheidenheit eines Beamten?« Er wies auf seine Sessel.

»Beam*tin*, wenn ich bitten darf«, parierte sie Timmermanns Angriff. »Ich habe meinen Namen nicht ohne Absicht preisgegeben«, sagte sie dann ruhig. Sie nahm Timmermanns Einladung für eine Sesselrunde nicht an. Sie blieb einfach vor ihm stehen.

»Dachte ich mir«, quetschte ihr Chef heraus. Er ließ sich in eines der Sitzmöbel fallen.

»Der Täter soll wissen, wer sein Gegenüber ist«, erklärte sie unbeirrt weiter. »Ein gewagtes Manöver, aber wir haben auch eine besondere Situation. In Schwerin leben derzeit achtundsechzig der Polizei hinreichend bekannte ehemalige Sexualstraftäter, von denen wir nicht wissen, ob ihre Verurteilungen auf Bewährung oder Haftstrafen etwas gefruchtet haben. Von der Dunkelziffer an Belästigern will ich gar nicht reden. Der Mord an Mathilda ist jetzt dreieinhalb Jahre her. Soweit ich meine Lektion in Täterpsychologie und Profiling gelernt habe, töten manche Menschen nicht nur einmal, sondern in Serie. Dazu will ich es nicht kommen lassen. Im Übrigen …«, sie schnaufte etwas, »gehe ich gern Allianzen auch mit Journalisten und Journalistinnen ein, wenn sie mir denn etwas nützen. Und auf die Mithilfe der Bevölkerung will ich auch nicht verzichten. *Mich* kann nun jeder gern hier erreichen und ansprechen. Jede Spur ist eine gute Spur, selbst wenn sie in die Irre führt.«

Timmermann glotzte sie sprachlos an. Diese Art der kraftvollen Rechtfertigung, der unerschrockenen Meinungsäußerung und die Entschlossenheit, auf Augenhöhe zu kommunizieren, waren ihm bislang fremd. Seinen – vor allem wenigen – Kommissarinnen begegnete er mit maskuliner Herablassung, forderte, dass sie sich bei ihm meldeten, wenn sie nicht weiterkamen, und gockelte gern, wenn ihm der Sinn danach stand. War beispielsweise ein Fall gelöst, betitelte er die Kommissarinnen mit »meine erfolgreichen Damen« und heischte am Schweriner Pfaffenteich im Hause des mecklenburgisch-vorpommerschen Innenministeriums nach einem persönlichen Lob des Ministers. Der wiederum belohnte seinen »Kumpel Ulrich« mit privater Zeit auf dem Golfplatz, danach beim Biertrinken. Ungelöste Mordfälle, das wussten beide Patriarchen der inneren Sicherheit, bescherten der gerade herrschenden Parteifarbe beileibe nicht die Sympathien der Wählerinnen und Wähler.

»Ich ahne, dass wir eine interessante Zeit zusammen haben werden«, sagte Timmermann sibyllinisch und eine Spur zu herablassend. Er sprang wieder auf die Beine. Ihm hatte es gar nicht behagt, dass die stehende Kommissarin von oben auf ihn blickte.

»Ich denke, wir werden uns aneinander gewöhnen *müssen*«, antwortete Eva Lindenthal und wandte sich einem der beiden Fenster zu. Dabei glitt ihr Blick über die Devotionalien, die Timmermann in seinem Büro angehäuft hatte. Sie verkniff sich einen spöttischen Blick, auch wenn ihr gerade danach war.

Timmermann schnappte nach Luft. Ihm schwante Unheil. Die Arbeit mit Eva Lindenthal könnte herausfordernd und anstrengend für ihn werden. Das konnte er gar nicht gebrauchen. Doch ehe er zu einer Erwiderung kam, sagte die Kommissarin: »Lassen Sie uns rauchen! Ich brauche Nikotin. Das beruhigt.«

Timmermanns Miene heiterte sich etwas auf. Ihn gelüstete ebenfalls nach einem Zigarillo. »Warum nicht?«, sagte er leichthin. »Das Leben ist schon so schwer genug. Rauchen ist für mich Genuss in schweren Zeiten.«

Beide standen jetzt so einträchtig wie zwei Freunde am Fenster von Timmermanns Büro.

»Gemeinsame Laster können auch verbinden«, sagte die Kommissarin.

»Wo Sie recht haben, haben Sie recht«, quetschte Timmermann – das Zigarillo zwischen den Lippen – heraus.

»Übrigens«, sie blies Rauch aus ihrem Mund, »das ZDF plant

erst wieder für den 4. Juli eine ›XY‹-Sendung. Das ist mir eigentlich zu spät. Bis dahin sind es noch drei Monate. Und wir haben jetzt schon eine erhebliche Konkurrenz. Den Doppelmord in Dortmund. Den haben die Kollegen der dortigen Mordkommission auch immer noch nicht aufgeklärt.«

Timmermann sinnierte kurz. »Ach, der Schmuckraub? Ehepaar tot im Schlafzimmer aufgefunden, sämtlicher Schmuck weg. Scheußliche Geschichte. Ich empfehle dennoch, dranzubleiben, wer weiß, ob wir eine bundesweite Fahndung mit unserem Fall brauchen.« Timmermann klappte das Bürofenster an.

»Da mögen Sie recht haben«, sagte die Kommissarin freundlich. »Ich bereite mal ein Dossier mit dem auf, was wir haben.«

»Nicht viel, leider ...« Timmermann schnaufte selbstmitleidig.

»Warten wir mal ab, was unser Gang an die Öffentlichkeit bewirkt. Vielleicht bekommen wir ja Tipps von außen. Und wenn es nur der Nachbar ist, der uns mitteilt, dass jemand Hals über Kopf aus seiner Wohnung auszieht, weil er ein neues Versteck braucht.«

Sie rauchten schweigend.

»Sprechen Sie von unserem möglichen Täter?«, fragte Timmermann schließlich.

»Wissen Sie«, sagte die Kommissarin, »mich verwundert, dass wir in der Hospitalstraße 9a nicht auf den Mann trafen, der zur Tatzeit in der gleichen Funkzelle wie Mathilda eingeloggt war.«

»Ach was?«, entfuhr es Timmermann. »Sie waren bei ihm? Und?«

Die mimische Reaktion Lindenthals darauf war eine Mischung aus Spott und Vorwurf. »Laura und ich drehen hier nicht nur Däumchen. Auch wenn wir zugegebenermaßen ziemlich im Dunkeln tappen. Listig, wie Laura sein kann, hat sie sich als Anhängerin von Jehovas Zeugen verkleidet und ist mit einer Ausgabe derer Glaubenspostille *Erwachet!* von Tür zu Tür gezogen. Wir hatten das Heft mit einer Einleger-CD plus Papiertasche präpariert, in der wir eine Wanze verklebten. Hätte sie den Mann angetroffen, wären wir jetzt gut informiert. Hat sie aber nicht. Passte niemand auf die Beschreibung der ermittelnden Beamten von damals. Und schon gar nicht auf das Foto der Meldebehörden.« Sie drückte ihre Zigarette aus.

»Hat überhaupt jemand das Heft genommen?«, fragte Timmermann lauernd. Er sah jetzt sehr interessiert aus.

»Ja, ein Bewohner. Laura hat ihn aber in Gespräche verwickelt und dabei die Wanzen wieder entfernt«, log sie. »Ich weiß schon, worauf Sie gerade hinauswollen …«

»… dann ist es ja gut«, schnarrte Timmermann zurück. »Nicht, dass wir in Teufels …«

»… in der wir uns bereits befinden«, unterbrach die Kommissarin. »Nur, unsere Küche ist eiskalt, ohne Leben, um in dem Bild zu bleiben. Wir stehen dort, wo wir vor einem Monat auch schon mal standen. Praktisch vor dem Nichts. Und der Mörder Mathildas läuft da draußen immer noch frei herum.« Eva Lindenthal blickte jetzt sehr ernst. Ihr war mulmig zumute. Die Wanze musste dringend deaktiviert werden. Noch besser: Das Heft verschwand wieder aus der Wohnung des Mannes. Aber diesen Gedanken schob sie für den Moment wieder beiseite.

Sie sagte: »Und mein Gefühl ist, dass er wieder zuschlägt. Sexuelle Lust und Mord liegen manchmal oft eng beieinander. Er wird nach weiterer Befriedigung lechzen. Das ist eine alte Erkenntnis des Profilings.«

Timmermann löschte sein Zigarillo. Die Luft im Büro war verqualmt, trotz des jetzt weit geöffneten Fensters. »Ich gebe Ihnen noch eine gewisse Zeit, den Fall mit Ihrer neuen Assistentin allein weiter voranzutreiben«, sagte er und überraschte sie damit. Er schien es zu bemerken und grinste genüsslich. »Es gibt da einen talentierten Kollegen, den ich Ihnen ansonsten als Hilfe zur Seite stellen würde. Er ist zwar in Wismar an Bord, die haben aber gerade nicht viel zu tun.«

»Wie vorhin gesagt«, überging die Kommissarin Timmermanns mögliche Absichten und nahm den Faden vom Anfang ihres Gesprächs wieder auf, »der Mann in der Funkzelle lebt dort offenbar nicht mehr. Das macht ihn irgendwie verdächtig.«

»Dünnes Eis«, murmelte Timmermann.

Lindenthal gab sich unbeirrt. »Als Mörder würde ich mich doch entweder sehr unauffällig dort aufhalten, wo bislang mein Lebensmittelpunkt war, oder ich würde meinen Standort wechseln. Flüchten quasi. Irgendwo untertauchen.«

»Sie könnten vielleicht recht haben«, stimmte Timmermann ihr zu. »Dann überprüfen Sie doch mal mit Ihrer Assistentin, wer in den letzten Monaten von wo nach wo in Schwerin umzog, männlich ist und um die dreißig Jahre alt.«

»Ist schon in Arbeit«, flunkerte die Kommissarin erneut. Sie hatte keine Lust, sich von Timmermann vorschlagen zu lassen, wie sie in ihren Ermittlungen vorging. Sie verfolgte ihren eigenen Plan. Auch wenn der noch mehr als schemenhaft war. Sie drückte ihre Zigarette aus.

»Pläne für Ostern?«, wechselte Timmermann jetzt das Thema. »Morgen ist schon Karfreitag.«

»Puh«, antwortete die Kommissarin. Sie dachte augenblicklich an Tim. Sie wollte sich schon sehr lange wieder bei ihm gemeldet haben, verschob es jedoch andauernd. Sie prokrastinierte bei diesem Thema wie ein Abiturient bei einer Klausurvorbereitung. Zu ungewiss erschien ihr der Ausgang eines Telefonats mit ihrem einstigen Jugendfreund und Geliebten, dessen sie sich entledigt hatte, weil sie eine Fernbeziehung nach München nicht wollte. Und dennoch bereitete ihr die eigene »Herausschieberitis« einiges Kopfzerbrechen. Das schwerwiegende Gefühl, dass sie Tim damit womöglich sehr verletzt und damit wehgetan hatte, war in den letzten Monaten häufiger über sie gekommen.

»Schlafen«, antwortete sie kurz. »Vielleicht ein Bürotag am Samstag. Und meine Eltern in Zickhusen besuchen. Osterbraten am Sonntag.«

Sie fragte ihn nicht, was er vorhatte. Was Timmermann in seiner Freizeit trieb, interessierte sie nicht. Sie wollte mit ihm kollegial arbeiten, aber keine weiteren privaten Informationen austauschen. Es hatte ihr schon nicht geschmeckt, dass er sie gefragt hatte, ob sie in einer Beziehung sei. Dass sie ihm darauf überhaupt geantwortet und von ihrer Jugendliebe Tim erzählt hatte, verbuchte sie unter einer Art psychologischer Taktik des Vertrauensaufbaus durch die Preisgabe privater Details. Sie nahm sich vor, dass er zukünftig keine weiteren Einzelheiten mehr über dieses für sie sensible Thema erfahren sollte.

»Ich wechsle dann mal hinüber in mein Büro«, sagte sie. »Vielleicht sind ja bei Laura erste ernstzunehmende Hinweise aus der Bevölkerung eingegangen.«

»Petri Heil!«, antwortete Timmermann kernig. Sie hörte sich »Petri Dank!« sagen, obwohl sie es sofort geschmacklos fand, die Suche nach dem Mörder eines minderjährigen Mädchens mit *Anglerglück* zu vergleichen.

13

Der Weg von Timmermanns Refugium führte durch einen langen fensterlosen Gang, von dem die Büros anderer Mitarbeiter des Kommissariats abgingen. Das Zentrum des Flurs bildete ein sich nach links weit öffnendes Halbrund, an dessen Decke durch ein Fenster in der Form eines stattlichen Bullauges Licht hineinfiel. Es beleuchtete eine Sitzgruppe aus vier Ledersesseln mit einem niedrigen Glastisch in der Mitte. An den Wänden hingen einige Kunstdrucke des Schweriner Landschaftsmalers Carl Malchin: *Althagen auf Fischland im Winter*, *Kühe an der Tränke*, *Kornverladen an der Ostseeküste bei Boltenhagen*, *Blick vom Artillerieberg auf Schloss und Stadt Schwerin* und die *Heimkehrende Schafherde am Dorfrand*. Lindenthal trat näher an die Bilder heran und begutachtete sie ausgiebig. Sie las, dass alle diese Werke im Staatlichen Museum Schwerin zu sehen seien.

»Gefallen Sie Ihnen?«, fragte eine dunkle, rauchig-warme Stimme hinter ihr.

Sie ließ sich einen Moment lang Zeit, zu erfahren, wer zu dieser Stimme gehörte. Sie sagte: »Ja, sie haben alle eine angenehme Temperatur.«

»Schön ausgedrückt«, antwortete die Stimme.

Jetzt wandte sie sich um. Vor ihr stand ein etwa gleichaltriger, adrett wirkender Mann, gekleidet in einem hellgrauen Anzug, dunkelblauen Hemd und schwarzen Lederschuhen. Auffällig war sein Kreuz, das er an einer feinen Silberkette um den Hals trug. Seine hellen Augen glänzten wie nasse Steine. Er strich sich eine Strähne seiner widerborstigen, hellen Haare aus der Stirn und sagte: »Ich bin Toni Kielmann, Oberkommissar in Wismar. Und mit wem habe ich die Ehre?«

Sie reichte ihm die rechte Hand und sagte: »Ich denke, ich habe mit dem Kollegen Timmermann gerade über Sie gesprochen.«

»Ich hoffe, doch nur das Beste«, lächelte er.

»Das kann ich nicht einschätzen. Er drohte mir damit, Sie mir an die Seite zu stellen, wenn ich einen Mädchenmörder nicht bald dingfest mache.«

»Scheußliche Geschichte«, sagte Kielmann. »Ich meine den Mord natürlich, nicht seine Drohung.«

Eva Lindenthal lächelte fein. »Ich will ehrlich sein«, sagte sie. »Ich mag Männer, aber nicht unbedingt in meinem engen Arbeitsumfeld. Ich habe verschiedene, nicht allzu positive Erfahrungen mit Ihrer Spezies gemacht. Ein Team ist keine Konkurrenzveranstaltung. Da muss jeder für jeden einstehen, trotz Testosteron und Östrogen. Sie verstehen, was ich meine?«

»Ganz und gar«, behielt Kielmann sein gewinnendes Lächeln bei. »Möglicherweise gehen auch mit mir mal meine Energien durch. Ich halte das für menschlich. Aber ich vermute mal, dass Sie auch nicht ganz *ohne* sind.«

Die Sonne fiel durch das Oberlicht. Kielmanns Kreuz begann, zu funkeln.

»Ich vermute, dass Sie damit meinen, ich hätte als durchsetzungsfähige Frau automatisch Haare auf den Zähnen?«

»Ich habe aus der Inspektion gehört, dass Sie als durchsetzungsfähig gelten. Mehr nicht.«

»Gut«, sagte Eva Lindenthal knapp. »Wenn es als durchsetzungsfähig gilt, dass ich schießwütigen Cowboys und anschwellenden Kämmen bei Hähnen nichts abgewinnen kann, dann stimmt diese Einschätzung. Denn das macht mich weder an, noch finde ich das *erregend.* Im Gegenteil: Es knipst etwas in mir aus … – aber genug der Metaphern. Warum sind Sie denn hier vor Ort, Kollege?«

»Wir haben im Hafenbecken in Wismar eine männliche Leiche gefunden. Wahrscheinlich eher ein Unfall als ein Gewaltverbrechen. Er fuhr als Decksmatrose auf einem Containerschiff mit Holz. Ein Norweger. Er hatte Schweriner Wurzeln, für die ich mich mehr als Kür statt als Pflicht interessiere.«

»Wie meinen Sie das?«, fragte sie.

»Wollen wir uns setzen?«, fragte er zurück.

»Nein, nein«, wehrte sie ab. »Sitzen lähmt mich irgendwie. Wenn ich nachdenke, stehe ich lieber. So kann ich meinem Gegenüber auch besser in die Augen sehen.«

»In die Augen sehen?«, fragte Kielmann erstaunt. »Was glauben Sie, in ihnen zu finden?«

»Aufrichtigkeit? Mut? Empathie?«, entgegnete sie schnell.

»Gefällt mir«, sagte er. »Und mit mehr Kür als Pflicht meine ich«, kam er auf ihre Frage zurück, »dass wir bei der äußerlichen Unversehrtheit seines Körpers nicht von Mord ausgehen. Aber was hat ein Norweger mit Schwerin zu tun? Das interessiert mich, trotz eines mutmaßlichen Unfalls.«

»Sie meinen, er ging einfach so über Bord und ertrank?«

»Es waren nur eine Handvoll Männer noch wach in jener Nacht, als er verschwand. Der nautische Offizier, zwei weitere Decksmatrosen, ein Maschinist und dessen Hiwi. Sie haben zusammen gefeiert, bis kaum noch einer stehen konnte. Selbst wenn es nicht mit rechten Dingen zugegangen sein sollte: Die Alibis der Männer sind astrein. Und: Er ging kurz hinter dem Hafen auf offener See über Bord. Ein möglicher Täter von Land scheidet also aus. Außerdem fanden wir eine Art Tagebuch, in das er kürzere und längere Notizen über Einsamkeit, Depressionen und Lustlosigkeit am Leben schrieb.

»Ein Tagebuch als Abschiedsbrief?«, fragte die Kommissarin. »Interessant ...«

»Ich denke, er erlitt einen spontanen Schiffskoller, der Alkohol gab ihm den Rest, er sprang über die Reling und ertrank.«

»Armer Kerl«, sagte sie und spazierte langsam an Kielmann vorbei aus dem Halbrund heraus. Währenddessen gab sie zu verstehen: »Ich möchte nicht unhöflich wirken. Doch ich muss in mein Büro zurück. Ich will nun wirklich mal wissen, ob es Reaktionen von außen auf unseren Fahndungsaufruf gibt. Sie haben sicherlich ...«

»Den ich übrigens als sehr ehrlich und emotional empfand«, unterbrach Kielmann sie. »Kein Mann würde eine Suchmeldung über einen Täter in dieser Weise formulieren. Das ist eine Stärke von Ihnen, Frau Lindenthal. Ich drücke die Daumen …«

»Das sehen andere anders … Adieu, Herr Kollege!« Sie winkte ihm zu, wandte sich ab und schritt langsam den Gang weiter hinunter bis zu ihrem Büro. »Netter Typ«, murmelte sie leise in sich hinein.

Laura erwartete sie schon. Sie schien erfolgreich gewesen zu sein. Ihre Wangen glühten. »Ich habe eine Abfrage bei den Meldebehörden gemacht. Unser Sexualstraftäter ist nicht mehr in Schwerin gemeldet.

»Und wo lebt er jetzt?«

»Unbekannt verzogen.«

»Verdammt«, sagte die Kommissarin. »Hast du noch etwas für mich? Gab es Reaktionen auf unseren Fahndungsaufruf?«

»Spärliche Hinweise, nichts Konkretes. Da wir ja kein Fahndungsfoto veröffentlichen konnten, bleibt alles sehr vage. Zwei Mütter sind in jedem Falle darunter, die von Belästigungsversuchen gegenüber ihren Töchtern sprechen. Aber auch eher unkonkret, nichts Handfestes.«

»Sorg dafür, dass alle Anrufe aufgenommen und anschließend protokolliert werden.«

»Geht klar, Chefin.«

Die Kommissarin ließ sich in ihren Bürostuhl fallen. Sie war missmutig, enttäuscht und voller Zweifel. Sie hatte sich nicht nur mehr Resonanz versprochen. Vor allem schlug ihr aufs Gemüt, dass ein möglicherweise erster Verdächtiger mit einem konkreten Hintergrund untergetaucht war.

Es war Gründonnerstag. Sie blickte aus ihrem Bürofenster. Es schneite, mitten im April. Laura verschwand soeben im Nachbarbüro. »Ostern wird weiß!«, rief sie ihr maulig hinterher.

»Prima!«, erhielt sie fröhlich zur Antwort. »Dann krame ich

mein Schneehasenkostüm raus, das ich als Zwölfjährige zum Fasching anhatte.«

»Da passt du nie und nimmer mehr rein!«

»Danke für die Blumen, Chefin. Ich werde mich zu revanchieren wissen!«

14

Schwerin, Hospitalstraße 9a, etwa zur gleichen Zeit

Jonas Lipsky saß an seinem Küchentisch, eine Gitarre auf dem Schoß und zupfte einen Ausschnitt des *Allegretto* aus dem Gitarrenkonzert op. 99 in D-Dur von Mario Castelnuovo-Tedesco. Vor ihm ruhte eine halbvolle Espressotasse auf einem weißen Unterteller. Eine Ausgabe des Jehova-Magazins *Erwachet!*, die er der Frau zuliebe an der Wohnungstür angenommen hatte, lag verquer auf dem Tisch. Geblättert hatte er noch nicht darin, und er hatte es auch nicht vor. Die auf dem Deckblatt aufgeklebte CD verhieß ihm auf ihrem Titel *Die Rettung deiner Seele.* Gleich neben dem Heft ruhte still sein altmodisches Handy ohne Smart-Funktionen, aufklappbar wie einst das »Motorola Razr«, aber neueren Baujahrs.

Zwar bediente sich Lipsky aller digitalen Möglichkeiten, die ein Computer heute bot, um schnelle Software für Filmschnitte und Vertonung von Videos bereitzustellen; doch bei seinem Handy war er konsequent. Er schrieb keine Nachrichten und empfing auch keine Textbotschaften. Chatprogramme wie *WhatsApp* nutzte er nicht, andere soziale Netzwerke wie *Facebook*, *Instagram* oder *Snapchat* waren ihm nicht vertrauenswürdig genug, als dass er sich ihrer auf dem Handy bedienen würde. Er nutzte es ausschließlich zum Telefonieren, aber auch nicht häufig.

Ein heller Ton, wie das Klirren eines Glases, drang dissonant in sein Gitarrenspiel. Er legte das Instrument behutsam auf dem Boden ab und schlenderte in den Raum neben der Küche, der nur unwesentlich größer war und dessen Fenster ebenfalls auf den Hinterhof hinausgingen. Mehr als eine breite Couch und zwei Stühle, eine Anrichte mit Gläsern und Geschirr und ein Beistelltischchen mit einem schlanken Laptop befand sich nicht in dem Raum. Auf dem Boden lag ein breiter Teppich mit Jagdmotiven, der noch wie neu wirkte. Eines der Geweihe des darauf abgebildeten Hirsches war geformt wie die Zahl *17*.

Der Bildschirm des Laptops leuchtete grell. Auf seiner Oberfläche tummelten sich – ganz im Gegensatz zu Lipskys Handy – eine Vielzahl an säuberlich geordneten Programmbuttons von Nachrichtenportalen wie *Spiegel Online*, *Schweriner Volkszeitung online*, *NDR aktuell* und *Bild.de*. Wischte er auf dem Bildschirm nach rechts, erschienen Buttons von Bildbearbeitungsprogrammen, einer Foto- und Videomediathek und einer Musiksammlung. Auf Seite drei hatte er die vor allem von jungen Mädchen genutzten Netzwerke *Jappy* und *You* und das bei schwulen Männern beliebte Portal *PlanetRomeo* installiert. Die drei Chatprogramme waren geöffnet und mit Suchfiltern versehen. Ihn interessierten nur Chatterinnen und Chatter zwischen vierzehn und achtzehn. Sie mussten schlank sein, nicht größer als einen Meter siebzig, mit hellen Haaren und blauen oder grünen Augen. Als Interessen seiner möglichen weiblichen oder männlichen Gegenüber hatte er Natur, Tiere, Meer, Musik und Computerspiele ausgewählt. Der Online-Status war auf Liebe und Sex eingestellt. Lipsky selbst bot sich als ein Mann dar, dem Musik, Treue, Respekt, Achtung und Tierliebe wichtig waren. Als Profilüberschrift hatte er die Worte *alles kann, nichts muss* ausgewählt. Sein Profilname war: *milkman*.

Das digitale Klirren kam von einer Nachrichtenseite, die sich aktualisiert und eine neue Meldung zu bieten hatte. Er schien enttäuscht. Eher widerwillig und desinteressiert drückte Lipsky auf *aktualisieren*. Was er dann aber las, elektrisierte ihn.

»Das ist Eva – die Jägerin des Mörders von Mathilda«, lautete die Überschrift. Dazu hatte die Redaktion ein unscharfes Bild einer Polizistin, umringt von Absolventen einer Polizeifachschule, gestellt. Darunter folgte ein Text von etwa dreißig Zeilen Länge. Lipsky las interessiert. Er klickte auf den Link am Ende des Artikels, der auf den Fahndungsaufruf der Schweriner Mordkommission verwies. Auch diesen Text las er sorgfältig, ohne äußere Anzeichen von Unruhe.

Er pfiff leise durch die Vorderzähne. Aber urplötzlich schaltete er ein paar Gänge höher. Aufgewühlt, aber nicht panisch verließ er den Raum, öffnete die verschwiegene Spiegeltür in seinem Flur und sprintete die Treppe hinunter in den Keller. Wer jetzt oben in seiner Wohnung stünde, hätte über eine längere Zeit polternde Geräusche vernommen, die sich mit schurrenden Geräuschen vermengten, so, als zöge jemand schwere Beläge, wie zum Beispiel Teppiche, oder gewichtige Pappkartons über einen Steinboden von links nach rechts und zurück.

Als Lipsky wieder an der Oberfläche erschien, hielt er tatsächlich einen breiten Umzugskarton in den Händen und stellte ihn leise stöhnend in seinem Flur ab. Dem Karton folgten der Rollstuhl und ein Beil. Mehrere Male machte er sich auf den Weg hinunter und wieder nach oben, bepackt mit schweren Kartons, die er fein säuberlich aufeinanderstapelte. Am Ende kam er nur noch mit ein paar zusammengefalteten Kartons in der Hand nach oben, verschloss die Spiegeltür und wechselte in das Zimmer neben der Küche. Flugs kippte er den Inhalt der Schubladen seiner Anrichte in einen Karton, verpackte seinen Laptop, mehrere Ordner mit Papieren und eine schwere Schatulle aus Stahl. Aus der Küche wanderten zwei Flaschen Gin, eine Handvoll Tonicfläschchen, der noch immer blutverkrustete Teppichklopfer, seine Espressomaschine, ein paar Bestecke und einige wenige Tassen und Teller in einen der Kartons. Warum er die Zeitschrift der Zeugen Jehovas ebenfalls mit verstaute, wusste er wahrscheinlich selbst nicht. Sie landete zwischen Tassen und Tellern. Er nahm die Gitarre vom Küchenboden und ging in den Flur zurück. Dort füllte er aus einem breiten Kleiderschrank einen weiteren Karton mit Sommerkleidung, warmen Jacken, derben und leichteren Schuhen.

Seine vorletzte Handlung in der Wohnung war das Verstauen von Badartikeln und des Kulturtäschchens mit den Verkleidungsutensilien. Dann verließ er seine Wohnung, parkte seinen Kombi mit dessen Heck direkt vor der zweiflügligen Hofeinfahrt und öffnete die Heckklappe. Keine halbe Stunde später waren die Kartons verstaut. Sodann füllte er einen Eimer mit Seifenlauge und wischte vom Keller bis zu seinem Wohnraum und der Küche sorgfältig über die Böden, Türklinken, Lichtschalter, Fensterrahmen und die verbleibenden Möbel.

Lipsky blickte sich um. Er schien zufrieden zu sein.

Er spülte den Eimer aus, stellte ihn auf die Heizung zum Trocknen, warf sich eine Jacke über, verschloss seine Wohnung und verließ Schwerin in nördliche Richtung.

15

Einen Tag später, Karfreitag

Eva Lindenthal untersuchte das Handschuhfach ihres Dienstwagens nach einer Batterie für ihre Polizeitaschenlampe, als ein Anruf Lauras über ihre Freisprecheinrichtung einging. Die Kommissarin war auf dem Weg in ihren Heimatort Zickhusen, das Osterwochenende stand bevor.

»Unserer IT ist etwas aufgefallen«, klang ihre Stimme klar und deutlich aus den Lautsprechern, »was so gar nicht dem klassischen Muster eines Mitschnitts einer Wanze entspricht. Statt Worte übertrug unser kleiner Spion Geräusche, als würde jemand seine Wohnung umräumen oder in der Gastronomie im Backstage arbeiten, wo es von Geschirr, Töpfen und Pfannen nur so wimmelt. Das Interessante ist: Diese Geräusche setzten plötzlich ein und endeten knapp eine halbe Stunde später abrupt. Jetzt überträgt die Wanze ein permanentes leises Klirren, klopfende Töne und ein leises Rauschen wie von sehr weit entferntem Fahrtwind oder eines Haarföhns.«

»Das klingt in der Tat merkwürdig. Funktioniert unsere Wanze auch als Peilsender?«

»Leider nein. Man kann sie weder orten, noch kann sie ihren Standort senden. Dafür bräuchten wir ein Kombigerät aus Sender und Ortung. Haben wir in der Inspektion nicht, zu teuer in der Anschaffung.«

»Verstehe«, sagte die Kommissarin. »Welcher Meinung ist die IT?«

»Die Wanze hat in den letzten vier Tagen nicht ein einziges Wort übertragen. Wenn es Geräusche gab, dann wie von zischendem Wasser oder die Laute eines Druckbehälters wie Kaffeemaschine, Wasseraufbereiter mit Kohlensäurepatronen oder Ähnlichem. Diese jüngsten anhaltenden Übertragungen für etwa eine halbe Stunde lassen nach Meinung unserer Abhörexperten auf eine plötzliche, vielleicht sogar hektische Aktivität des Mannes aus Haus Nummer 9a schließen.«

»Das ist ja alles schön und gut«, sagte Eva Lindenthal. »Aber dieser Hausbewohner passt weder auf die Beschreibung von damals noch auf den Belästiger Leas. Die Spur ist nach heutigem Sachstand mausetot, liebe Laura.«

»Ich würde diesen Typen gern noch einmal besuchen«, bat Laura sie mit einer gewissen Bestimmtheit. »Nicht, dass ich irgendeine Vermutung hätte. Und wenn ich nur unsere Wanze berge, damit sie von dort verschwindet.«

»Wann denn?«

»Spätestens am Montag. Ich habe Ostern nichts weiter vor. Meine Familie ist in ihr Wochenendhaus abgereist, mein Freund ist in Süddeutschland bei seiner Familie.«

»Okay, sei aber vorsichtig«, willigte die Kommissarin ein. »Denk an dein Äußeres und halt mich auf dem Laufenden.«

»Ich bin ein Kind des Theaters«, sagte Laura, »und die Illusion ist Teil meines Charakters. Mich enttarnt so schnell niemand.«

»Das ist in unserem Fall auch eminent wichtig, sonst verlieren wir unseren Job.«

Die letzten Worte der Kommissarin hatten ernst geklungen. Sie beendeten das Gespräch.

Auf ihrer weiteren Fahrt nach Zickhusen fragte sich die Kommissarin sehr intensiv, welche Ansätze es wohl noch gäbe, eine Verbindung zwischen Mathildas Tod und ihrem Mörder zu finden. Doch aus den bisherigen Ermittlungsunterlagen ergab sich, dass bereits vor dem Auffinden von Mathildas Leiche die Schweriner Ermittler nicht nur ihr Leben durchleuchtet hatten; auch die Auswertung eines umfangreichen Bewegungsprofils des Mädchens hatte zu keinerlei Spuren geführt. Die Beamten hatten im Umkreis von mehreren Kilometern Waldstücke durchkämmt,

Hinterhöfe durchsucht, Wege nachgezeichnet, die das Mädchen in ihrer Freizeit oft gegangen war. Und nun, nach der bitteren Erkenntnis ihres Todes, erschienen durch diese Gewissheit zwar alle bisherigen Ermittlungen als unzureichend, doch im Grunde waren sie es nicht. Was grundsätzlich fehlte, war ein Hinweis auf den Täter, mochte er auch noch so winzig sein. Doch es gab diesen Hinweis nicht, wenn man davon absah, dass ein mutmaßlich ganz und gar unschuldiger Mensch zum Zeitpunkt des Verschwindens von Mathilda zufällig in der gleichen Funkzelle eingeloggt war. Aber wie zufällig war das wirklich? Diese Frage stellte sich die Kommissarin immer wieder, doch sie kam zu keiner Antwort. Denn auch diese Ermittlung endete mit der polizeilichen Erkenntnis, dass dem Mann nichts nachzuweisen war.

Als Eva Lindenthal ihr Elternhaus erreichte, war es schon später Abend. Keines der Fenster war mehr erleuchtet, nicht einmal die Küche. Ihre Eltern tranken meist noch einen »Gute Nacht«-Tee mit Kornblumenblüten, Brombeerblättern und Lemongras, aber gingen dann zeitig schlafen, das wusste Eva. Deshalb machte sie sich keine Sorgen, schlich sich leise ins Haus und dann in ihr ehemaliges Kinderzimmer. Als sie endlich zur Ruhe gekommen war und einschlief, dämmerte bereits der Morgen.

16

Ostersonntag, zwei Tage später, 8. April

Seit fast drei Wochen war kalendarischer Frühling, und doch widersetzten sich nach wie vor kalte Strömungen dem menschlichen Glauben, dass sich Jahreszeiten an ein bestimmtes Datum zu halten hätten. Es war einer jener Winter, von denen die Menschen glaubten, dass es ihn nicht mehr gäbe, mehr noch: Mit Lust und viel Hingabe hatten auch in diesem Jahr Prominente und einfache Bürger, Forscher und Politiker in medialer Ausführlichkeit beinahe schwermütig ihre Erinnerungen darüber verkündet, wie eisig, unglaublich schneereich und gefährlich für Leib und Auto *früher* die Monate von November bis März gewesen seien. Und obwohl Wetterexperten und Klimaforscher vielfach von einem stetigen Wandel des Weltwetters berichteten, wollte der Winter im Norden Deutschlands in diesem Jahr nicht weichen. Er hatte sich festgesetzt wie eine Zecke auf der Haut eines Tieres.

Es war der Ostersonntag, gegen elf Uhr, als Theresa und Jean-Pierre Friedensreich mit ihren beiden kleinen Söhnen Kris und Leander aus ihrer Wohnung in der Schweriner Beethovenstraße, beladen mit Süßigkeiten, Kuscheltieren, Getränken und Snacks, in ihr Auto stiegen, sich gegenseitig beim Anschnallen halfen und Kurs auf den schnellsten Weg an die Ostsee nahmen. Die Tradition des Versteckens galt auch den Friedensreichs als eine Art Wert, den sie noch so lange erhalten wollten, bis ihre Kinder daran kein Interesse mehr zeigten. So war es auch in diesem Jahr. Schon bevor ihre Kinder zur Welt kamen, zog es Theresa und Jean-Pierre an den kleinen Flecken Steinbeck, der sich an das Ostseebad Boltenhagen anschloss, aber längst nicht so viele Touristen anzog, weil der Strand steinig und wild zerzaust war. Wind und Wetter warfen immer wieder Wurzelwerk, Äste, manchmal ganze Bäume von der Steilküste hinab ans Ufer.

»Ich bin wirklich gespannt darauf«, hatte Theresa kurz vor ihrer Abfahrt am Vormittag zu ihrem Ehemann gesagt, »ob es durch die Stürme und die Kälte der vergangenen Woche zu weiteren Abbrüchen kam. Wenn die Kräfte dort weiter so gewaltsam wirken, dann wird es dort ein Chaos aus Lehmmuren, toten Bäumen und Steinen geben. Und bald können wir dort vielleicht nicht mehr hin. Zu gefährlich für die Kids.«

»Dann finden wir einen neuen Strand, an dem wir es uns und unseren Kindern gemütlich machen«, hatte Jean-Pierre pragmatisch geantwortet. »Aber bis Steinbeck von der Landkarte als kuschliger Ort verschwindet, so lange fahren wir dort noch hin.«

Theresa steuerte das Fahrzeug durch Schwerin beinahe vollständig elektrisch, während der Hybridwagen außerhalb der Stadt wieder Benzin verbrannte. Die Stimmung an Bord war heiter, Jean-Pierre räkelte sich auf dem Beifahrersitz, suchte nach einem Hörspiel für die Kinder, während sich Kris und Leander mit gegenseitigem Fingerverknoten quälten.

»Aua«, fiepte der jüngere Kris, »du tust mir weh!«

»Chill mal«, antwortete der ältere Leander, »Fingerknoten ist super.«

Kris entzog ihm abrupt seine kleine, rechte Hand, an der noch Reste vom Pflaumenmus klebten, das er von seinem Frühstücksbrot mit dem Fingernagel abgeschabt hatte. »Nee«, trotzte er kurz. »Tut weh.«

Leander schenkte ihm ein mitleidiges Lächeln und beugte sich dann aus seinem Sitz nach vorn. Kris brauchte noch einen Kindersitz und war wesentlich weniger mobil als sein Bruder.

»Mama, versteckst du heute wieder so wie letztes Jahr? So schwer, dass *ich* alles finde und Kris nix?«

Theresa äugte verstohlen in den Rückspiegel. Leander war jetzt sieben Jahre alt, Kris drei Jahre jünger. Sie war froh, dass ihre beiden Söhne sich halbwegs gut verstanden, auch wenn Leander immer wieder versuchte, Kris zu zeigen, dass er der Ältere war.

»Der Plan ist dieses Jahr ein anderer«, antwortete statt ihrer der Vater. »Wir verstecken zwar für jeden von euch ein paar kleine Geschenke. Aber für Kris suchen wir eine leichtere Stelle, für dich eine schwerere.«

»Was?!«, schrie Leander auf. »Das ist ungerecht.«

»Im Gegenteil«, wies ihn Jean-Pierre zurecht, »Kris bekommt die gleiche Chance wie du auch. Seines Alters entsprechend.«

Kris, der bis eben geschwiegen und aufmerksam zugehört hatte, lächelte fein. »Find ich gut«, krähte er dann durchs Auto und stupste dann seinem großen Bruder etwas grob in die Seite. Leander jaulte kurz auf. Jean-Pierre drehte sich zu ihnen und knurrte ein kurzes »Aufhören!«, wandte sich wieder seinem Handy zu und stellte eine Verbindung zu seinem digitalen Autoradio her.

»Lass mal noch!«, sagte seine Frau eher im Befehlston zu ihm. »Ich möchte den Kindern etwas erzählen.«

Jean-Pierre hielt inne.

»Kinder«, begann sie, »ich will euch eine Geschichte erzählen. Vorgestern war Karfreitag, dann kam der Ostersamstag und heute ist Ostersonntag, und morgen haben wir alle auch noch frei und können den Tag zusammen verbringen. Es sind Feiertage. Und das hat einen Grund. Und wisst ihr, welchen? Wollt ihr wissen, was vor vielen Jahren an diesen Tagen passiert sein soll?«

»Ja«, antworteten ihre Jungs unisono. Kris schob nach: »Geht das Märchen gut aus?« Leander feixte. Für den Siebenjährigen musste nicht mehr alles gut ausgehen. Er erfreute sich bereits an Fußbällen, die durch Scheiben des Nachbarhauses flogen und für Scherben sorgten.

Jean-Pierre schob sein Handy zurück in die Hosentasche. Er wusste, was jetzt kommen würde. Das Paar hatte vor ihrer Abfahrt besprochen, dass die Kinder in einem passenden Moment über die österliche Religionsgeschichte aufgeklärt werden sollten. Und ehe Streit im Auto zwischen den Kindern aufkam, hatte sich Theresa für eben diesen Moment entschieden. Außerdem würde die Fahrt aus der Schweriner Innenstadt etwas mehr als eine Stunde betragen.

Es entstand ein lebendiger »Quadrolog« zwischen den Familienmitgliedern, weil die Kinder bei den Begriffen »Jesus«, »Römer«, »Steinigung« und »Auferstehung« vielfach neugierig und gespannt nachfragten und ihre Eltern ihnen geduldig Antworten gaben. Doch irgendwann fiel inmitten der Ostergeschichte die wohl drängendste Frage aller Kinder, die in einem Auto unterwegs sind: »Wann sind wir endlich da?«

17

»Jetzt«, sagte Jean-Pierre, während seine Frau das Auto vor die Schranke eines kleinen Parkplatzes steuerte. Es war ein Wiesenstellplatz mit Bäumen und groß genug für mehr als zwei Hände voller Autos. Jetzt war er voller Matsch. Eine mürrisch wirkende, ältere Frau in wetterdichter Kleidung trat an die Fahrerseite des Autos heran und nannte einen Preis.

»Hallo, Magda«, grüßte Theresa sie freundlich, »extra für Ostern hier?«

»Muss ja«, brummte sie so unwirsch, wie sich das Wetter gab, »irgendwo muss das Geld ja für die Pflege des Rasens herkommen. Und meine Gastronomie muss auch laufen. Ich hoffe, heute kommen noch mehr Familien, nicht nur Sie.«

Am Rand des Parkplatzes stand eine Art Bauwagen, den seine Besitzerin zu einer mobilen Bulettenbraterei und Fritteuse umfunktioniert hatte.

Die Schranke hob sich an. Theresa steuerte auf eine noch schlanke Buche zu und stellte das Auto ab. Währenddessen hatte ihr Ehemann zwei kleine Brotpakete an seine Kinder verteilt und sie aufgefordert, erst einmal in Ruhe zu essen. Theresa schwang sich behände aus dem Toyota, öffnete die Heckklappe und entnahm dem Kofferraum einen Henkelkorb aus geflochtenen Weidenzweigen. Sie hatte ihn mit einem Geschirrtuch überdeckt. Die Kinder sollten nicht sehen, was die Eltern für sie verstecken wollten. Sie machte sich auf den Weg. Ihre Söhne verdrehten die Hälse, um zu sehen, wohin sie lief. Doch bald war sie hinter einer kleinen Anhöhe verschwunden.

»Versteckt Mama nur am Strand?«, fragte Leander in drängendem Ton. »Das weiß ich nicht«, antwortete sein Vater. Es klang ehrlich.

Kris rief: »Paaapiiiii, wann fangen wir an, zu suchen?«

»Wenn ihr eure Brote verputzt habt. Vorher geht's nicht aus dem Auto raus.«

Die beiden Jungs verschlangen ihre Mettwurstbrote in einer Schnelligkeit, als sei es ihre erste Mahlzeit nach Tagen.

Endlich aus dem Auto heraus, mahnte ihr Vater, sich die Stiefel anzuziehen, es ginge durch viel Matsch. Als sich ihre Mutter wieder zeigte, ging Kris sogleich auf die Suche, Leander nahm eine andere Richtung. Zunächst lotste Theresa die beiden über eine schmale Betonbrücke, unter der ein schlammiges Bächlein verlief, dessen Ufer verwildert war wie ein Stückchen Urwald. Hinter der sehr kurzen Brücke schloss sich ein schmaler Weg an, der sich an einem ebenso wilden Mischwald aus Buchen, Fichten und Tannen im Zickzackkurs entlangzog. Endlich waren alle am Meer.

Die Familie blickte auf eine Wüstenei aus kleinen Steinen und großen Brocken, aus wilden Ästen, abgestorbenen Stämmen, flankiert von einer zerfledderten Steilküste, von der vereinzelt letzte Reste von toten Bäumen hingen und wohl demnächst abstürzen würden. Die Natur formte hier, was ihr die Wind- und Wettergewalten lieferten.

Theresa verwies auf ein kleines Areal, das für die Kinder gefahrlos zu betreten war. Kris fand den ersten Schokoladenhasen, Leander eine Packung mit Marzipan. Und so ging es weiter, bis ihre Mutter fröhlich sagte: »Und jetzt zurück zum Auto, denn auf dem Weg hierher seid ihr an vielen schönen Dingen vorbeigelaufen.«

Ihre Kinder machten große Augen. »Du hast uns absichtlich daran vorbeigeführt?«, fragte Leander knurrig.

»Hat sie«, stimmte Kris mit ein, »und ich sage dir: Wer als Erster da oben ist …«, er zeigte mit einem Fingerchen dorthin, woher sie gekommen waren, »… der kann es auch behalten.« Er rannte augenblicklich los. Leander schien verdutzt und brauchte einen Moment. Doch dann spurtete er seinem Bruder über den feuchten Strandsand hinterher.

»Leander!«, rief seine Mutter ihm nach. »Für dich liegt gleich dort vorn etwas. Dort, bei der umgestürzten Buche!«

Leander stoppte, Kris sprintete weiter. Sein Vater folgte ihm langsam und bedächtig.

»Sehr kalt«, rief er seinem Jüngsten hinterher, »mehr nach rechts!«. Doch Kris ging seinen eigenen Weg. *Sehr kalt* könnte ja auch bedeuten, dachte er bei sich, dass es nur kurz daneben wieder *warm* oder plötzlich sogar *heiß* werden würde. Also ließ er sich nicht beirren. Außerdem war er im Entdeckeralter und krauchte zu Hause in Schwerin durch die Hecken, die die Kita umsäumten, robbte durch enge Röhren auf Spielplätzen und empfand die schmatzenden Geräusche seiner Kinderstiefel besonders anregend, wenn der Boden unter ihm schlammig und morastig war.

Und so steuerte er jetzt geradewegs auf die kurze Betonbrücke und den morastigen Bach zu. Mutig schlug er sich durch wildes Gebüsch und kräftige Keimlinge umliegender Sträucher und Bäume. Vorsichtig einen Fuß vor den anderen setzend, tastete er sich den Abhang zu dem schlammigen Rinnsal hinunter. In seiner Vorstellung hatte seine Mutter hier eine Schale mit Osterleckereien abgelegt, quasi als Lohn dafür, dass dieser Parcours so herausfordernd für ihn war.

»Entsetzlich eiskalt!«, hörte er jetzt seinen Vater rufen. »Komm wieder unter der Brücke hervor!«

Enttäuscht hielt er inne, musterte das wilde Bild, das ihn umgab, und erstarrte dann. Er hatte das Unfassbare entdeckt. Eine Schockwelle raste durch seinen kleinen Körper, er war unfähig, sich zu bewegen. Er spürte Hitze und Eiseskälte auf einmal, ihn schwindelte, er sank zu Boden und stieß einen spitzen Schrei aus. Jean-Pierre, der bereits nahe dran war, eilte jetzt zu ihm.

»Da!«, stammelte er leise und zeigte mit seinem kleinen Zeigefinger vor sich. »Da!«

»Was ist da?«, fragte Jean-Pierre, während er sich einen Weg durch das mannshohe Gebüsch am Rand der Brücke bahnte.

»Da«, wiederholte Kris. Sein Vater war jetzt bei ihm, sortierte seine Blicke und folgte mit den Augen dem Finger seines Sohnes. Ein aufgeschlagener, völlig durchnässter Teppich hatte einen toten Menschen freigegeben, blutverkrustet, mit aufgedunsener, bläulicher Haut, in seltsam verkrümmter Haltung, das Gesicht teils völlig unkenntlich. Ein zartgrüner, zerfetzter Slip und die Haut darunter deuteten auf einen weiblichen Menschen hin. Jean-Pierre griff entschlossen nach seinem Kind, nahm es auf den Arm und wandte sich von dem Fund ab.

»Was ist das?«, fragte der Kleine aufgebracht und strampelte etwas, während sich sein Vater mühsam einen kurzen Weg durchs Gestrüpp bahnte.

»Ein toter Mensch, wir rufen die Polizei.«

»Was ist ein toter Mensch?«, wollte Kris zunächst ruhig wissen, jetzt angeschmiegt an den Hals seines Vaters. »Und was ist mit meinen Geschenken?«, fragte er dann brüsk. »Ich habe erst …!«

»Bekommst du«, unterbrach ihn sein Vater, »aber jetzt gehen wir erst einmal zum Auto.« Er strich seinem Sohn zärtlich über den Kopf, die gelockten blonden Haare. »Lasst uns alle zum Auto gehen!«, rief Jean-Pierre seiner Frau zu. »Sammelt die Geschenke ein, und dann rufen wir die Polizei! Wir haben etwas gesehen …«

»Was ist denn los?«, fuhr ihm seine Frau eher unwillig dazwischen.

»Ihr geht beide mal in diese Richtung«, wies Jean-Pierre seine Kinder an, »dort warten noch Leckereien auf euch. Ich möchte mit Mama gern allein sein.«

Seine Kinder spurten sofort. Sie kannten diesen Vorgang bereits. Ihr Vater hatte mit ihrer Mutter öfter mal etwas allein zu klären.

18

Zickhusen, bei den Lindenthals, gleicher Tag, später Nachmittag

Der Tisch war mit festlichem Geschirr für Kaffee und Tee gedeckt, der noch warme Apfelkuchen kam unter den geübten Händen der Mutter Eva Lindenthals aus dem Backofen, der Mixer für die Schlagsahne röhrte, als wäre es seine letzte Arbeit. Ihr Vater Fred stellte das Ungetüm knurrend ab. Die Kommissarin, leger in einem hellen Kapuzenpullover und ausgewaschener Jeans gekleidet, verteilte kleine Löffel, Kuchengabeln, zupfte die Osterglocken in der Vase auf dem Tisch zurecht, rieb sich fröhlich die Hände und sagte: »So ein Nachmittag in Familie ist doch immer wieder etwas Besonderes.« Sie füllte ihre Tasse mit Kräutertee, die anderen Tassen mit Kaffee.

Ihre Mutter lächelte fein. Seit ihre Tochter in Schwerin arbeitete, sahen sie sich zwar nicht öfter als zu jenen Zeiten, als Eva noch an der Polizeifachschule in Güstrow war. Dennoch fühlte sich die neue Nähe anders an. Man war nicht nur lokal, sondern auch in Gedanken dichter zusammengerückt.

»Mal wieder was von Tim gehört?«, fragte Evas Mutter unvermittelt. Die Kommissarin zuckte zusammen. Ihr Vater schnitt den frischen Kuchen in imposante Stücke. Er schwieg.

»Ähm«, sagte die Kommissarin, »vermintes Gelände.«

»Verstehe«, antwortete ihre Mutter kurz. »Er ist mir in guter Erinnerung. Ich glaubte immer, ihr würdet sogar heiraten.« Sie servierte die Schlagsahne. »Ich bedauere, dass ihr euch offenbar aus den Augen verloren habt.«

Die Kommissarin trank hastig einen Schluck. »Wenn ich ehrlich sein soll, dann vermisse ich ihn auch. Er hat mich nicht per se als Mädchen oder Frau behandelt, sondern wie einen *Freund.*

Nicht im maskulinen Sinne gemeint, sondern neutral. Das war eine Qualität von ihm. So ein Mensch fehlt mir gerade.«

»Na, siehst du«, hakte ihre Mutter ein, »ruf ihn an, trefft euch und besprecht, welche Möglichkeiten es innerhalb dieser weiten Distanz zwischen München und Schwerin gibt, um euch wieder näherzukommen.«

»Will ich das?«, entgegnete Eva Lindenthal. »Er hat seinen Job als Anwalt, ich als Kommissarin. Wahrscheinlich ist er genauso rund um die Uhr beschäftigt wie ich. Und wisst ihr was? Innerlich bin ich auch jetzt auf dem Sprung, weil ich immer denke, jetzt klingelt gleich das Telefon, weil ein Gewaltverbrechen passiert ist.«

»Berufskrankheit«, meldete sich erstmals ihr Vater zu Wort. »Lasst uns essen. Der Kuchen wird sonst kalt«, fügte er an.

»Gut, Papa«, sagte die Kommissarin. Sie hatte ihr Stück kaum bis zur Hälfte geschafft, als sich tatsächlich ihr Handy meldete. Das Klingeln kam aus einem Raum außerhalb der Küche. Ihre Eltern sahen sich bedeutsam an.

»Entschuldigt mich …«, murmelte sie, verließ eilig das Zimmer, wechselte in den nahen Flur, wo an der Garderobe ihr Mantel hing. Sie griff hastig in eine Seitentasche und meldete sich.

»Hier ist Toni Kielmann«, drang die Stimme des Mannes an ihr Ohr, dem sie ein paar Tage zuvor in der Polizeiinspektion erstmals begegnet war. »Störe ich?«

»Ich bin überrascht«, antwortete die Kommissarin. »Es ist Ostersonntag, ein heiliger Familientag. Der Kuchen dampft. Bei Ihnen nicht?«

»Doch, doch«, sagte Kielmann. »Meine Frau, meine beiden Kleinen und ich kamen vorhin erst von einem Nachmittagsgottesdienst in Wismar. Auch wir saßen gerade beim Kaffee, als ich eine Meldung erhielt. Ich würde auch nicht stören, wenn es nicht *brennen* würde.«

»Was *brennt* denn so, dass Sie es nicht allein löschen können? Und bitte knapp zusammengefasst. Mein Apfelkuchen wird kalt.«

»Mädchenleiche in Steinbeck bei Boltenhagen. Kennen Sie die Gegend?«

»Nein«, sagte sie wahrheitsgemäß. »Sollte ich?« Sie bemerkte, wie eine starke Unruhe in ihr aufstieg. Ihr Blutdruck hatte sich schlagartig erhöht.

»Wilder Strand, naturbelassen, raue Steilküste, schön für Ausflüge der besonderen Art.«

»Ganz offensichtlich«, sagte Eva Lindenthal mit einem sarkastischen Unterton. »Was ist mit dem armen Ding passiert? War schon ein Pathologe vor Ort? Spurensicherung? Und was hat Schwerin damit zu tun?«

»Jaja, das ganze Programm. Wurde am Vormittag von einer Familie entdeckt, die ihre Kinder von der Leine ließ, um versteckte Süßigkeiten zu finden. Ein Vierjähriger hat die im Gesicht schon stark verweste und zerfressene Leiche entdeckt. Sie war bis auf einen Slip unbekleidet, in einen Teppich eingerollt und nur oberflächlich mit Laub zugedeckt.«

»Scheiße«, entfuhr es ihr. »Schon wieder ein Teppich.«

»Sie sagen es. Deshalb rufe ich an. Es gibt extreme Ähnlichkeiten zum Mathilda-Fall. Mutmaßlich minderjährig, aber das sagt uns die DNA-Analyse noch genauer, Verletzungen im Scheidenbereich, ein Teppich als Tarnung der Leiche, entsorgt wie Müll. Eine Frau als Mörderin schließe ich bei den Rupturen in der äußeren und innervaginalen Umgebung aus.«

»Ihre Leute sind also bereits vor Ort?«, fragte sie nochmals nach. Ihre Stimmlage schwankte zwischen leichter Hilflosigkeit und der Sammlung eigener Gedanken.

»Wir haben ihn abgesperrt und eine Rund-um-die-Uhr-Wache bis Dienstagmorgen abgestellt. Die Spurensicherung ist vor Ort, der diensthabende Pathologe informiert.«

Eva Lindenthal ließ sich mit einer weiteren Entgegnung Zeit. Schließlich sagte sie: »Wenn es ernstzunehmende Parallelen zu Mathildas Fall bei dem jetzt aufgefundenen Mädchen gibt und wir zusammenarbeiten wollen, dann leite ich die Ermittlungen. Ich sage das so direkt, damit es zwischen uns keine Missverständnisse gibt. Sie sind zwar ein netter Kerl, aber ich kenne Sie nur flüchtig und schon gar nicht, wie Sie im Job agieren. Wenn Sie damit leben können, dann wäre ich zu einer produktiven *Ménage-à-trois* bereit. Sie, meine Assistentin Laura, ich. Wir arbeiten von Schwerin aus. Das hieße für Sie, dass Ihr Arbeitsplatz ab sofort temporär in der Graf-Yorck-Straße wäre.«

»Klingt vernünftig«, antwortete er. »Ich weiß von einer Dienstwohnung in Schwerin. Vielleicht ist die ja gerade frei. Dann würde ich mir die tägliche Pendelei zwischen Wismar und Schwerin ersparen.«

»Wenn Ihre Familie da mitspielt?«

»Das müsste sie dann ja. Aber Claudia ist, flapsig ausgedrückt, Kummer mit mir gewohnt. Ich komme oft genug erst dann heim, wenn die Kinder bereits schlafen und man mit dem Abend nicht mehr wirklich viel anfangen kann.«

»Das Los von Polizistenfamilien«, sagte die Kommissarin aufrichtig mitfühlend.

»Und wenn dann noch Personalnot herrscht, ist das Wort ›Feierabend‹ nicht die Buchstaben wert, aus denen es besteht.«

»Vielleicht kommen ja auch wieder bessere Zeiten, Herr Kielmann. Ich würde sagen, das Wichtigste für einen gemeinsamen Auftritt bei Timmermann haben wir besprochen. Gibt es noch irgendetwas vom Fundort der Leiche, das ich wissen muss?«

»Wer Feiertagsdienst hat, ist sowieso verfügbar. Polizisten, zwei Beamte von der Spurensicherung, ein Pathologe. Die Familie hatte zwar den Schweriner Notruf informiert, die haben die Meldung allerdings an uns weitergeleitet, weil wir in Wismar für Steinbeck zuständig sind. Allerdings gleichen sich beide Fälle derart, dass wir geradezu die *Pflicht* haben, zusammenzuarbeiten. Oder, wie sehen Sie das?«

Die Kommissarin spürte instinktiv Widerstand gegen eine weitere Person in ihrem Zweierteam. Aber sie spürte auch, dass dieser Fall komplexer war, als bislang angenommen. Vor allem schien die Spur des Mörders nicht mehr lokal eingrenzbar zu sein und erforderte eine Bündelung von Ermittlungskräften. Außerdem passte die Tat in das Muster, das sie kannte. Ein Mörder dieser Art beließ es meist nicht nur bei einer Tat. Er brauchte die Serie.

Die Vesper mit nunmehr kaltem Apfelkuchen, Schlagsahne, Kräutertee und Kaffee verlief bei den Lindenthals jetzt in einer allgemein gedrückten Stimmung, man redete gemeinsam über diesen scheußlichen Fund – bis Laura anrief. Es war gegen 17.30 Uhr.

»Der Vogel ist aus dem Nest«, sprach sie hastig in ihr Telefon.

Die Kommissarin benötigte einen Moment des gedanklichen Umschaltens. »Wie meinst du das?«, fragte sie eine Spur zu grob. Ihre Verstimmung war manifest.

»Ich hab mich kurz nach dem Mittag in die 9a begeben. Wenn jemand nicht in die Osterferien gefahren ist, dann wird er am Ostersonntag zu Hause sein, dachte ich mir so. Üblicher Aufzug: mit Perücke, falschen Wimpern, Brille, verhuscht wie eine Zeugin Jehovas eben …« Sie schwieg kurz. Sie hörte die Kommissarin leise kichern.

»Obwohl ich mehrfach geklopft und geklingelt habe«, sprach Laura weiter, »hat niemand aus der besagten Wohnung die Tür geöffnet. Ich wollte schon wieder gehen, da kommt diese alleinstehende Dame, von der ich schon erzählt hatte, die Treppen heruntergeschlurft, hat mich kurz gemustert und dann gesagt: ›Der hat seine Koffer gepackt und ist vorgestern mit seinem Kombi weg. Hatte 'ne Menge Umzugskisten zu verladen, aber keine Möbel. Na gut, wohnte ja auch hier nur ein paar Monate. Komischer Kauz, dabei noch jung. Hat nicht mal seinen Namen ans Türschild gepinnt.‹ Ich frage sie zurück: ›Wie hieß er denn? Und er war jung? Wie jung denn?‹ Sagt sie: ›Lipsky, Jonas. Vielleicht Anfang, Mitte dreißig. Adrett, schöne lockige Haare, fast wie ein Spanier.‹ ›Bart? Brille?‹, frage ich sie. ›Nein‹, sagt sie, ›ganz dynamisch, gesundes Gesicht, sportlich, keinen Bart. Ob er zu Hause eine Brille trägt, weiß ich natürlich nicht. Wie gesagt, er zog im Oktober letztes Jahr ein. Hab den Mietvertrag mit seiner Mutter gemacht. Er ist hier quasi Untermieter. Hab ihn nur sehr selten gesehen. Lebte sehr zurückgezogen. Hab auch nie Geräusche aus seiner Wohnung gehört.‹ ›Und er wohnte hier ganz sicher allein?‹, frage ich sie. ›Ja, habe, wenn überhaupt, nur ihn gesehen. Ist ja auch nur eine winzige Wohnung mit einem Zimmer und 'ner Küche. Hat aber den Vorteil, dass er noch den Keller nutzen kann. Hatte sich der Vormieter zu einem Partyraum mit allem Schnickschnack ausgebaut. Muss keine Extramiete für gezahlt werden.‹«

Laura pausierte kurz. »Spätestens da wurde ich hellhörig«, sprach sie weiter. »Er sieht anders aus als der, den ich dort antraf und der unser Heft mit der Wanze hat. Er macht seinen Namen nicht öffentlich, hat einen Hobbyraum im Keller und lebt quasi unsichtbar. Vielleicht deshalb, weil er vor allem in seinem Keller hausiert.«

»Schön und gut«, sagte die Kommissarin ins Telefon, »aber was schlussfolgerst du daraus? Was würdest du als Nächstes tun?« Sie bemerkte, wie das Telefonat in ihr etwas auslöste. Sie wusste selbst aber nicht, was es war.

»Reingehen mit einem Spurensicherer, vorsorglich, präventiv, auf eine Ahnung hin. Ich kann das nicht genau begründen.«

»Das musst du aber, denn das ist Verletzung der Privatsphäre. Dafür brauchen wir einen staatsanwaltlichen oder richterlichen Beschluss. Vor Mitte nächster Woche haben wir dafür kein Okay. Und deine Vermutungen mögen ja stimmen, aber ich sehe noch keinen hinreichenden Verdacht für eine Hausdurchsuchung.«

»Ich weiß«, sagte Laura jetzt leise.

»Es sei denn, du findest dessen Mutter, und ihr geht zusammen rein. Offiziell sozusagen.«

»Und was ist mit der Vermieterin? Ich oute mich als Polizistin, und sie öffnet mir die Tür?«

»Geht auch«, sagte die Kommissarin. »Und wie begründest du das? Solange wir über die Vermieterin nicht wissen, ob sie vertrauenswürdig ist, würde ich keinen zusätzlichen Staub aufwirbeln. Es sei denn, sie kommt von allein auf die Idee, in ihrer Wohnung mal nach dem Rechten zu sehen.«

Beide Frauen schwiegen jetzt.

»Das kriege ich hin«, sagte Laura schließlich.

»Das habe ich mir gedacht«, entgegnete die Kommissarin mit ironischem Unterton. »Aber nur ihr beide. Keine Spurensicherung. Du bist da drin auf dich selbst gestellt und musst die Augen offen halten.«

»Geht klar.«

Sie verabschiedeten sich.

»Eva?«, hörte sie aus der Küche ihre Mutter rufen. »Lust auf ein Osterwasser? Papa spendiert frischen Johannisbeerlikör.«

Die Kommissarin wollte. Das leichte »geistige Getränk« war nicht nur innerhalb ihrer weitverzweigten Familie legendär; Eva kannte die Johannisbeersträucher noch aus ihrer Kindheit. Auch wenn ständig neue hinzukamen und andere abstarben, so wusste sie doch, dass die dunklen Beeren gesund aufwuchsen und ihr Vater in einer aufwendigen Prozedur die Gärung der Früchte und die Zugabe von klarem reinen Alkohol in ein verträgliches Verhältnis zueinander brachte. Und vielleicht würden ja ein oder zwei Gläschen davon ihre angespannte Verstimmung gänzlich verjagen.

19

Schwerin, Hospitalstraße, später Abend

Laura hatte sich ein wenig festlich angezogen, weißes Hemd, blaue Stoffhose, dunkler Blazer, und hielt eine Flasche Sekt in der rechten Hand, in der linken ein Notizbuch mit Kalender. Sie drückte auf einen Klingelknopf.

»Hallo?«, fragte es aus dem kleinen Lautsprecher.

»Laura Derwall, ich bin ein Geburtstagsgast und komme nicht in Ihr Haus hinein. Wahrscheinlich feiern die schon wild.«

»Moment«, antwortete die Stimme. Es surrte leise, die Tür sprang auf. Laura stand im Treppenhaus. Sie hörte, wie sich eine Tür über ihr leise schloss, dann schlurfende Schritte. Schließlich sah sie den Kopf einer älteren Dame, die vorsichtig die Stufen zu ihr herunterstieg. Sie trug Lockenwickler in ihrem weißen Haar, hatte graue Haushosen und einen roten Strickpullover an.

»Ich bin die Besitzerin des Hauses«, sagte die Dame freundlich. »Zu wem wollen Sie denn? Hier hat heute niemand Geburtstag. Ich wüsste das, ich kenne die Mietverträge.«

Die Dame hatte Laura offenbar nicht wiedererkannt. Die junge Kriminalobermeisterin atmete erleichtert durch. »Hier sehen Sie, er hat heute Geburtstag, da steht's.« Laura hatte den Termin noch vor Betreten des Hauses schnell in ihr Notizbuch eingetragen. Sie tippte mit einem Finger darauf.

Die Dame blickte neugierig auf das Notizbuch und kniff dabei ihre Augen zusammen. »Ich habe keine Brille auf«, sagte sie. »Warten Sie, ich hole sie. Und dann rufen wir an. Ich könnte schwören, dass der Herr mit Sack und Pack weg ist.«

»Vielleicht hat er auch nur seine Wohnung ausgemistet?«, fragte Laura ernsthaft. »Es soll Leute geben, die an ihrem Geburtstag merkwürdige Dinge tun.«

»Damit mögen Sie recht haben«, sagte die Frau. »Momentchen, ich bin gleich wieder da.«

Sie schlurfte erneut eine Etage nach oben. Laura besah sich die Tür, rüttelte leise an ihr. Horchte. Sie hörte keinen Laut. Der Türspion glotzte sie an wie das Auge eines Cyborgs. Die Vermieterin kehrte zurück. Sie trug jetzt einen weichen Mantel mit Pelzbesatz und Hausschuhe aus braunem Leder. Sehr fein.

»Entschuldigen Sie meinen Aufzug«, sagte sie mit einem gesunden Understatement, »aber es ist kühl hier im Flur.«

»Schöner Mantel«, erwiderte Laura anerkennend.

»Zeigen Sie mal her«, wies die Frau auf das Notizbuch von Eva Lindenthals Assistentin.

»Stimmt, da steht, dass er heute Geburtstag hat. Warum kommen Sie denn *so* spät am Abend zu einem Geburtstag? Es ist kurz vor zweiundzwanzig Uhr.«

»Ich wohne in Wismar«, flunkerte Laura ganz im Bewusstsein dessen, dass dies im Moment opportun war, »mein Anfahrtsweg nach Schwerin hat sich etwas gedehnt. Stau beim Kreuz Schwerin. Lkw-Unfall.«

»Verstehe.« Die Frau wiegte ihren Kopf erst nach links, dann nach rechts. »Komisch, dass seine Mutter nicht an seinem Geburtstag da ist.«

Laura überlegte kurz, ob sie weiter nachfragen sollte. Der Mutter-Aspekt klang als Ansatz interessant. Sie entschied sich dagegen und in ihrer Rolle als Freundin zu bleiben. »Vielleicht will er nur mit Freunden feiern? Sie wissen doch, wie das mit den jungen Leuten heutzutage ist. Eltern für Geld und Sicherheit, Freunde fürs Vergnügen …«

Die ältere Dame blickte mit einer Mischung aus Verständnis und Abscheu auf die Besucherin. »Sind Sie auch so?«, fragte sie.

»Ja. Ich gebe es zu.«

»Das sind wirklich merkwürdige Zeiten, in denen wir leben«, sagte die Vermieterin. »Wollen Sie nochmals läuten?«

»Natürlich.«

»Merkwürdig, dass bisher noch keine anderen Gäste geklingelt haben. Normalerweise höre ich das.«

»Läuft Ihr Fernseher?«, erkundigte sich Laura.

»Ja.«

»Na, sehen Sie, da kann man schon mal etwas überhören.«

Sie lauschten beide an der Tür. Keine Reaktion. Die Vermieterin klingelte erneut.

»Ihm wird es doch gut gehen?«, fragte Laura. »Er hat mir mal erzählt, dass er so merkwürdige Schmerzen im Brustbereich hat.«

»Hat er? So jung und Brustbereich?« Die Dame guckte irritiert.

»Haben Sie nicht gelesen, dass vor kurzem ein junger Jogger gestorben ist? Keine fünfundzwanzig Jahre alt. Sein Herz hat einfach versagt. Scheußliche Geschichte.« Laura blickte sie betroffen an.

»Fürchterliche Zeiten«, sagte die Frau und schüttelte ihren betagten Kopf.

»Ich hoffe, er hat sich endlich seinen Schnauzer abrasiert. Hat ihn *so* viel älter gemacht.«

Die Vermieterin sah sie scheel an. »Schnauzer? Hören Sie, der Mann ist jung. Der trug weder Bart noch Schnauzer.«

»Aber die Hipster in Berlin …«

»Wie meinen? Ich schließe jetzt mal auf. Falls der Herr Lipsky doch da ist, dann wäre mir das unangenehm. Ich darf als Vermieterin …«

»Schon gut«, unterbrach sie Laura. »Ich nehme das auf meine Kappe und sage ihm, dass ich mir Sorgen gemacht habe.«

Die Vermieterin schob den Wohnungsschlüssel ins Schloss und drehte ihn mehrfach herum. »Er ist tatsächlich nicht da«, sagte sie. »Niemand schließt sich von innen ein und zieht dann den Schlüssel raus. Nicht auszudenken, wenn es brennt.«

Laura fühlte nicht nur, dass hier etwas nicht stimmte. Mehr noch: Sie ahnte, einen Ermittlungscoup gelandet zu haben.

»Moment bitte, ich schreibe ihm noch mal eine Nachricht, vielleicht antwortet er ja. Ich finde es empörend, eingeladen zu werden, und niemand ist da.«

»Machen Sie das«, sagte die Frau und schritt jetzt herzhaft voran.

Laura sandte den Namen *Jonas Lipsky* und dessen Adresse direkt an die IT-Abteilung zur Abfrage in den polizeilichen Datenbanken.

»Kennen Sie seine Mutter gut?«, fragte Laura jetzt doch. Aber so beiläufig wie möglich.

»Flüchtig«, sagte die Dame. »Hat den Mietvertrag mit mir gemacht.« Sie betätigte den Lichtschalter im Flur und blieb wie angewurzelt stehen. »Sehen Sie«, wies sie auf einen offen stehenden Schrank, »er ist weg. Kaum noch Kleidung.« Sie stürmte ins Bad. »Alles weg!«, rief sie. Irgendetwas vor sich hinmurmelnd rannte sie mehr, als sie ging, in die Küche und vermeldete beinahe das Gleiche. »Er wird mir doch nicht anfangen, die nächsten Mieten zu schulden?«, brabbelte sie vor sich hin. »Er hat einen festen Einjahresvertrag.«

Laura blickte sich derweil aufmerksam um. Ihr fiel erst einmal nichts Verdächtiges auf. »Sie sprachen von einem Keller?«, fragte sie.

»Jaja, aber Herr Lipsky ist ja nicht da. Wir sollten wieder gehen.«

»Nein«, sagte Laura fest. »Ich gehe hier erst wieder hinaus, wenn ich weiß, dass *einhundertprozentig* alles in Ordnung ist.«

»Bringen Sie mich nicht in Teufels Küche«, erhielt sie zur Antwort.

»Vielleicht stehen wir in der gerade«, murmelte Laura zu leise, als dass die Vermieterin sie verstand. Sie vermaß die kleine Wohnung intensiv mit den Augen. Vor allem in der Küche saugte sie jede noch so gering erscheinende Kleinigkeit mit den Augen auf. Sie bemerkte zwei, drei dunkle Flecken auf dem Holzboden der

Küche. Immer wieder suchten ihre Blicke nach dem Jehova-Magazin, das sie hier zu finden glaubte, doch sie entdeckte es nicht. Viel Zeit blieb ihr allerdings nicht dafür. Jede Bewegung, die sie tat, verfolgte die Besitzerin der Wohnung aufmerksam.

»Nicht, dass er da im Keller mit einem Herzinfarkt liegt und Hilfe braucht«, nahm Laura nochmals einen Anlauf, um in den Keller zu gelangen.

»Gott bewahre«, erhielt sie zur Antwort. »Bitte keine Komplikationen. Ich habe selbst ein schwaches Herz.«

»Dann schlage ich vor, Sie bleiben hier oben«, sagte Laura. »Ich gehe kurz hinunter, sehe nach dem Rechten und komme wieder hoch.«

»Meinetwegen«, brummte die Vermieterin, »aber beeilen Sie sich. Ich darf von Rechts wegen gar nicht hier drin sein.«

»Wo geht's denn hier runter?«

»Gute Frage. Es gab da mal eine Tür…«

Laura horchte auf. »Gab?«

»Ich sehe sie nicht. Ich sehe diesen Spiegel hier, wo eigentlich mal eine Tür gewesen sein sollte.«

»Sie kennen Ihre eigene Wohnung nicht?«

»Hören Sie …«

»Schon gut«, beschwichtigte die Polizistin und begann, den Spiegel an seinen Seiten von unten nach oben abzutasten. Sie bemerkte, dass er Spiel hatte, anstatt eng an der Wand anzuliegen.

»Vorsicht!«, bangte die Vermieterin nachdrücklich.

Laura packte jetzt mit beiden Händen an beiden Seiten etwas herzhafter zu, rüttelte und zerrte an ihm. Doch es tat sich nichts. Sie trat jetzt etwas zurück und fixierte das spiegelnde Glas ausgiebig. »Ich hatte mal einen Fernseher, so einen supermodernen Flachbildschirm«, sagte sie. »Aber die Batterien der Fernbedienung waren tot. Also habe ich nach irgendeinem Knopf am TV gesucht, der das Ding in Betrieb setzte. Habe ewig gebraucht. Ganz langsam die Seiten und die Rückwand abgetastet.«

»Machen Sie doch hier mal«, riet die Eigentümerin.

Laura schritt zur Tat. Sie legte zuerst die Fingerspitzen ihrer linken Hand zwischen Spiegelrand und Wand und glitt ganz langsam vom Spiegelfuß an dessen Spitze. Sie spürte keinerlei Widerstand. Sie wechselte auf die rechte Seite. Etwa in der Mitte stieß die empfindliche Sensorik der Spitze ihres Zeigefingers auf etwas, was sich anfühlte wie die Zunge der Metallverriegelung einer Tür. Sie schob den Finger noch etwas tiefer in die Ritze zwischen Spiegelrahmen und Wand. Da war noch etwas. Sie drückte kräftig dagegen. Der Spiegel klappte jetzt leicht zu ihr hin auf. Unter den weit aufgerissenen Augen der alten Dame zog sie dessen rechten Rand vollständig zu sich heran.

»Das ist ja die Tür!«, rief die Vermieterin. »Das nenne ich mal geheimnisvoll.«

»Die Frage ist ja«, entgegnete Laura, »was für ein Geheimnis verbirgt sich da?«

»Kann aber auch vom Vormieter sein. Wie gesagt, der hatte sich einen Partykeller …«

»Glaube ich nicht«, entgegnete Laura. »Niemand baut sich absichtlich eine Barrikade, um irgendwo hinzugelangen, es sei denn, er will etwas verbergen oder schützen. Ich nehme mal Ihr Angebot an und gehe da allein hinunter. Wenn Jonas etwas passiert sein sollte, dann müssen Sie dessen Anblick nicht sehen. Gute Idee?«

»Jaja, gut«, stimmte die Dame zu, »aber beeilen Sie sich. Vielleicht sollte ich die Mutter anrufen und sagen, dass wir in der Wohnung ihres Sohnes sind?«

»Bloß nicht«, herrschte Laura sie ein wenig zu grob an. Die Vermieterin wich erschrocken zurück.

»Ich meinte«, gab Laura ihrer Stimme einen mehr als salbungsvollen Tonfall, »dass Sie keine Pferde scheu machen sollten, bevor wir nicht sicher sind, dass nicht doch alles in Ordnung ist.«

Die Dame nickte nur und schwieg. Man sah ihr an, dass sie erhebliche Zweifel an dem hatte, was sie hier taten. Laura ihrerseits bemerkte diesen Gesichtsausdruck. Sie wusste, dass sie nicht viel Zeit hatte und die alte Dame emotional wieder würde einfangen und beruhigen müssen. Kaum war sie hinter dem Spiegel verschwunden, schlug ihr ein dumpfer, abgestandener Geruch entgegen.

Leichtfüßig nahm sie die Treppe hinunter, tastete nach einem Lichtschalter und hatte sofort das riesige Bett im Blick. Sie sog die Luft ein. Laura stellte alle Sinnesorgane auf Empfang. Sie griff in ihre Umhängetasche und beförderte einen Minirecorder zutage. Sie schaltete ihn ein und sprach leise hinein.

»Kingsize-Bett, Gitter am Kopfende und den Seiten. Bettzeug abgezogen, zwei Kissen, zwei Bettdecken. Kein Laken.« Sie machte ein Foto mit ihrem Handy. Von oben schwebte ein knarrendes Geräusch zu ihr in den Keller. »Am und im Bett nichts Auffälliges. Geruchsprobe an den Kissen. Süßliches Parfüm? Könnte von einer Frau stammen.« Sie langte aus ihrer Umhängetasche nach einer großen Lupe. Ein Utensil, das sie stets bei sich trug. Sie suchte das Kopfende ab. »Blonde einzelne Haare auf dem Kopfkissen. Ich sichere sie.« Laura griff wieder in ihre Tasche und hatte dann eine Pinzette und mehrere Plastiktütchen in der Hand. Sie sammelte ein paar einzelne Haare ein. »Schlage jetzt die Bettdecke zurück. Geruchsprobe. Gebraucht, riecht muffig.« Sie roch an der Matratze. »Dumpfer Geruch, wie oft benutzt. Sehe unter das Bett. Staubig, keine Kartons oder Ähnliches. Sammle Staub ein.« Laura griff nach einem zweiten Plastiktütchen. »Sehe mich weiter um. Mache ein Foto.« Sie drückte auf den Auslöser ihres Handys und fotografierte den restlichen Raum dem Bett gegenüber. »Schreibtisch mit Kabeln«, sprach sie in das Mikrofon ihres Voice-Recorders, »vielleicht für einen Rechner. Keine Technik vorhanden. Ein LAN-Kabel geht in die Wand für Internet über die Telefondose. Kein Papier, keine Mappen oder Hefter. Ich sehe Regale mit Werkzeug, viele Kabelbinder, in Plastikfolie eingerollte Teppichläufer, ein Kamerastativ.«

Sie blickte sich weiter um. Und erst bei ihrem zweiten, dritten Blick in den Raum entdeckte sie die vier kleinen Kameras, die Jonas Lipsky hoch oben an der Decke in den Ecken des Raumes verschraubt hatte. Lauras Blutdruck stieg erheblich an. »Vier Videokameras an der Decke in den Ecken. Alle Objektive sind auf das Bett gerichtet. Keine Kabelschächte irgendwohin. Mutmaßlich Bluetooth oder WLAN-Übertragung.« Sie machte Fotos.

Sie hörte Schritte auf der Treppe. Schnell verbarg Laura die Tütchen, Lupe und Pinzette. Der Minirecorder glitt in ihre Manteltasche. Schnell schritt sie zum Treppenende und fing die Dame noch rechtzeitig ab. »Hier ist er auch nicht«, sagte Laura und drängte die Frau zurück.

»Was …?«, versuchte diese, sich zu wehren, doch Laura zeigte auf den Weg nach oben.

»Wir haben hier nichts weiter verloren«, sagte sie fest, »es sind seine Privatgemächer plus Bett. Ich denke, ich gehe jetzt wieder.«

»Kein Partykeller?«, fragte die Dame.

»Nein, und wenn hier Party war, dann ist sie jetzt vorbei.«

Sie schob die Frau die Treppenstufen empor, folgte ihr sehr dicht, verschloss oben die Spiegeltür, griff dann in die Innentasche ihres Mantels und hielt ihren Polizeiausweis in der Hand.

»Erschrecken Sie jetzt nicht«, sagte Laura zu ihr, »doch ich beschlagnahme diese Wohnung hiermit. Ich muss leider davon ausgehen, dass hier weiterer Aufklärungsbedarf besteht. Ich bitte um den Wohnungsschlüssel.« Sie streckte der Vermieterin die Hand entgegen. Die rührte sich nicht, hielt den Schlüssel fest umschlossen.

»Ist der Mann wegen irgendwas verdächtig? Haben Sie mich die ganze Zeit hinters Licht geführt?«, fragte sie drohend.

»Nein«, sagte Laura. »Ich habe Sie an etwas beteiligt, wofür Publikum eigentlich nicht vorgesehen ist. Sie durften bei einer oberflächlichen Hausdurchsuchung dabei sein. Die Genehmigung dafür reiche ich Ihnen nach.«

»Das ist sicher gegen das Gesetz«, antwortete die Dame forsch.

»Aber Sie werden mich nicht verraten, weil ich Ihnen im Gegenzug zusichere, Ihr Haus und die Wohnung keinesfalls publik zu machen. Somit haben Sie keine möglichen Tatort-Spotter oder andere Spanner zu befürchten. Außerdem schütze ich damit Ihr Vermietungsgeschäft. Können Sie mir folgen?«

Die Wohnungseigentümerin reichte ihr den Schlüssel. »Sie sind ein sonderbares Mädchen«, sagte sie zu Laura. »Ich weiß nicht, was ich von Ihnen halten soll.«

»Ich nehme das jetzt mal als Kompliment«, antwortete die Assistentin der Kommissarin. »Wo geht es von hier aus zum Pfaffenteich?«

20

Gleicher Tag, später Abend

Die Kommissarin schlief schon, als ein grässliches Fiepen dafür sorgte, dass sie nicht nur erwachte, sondern auch herzhaft dabei fluchte. Das Fiepen um diese Uhrzeit bedeutete nichts Gutes. Es war der Klingelton von Lauras zweitem Diensthandy. Sie hatten beide ausgemacht, dass sie es nur benutzen sollte, wenn die Hütte wirklich brannte.

»Laura?«, brummte sie unwirscher in ihr Telefon, als sie es eigentlich wollte. »Was ist passiert?«

»Hast du deine E-Mails gelesen?«

»Nein«, gab die Kommissarin zu. »Meine Familie hat mich …«

»Egal«, schnitt ihr ihre Assistentin etwas stürmisch das Wort ab. »Ich habe sehr, sehr interessante Neuigkeiten.«

Und dann berichtete sie sachlich und ohne Übertreibungen, welche Beobachtungen sie gemacht, was für Proben sie sichergestellt und was für Gegenstände und Auffälligkeiten sie fotografiert hatte.

»Meiner Meinung nach sollten wir da ein professionelles Team hineinschicken. Die Spurensicherung sollte die Wohnung und vor allem den Keller auf den Kopf stellen«, schloss Laura ihren Bericht.

»Aber erst, wenn ein Ergebnis der Haaranalyse da ist«, sagte die Kommissarin streng, »denn wenn die DNA mit einem der ermordeten Mädchen übereinstimmt, dann haben wir den Kerl. Vorher würde ich dessen Privatsphäre nicht noch einmal brechen. Wird denn die Eigentümerin dicht halten?«

»Ich denke, schon«, sagte Laura, »ich habe ihr die Vorteile dessen klargemacht.«

»Verstehe«, grinste Eva Lindenthal in den Hörer. »Gute Arbeit, Laura. Vielleicht hast du den uns lähmenden, verflixt zugeschnürten Knoten mit deiner Beherztheit ja zerschlagen.«

»Ich bete geradezu darum, dass dieser Mensch aus dieser Wohnung unser Täter ist.«

»Immer schön langsam. Du weißt, dass die Unschuldsvermutung so lange gilt, bis er uns sein Geständnis ins Gesicht sagt.«

»Nehmen wir an, wir sind fest davon überzeugt, dass nur *er* es sein kann. Zum Beispiel, weil die Haare auf dem Kopfkissen oder Bestandteile des Staubs ein eindeutiges Indiz dafür sind. Verhaften wir ihn dann nicht?«

Der Kommissarin war bewusst, dass Laura noch unerfahren im Kriminaldienst war, auch wenn sie nachweislich über unschätzbare Talente verfügte. Die mussten jetzt noch zielsicher eingesetzt werden.

»Nein«, sagte sie mit ruhiger Stimme, »wir können nicht zu ihm hinfahren und sagen: ›Guten Tag, uns ist da etwas aufgefallen, womit wir Sie in Verbindung bringen‹, und er sagt: ›Ja, ich war's.‹ Das funktioniert nicht. Er würde alles abstreiten und sagen, dass er nicht wüsste, wie diese Haare in sein Bett kämen. Oder erfindet einen Kumpel, der einen Zweitschlüssel hatte, der verloren ging und jederzeit irgendein Mensch seine Wohnung und Bett hätte missbrauchen können. Oder seine Mutter, oder die Vermieterin. Sie haben alle Schlüssel. Nein, nein. Dieser Beweis würde nicht ausreichen. Er muss es uns *sagen.* Ich schlafe jetzt aber weiter. Schicke bitte die Haare zu den Gerichtsmedizinern ins Labor, ziehe die Fotos auf einen Stick und gib deine Sprachnotizen an die IT. Die sollen das alles für uns aufbereiten. Und dann ab ins Bett.«

»Geht klar, Chefin. Gute Nacht.«

21

Zwei Tage später, Dienstag

Timmermann *winkte* im wahrsten Wortsinne die Zusammenarbeit zwischen Schwerin und Wismar durch. Anders konnte man es kaum beschreiben. Denn als ihm die beiden Kommissare gegenübersaßen und ihm genau diese Frage stellten, ob nicht die Parallelität der aufgefundenen Mädchenleichen dafür sprächen, fuchtelte er nur kurz mit den Händen, als würde er diese Frage in der Tat überflüssig finden. Eine Erklärung schien er nicht zu erwarten. Für ihn war die Sache klar.

»Jaja«, hatte er dazu kurz gesagt, »eine Zusammenarbeit hatte ich mir sowieso vorgestellt. Ich verspreche mir für euer Duo eine Art *Erfahrungsexport* des sehr viel länger im aktiven Dienst stehenden Ermittlers aus Wismar zu meiner noch frischen Ermittlerin.«

Eva Lindenthal zeigte eine etwas säuerliche Miene, hielt sich aber mit einem Kommentar zurück. Mitten in das Gespräch zwischen dem Leiter der Abteilung für Schwer- und Gewaltkriminalität, der Kommissarin und des Kommissars platzte ein Anruf der Schweriner Gerichtsmedizin. Timmermann nahm das Gespräch an.

»Bernhard!«, rief er ausgelassen in den Hörer. »Servierst du uns den Täter?« Timmermann stellte den Lautsprecher an. Dr. Bernhard Walder leitete die Schweriner Gerichtsmedizin seit mehr als zehn Jahren. Er und Timmermann waren beinahe das, was man als gut befreundet bezeichnet. Walder war ein dünner, kleiner Mann mit einem vorspringenden Kinn, Hakennase und vielen kleinen Fältchen auf der Stirn. Er und die Kommissarin hatten noch keine Bekanntschaft miteinander gemacht. Das sollte sich in der Ermittlerkarriere der Kommissarin aber grundlegend ändern. Er würde über den Fall des »Petermännchenmörders« und der sich

Jahre später anschließenden Mordserie dubioser Schattenmänner an Schweriner Polizisten sogar ihr Vertrauter werden.

»Abgesehen von den Teppichen, die wir noch nicht vergleichen konnten, haben wir erste Ergebnisse. Die Haare, die wir untersucht haben, stammen eindeutig *nicht* von Mathilda. Und auch die Spuren im Staub enthalten mehr Milben als verwertbares Material. Da sind Hautschüppchen und Speichelreste, sogar eine winzige Menge an Blut. Aber auch nicht das von Mathilda.«

Die Drei zogen lange Gesichter.

»Aber jetzt kommt es.« Der Pathologe ließ eine Kunstpause, von deren Wirkung er offenbar überzeugt war. »Sowohl die Haare als auch das Blut auf einem Kissen, der Matratze und dem scheußlichen Bettgitter stimmen mit dem Leichenfund unter der Brücke überein.«

»Volltreffer«, sagte Eva Lindenthal spontan.

»Yes, we can«, tönte Kielmann.

Timmermann hatte den Daumen erhoben.

»Ansonsten keine verwertbaren Fingerabdrücke, weder auf den Kameras noch den Türklinken, Fußboden, Lichtschaltern. Selbst in der Küche fanden unsere Spurensucher lediglich die DNA von Insekten, verschimmelte Brotreste, Spuren von Kaffeepulver. Der Mann ist extrem vorsichtig, aber offenbar der Mörder von Elisabeth Lambertz.«

Der Kommissariatsleiter langte unter seinen Schreibtisch, zog eine Schublade auf und beförderte eine Flasche *Southern Comfort,* einen Whiskylikör, und drei kleine Schnapsgläser an die Oberfläche. »Ich brauche jetzt einen Schluck. Wer will noch?«

Alle wollten.

»Ihr habt es euch verdient«, zollte Walder Respekt, »aber vor allem Laura Derwall. Sie ist ein echtes Spurentalent.«

»Ich gebe es gern weiter«, sagte die Kommissarin. »Ich habe ihr heute freigegeben. Sie hat Ostern durchgearbeitet und einen mutmaßlichen Mörder enttarnt.«

Durch Kielmann ging sichtlich ein Ruck. »Haben wir eigentlich auf dem Schirm, dass seine Mutter wie auch die Vermieterin potentiell gefährdet sind? Schließlich führen sie uns beide über die Adresse im Mietvertrag möglicherweise direkt zu Lipskys Elternhaus.«

»Wenn er denn dort ist«, entgegnete die Kommissarin. »Das ist so ein kleines Nest, er würde auffallen, wenn er da plötzlich ankäme.«

»Sehe ich anders«, sagte Kielmann. »Wenn dies wirklich sein Heimatort ist, dann kennt ihn zwar dort tatsächlich jeder. Aber genau dies könnte der Grund sein, warum niemand hinsieht, wenn Lipsky durch den Ort fährt. Er ist ihnen *vertraut*, kein Fremder.«

»Okay, Sie haben recht«, sagte Lindenthal. »Ich habe da noch einen anderen Gedanken. Lipsky und wir werden ab sofort ähnlich denken. Er, um davonzukommen, wir, um ihn zu verhaften.«

»Und wo finden wir nun den Mann?«, fragte Timmermann und erhob sein Glas. Die beiden anderen taten es ihm nach und tranken.

»Wohl bekomms!«, sagte Walder, blieb aber in der Leitung. Er schwieg.

»Über seine Mutter«, sagte die Kommissarin. »Sabine Lipsky. Sie arbeitet für den Einsatzführungsdienst der Luftwaffe in einer Radarstation zur Luftraumüberwachung. Nicht weit von der Fundstelle Elisabeths entfernt. Sie hat den Mietvertrag für ihren Herrn Sohn unterschrieben und ihre Adresse hinterlassen. Ihr Mann betreibt einen Landwirtschaftshof mit Tieren und baut Futtermais an. Sie sind beide derzeit nicht vor Ort, sondern urlauben in Mallorca noch bis zum Ende des Monats. Eine direkte Gefährdung können wir hier also ausschließen. Aber die Vermieterin sollte vorsichtig sein.«

»Braucht sie Polizeischutz?«, fragte Timmermann. »Wie schätzt ihr das ein?«

»Zumindest erhöhte Aufmerksamkeit von Streifen vor Ort«, sagte Kielmann.

»Ich weise das an und verlasse mich da ganz auf euer beider Einschätzung«, bestätigte Timmermann. »Und Frau Lindenthal«, sie blickte ihn freundlich an, »wann vernehmen Sie Lipskys Eltern auf Mallorca? Ich bitte da um einen rechtzeitigen Überblick wegen der Reisekosten!«

»Sehr zeitnah würde ich das tun«, sagte Kielmann an ihrer statt und nickte der Kommissarin unterstützend zu.

»Geht klar«, brummte sie.

»Was sagen denn die anderen Laborergebnisse, Bernhard? Habt ihr die Leiche inzwischen obduziert?«

»Ja, Uli, haben wir. Keine fremde DNA an ihrem Körper. Entweder hat der Täter bei seiner Penetration ein Kondom benutzt oder nicht ejakuliert. Wie gesagt, die Teppiche sind noch in der Mache. Der Täter ist anscheinend sehr vorsichtig, beinahe wachsam. Wie ein Wolf.«

»Ein Wolf?«, fragte Kielmann.

»Wenn *ich* zu unserem möglichen Täter meine Meinung sagen darf?«, fragte Walder beinahe schüchtern.

»Nur zu, Bernhard«, ermunterte ihn Timmermann.

»Wer minderjährige Mädchen erst schändet und dann umbringt, hat nicht nur ein äußerst schwerwiegendes psychisches Problem. Dessen Sexualität, soziale Empathie und dessen Instinkt, einen Menschen eher zu schützen, statt ihn sterben zu sehen, sind grundsätzlich und final gestört. Möglicherweise nicht einmal vorhanden. Wenn er sich an den Mädchen vergeht, empfindet er also keine Lust, sondern eher eine Last, die er loswerden will. Mitleid, Mitgefühl und Verantwortung für die Mädchen nimmt er nur wahr, indem er glaubt, sie umbringen zu müssen. Vielleicht denkt er, er würde sie sogar damit befreien. Und zu guter Letzt: seine Instinkte. Er handelt wie ein Wolf, der ohne Rudel ist. Man weiß von diesen sogenannten Omega-Wölfen, dass sie wesentlich entschlossener, gieriger, gefräßiger und grausamer beim Schlagen von Beute sind. Unser Täter könnte so ein Einzelgänger sein, dem das Rudel, also eine soziale Familie, fehlt. Er schafft sie sich temporär, indem er sich Mädchen zuführt, sie quält, sich befriedigt und sie dann umbringt. Die Natur unseres Täters hat sich also gegen ihn gewendet. Er tötet aber vielleicht nicht nur, um sich zu befriedigen. Er tötet vielleicht auch, weil es ihm, ich nenne das jetzt mal: *Spaß* bereitet. Ihr wisst ja, wie ich es meine … Kurzum: Sowohl bei Mathilda als auch bei Elisabeth haben wir starke Einschnitte in den Hand- und Fußgelenken gefunden. Er fesselte sie also. Und der zerschlagene Hinterkopf Mathildas und die Würgemale am Hals von Elisabeth deuten auf diese Mordlust – die mit der eines Wolfes vergleichbar ist – hin.«

Alle drei hatten gespannt zugehört. Walders Ausführungen klangen klar und beinahe zwingend.

»Ich schlussfolgere daraus«, meldete sich Kommissarin Lindenthal als Erste, »dass er wieder töten wird?«

»Davon würde ich ausgehen«, sagte Walder knapp. »Und ich wage sogar die Prognose, dass auch ein Junge statt eines Mädchens in großer Gefahr wäre, wenn der *Wolf* gerade mordlustig ist und kein weibliches Opfer findet.«

»Puh«, entfuhr es der Kommissarin. »Sie hätten Profiler werden sollen«, sagte sie.

»Ich habe ja auch Kriminalistik studiert, bevor ich Mediziner wurde«, erhielt sie zur Antwort. »Ich kann so sehr viele Todesursachen auch in ihrer Ganzheitlichkeit einordnen.

»Das kann man so sagen«, meldete sich Timmermann jetzt zu Wort. »Ich danke dir erst einmal für deine interessanten Ansichten. Ich denke, wir sollten Herrn Lipsky schnellstmöglich aufsuchen und ihn zu einem Geständnis bringen.«

»Viel Erfolg«, wünschte der Pathologe und trennte die Leitung.

»Wir haben bislang keinerlei Zeugen, und ich fürchte, es wird auch keine geben, die ihn so belasten, dass er aus der Nummer keinesfalls herauskommt«, sagte Kielmann.

»Ich schließe mich dem an«, bestätigte die Kommissarin. »Selbst wenn wir ihn mit unseren Laborergebnissen konfrontieren, kann er alle möglichen Gründe erfinden, warum er mit den Morden nichts zu tun hat.«

»Ich frage mich, warum er in so unmittelbarer Nähe seines Elternhauses die Leiche von Elisabeth entsorgt hat. Das verstehe ich nicht«, sagte Kielmann.

»Vielleicht weil er auf sich aufmerksam machen will, vielleicht will er sogar entdeckt werden«, antwortete die Kommissarin.

»Eine weitere Spielart seiner Psychose«, sagte Timmermann.

»Und wenn ich jetzt den Gedanken von Bernhard Walder fortführe«, sagte Eva Lindenthal, »dann komme ich zu dem Schluss, dass er es uns sehr schwer machen wird. Er will spielen, aber er will auch gewinnen.«

Kielmann, der sich eine Weile nicht zu Wort gemeldet hatte, fragte jetzt: »Und wie gehen *wir* nun weiter vor? Wenn ich alle hier im Raum und den Kollegen Pathologen richtig verstanden habe, dann ist Jonas Lipsky in einer sehr viel besseren Position. Er streitet alles ab, wir haben gegen ihn nichts in der Hand, außer ein paar Haare auf dessen Kopfkissen.«

»Wir ziehen ganz andere Karten aus dem Ärmel«, sagte die Kommissarin.

»Das heißt?«, fragten Kielmann und Timmermann unisono.

»Wir dringen tief in sein Leben ein. Mit Trug und List, Verstellung und Schein. Wir ermitteln verdeckt mit allen Zutaten eines polizeilichen Hokuspokus, die es gibt. Wir müssen allerdings die Staatsanwaltschaft ebenfalls von seiner wahrscheinlichen Täterschaft überzeugen. Lipskys Welt muss ab sofort durchleuchtet werden wie von einem Röntgengerät und so manipuliert wie von einer militanten Sekte. Darum wird sich Laura kümmern, während ich das Ehepaar Lipsky im Urlaub störe.«

»Leider ist Waterboarding nicht erlaubt«, murmelte Timmermann zynisch.

»Klingt gut«, sagte Kielmann. »Ich liebe Theater.«

»Das hätte Laura jetzt wohl auch geantwortet.« Eva Lindenthal schenkte Toni Kielmann ein gewinnendes Lächeln.

»Ich übernehme die Staatsanwaltschaft!«, trompete Timmermann lauthals. »Zu denen habe ich beste Kontakte. Und wenn das nicht hilft, muss der Innenminister persönlich ran. Ich will diesen widerlichen Drecksack in der Zelle schmoren sehen.«

Die beiden Kommissare blickten sich bedeutungsvoll an. Ihr Chef hatte ihnen mit seiner Entschlossenheit soeben einen Freifahrtschein für eine verdeckte Ermittlung ausgestellt. Und wenn die Staatsanwaltschaft grünes Licht gab, würden die Kommissarin und ihr Team alle Register der Täuschung, der Irreführung und des Bluffs ziehen. Selbst billige Taschenspielertricks waren von nun an erlaubt.

Teil II

1

Port de Pollença, nördliches Mallorca, drei Tage später

Carrer del Garrover war eine staubige, schmale Straße, an der ein paar unförmige Apartmenthäuser in Bungalowgröße wie eine lustlos gehäkelte Perlenschnur aneinander gebaut standen. Zwar führte sie direkt ans Meer, aber nicht einmal als spanischer Straßenhund wollte man hier begraben sein. Und dennoch hatten sich die Lipskys hier in einem gelb angestrichenen Betonbungalow mit der Adresse PB1 eingemietet, blickten aus ihrem zur ebenen Erde liegenden Salon auf ein Stück Wiese mit zwei Liegestühlen, hinter der sich optisch nur noch das Meer in etwa zweihundert Metern weit auftat. In der Ferne reckten sich die gewaltigen Hügel der Vulkanlandschaft in den blaublassen Himmel. Die Kommissarin fühlte sich bei ihrer Ankunft an diesem Ort, der vom Flughafen in Palma etwa fünfundsechzig Kilometer entfernt lag, anfangs wie in einem miserabel finanzierten Film, der irgendwo in Mexiko spielte und in dem es außer einer fehlenden Handlung wenigstens eine sengende Sonne gab. Anders als in Deutschland bot dieser Teil der Insel schon ein echtes Sommerwetter in der Mitte des Aprils.

Die Kommissarin hatte sich in der Nähe des Ehepaars Lipsky ein kleines Zimmer mit Balkon und Meerblick in einem nahe gelegenen Apartmenthaus gebucht.

Sie hatte sich mit Sabine und Friedrich Lipsky im *Ca'n Josep,* einem Restaurant ganz in der Nähe, zum Abendessen verabredet, und sie wurden mit Plätzen am Fenster mit Blick auf die schöne Bucht von Pollença verwöhnt. Um der zumeist deutsch sprechenden Kundschaft des Restaurants nicht unfreiwillig Einblicke in die Arbeit des Schweriner Mordkommissariats zu geben, hatte die Kommissarin den letzten Tisch, der an eine Glaswand grenzte, bestellt und saß nun mit dem Rücken zum Publikum.

Sabine und Friedrich Lipsky saßen nebeneinander ihr gegenüber und blickten scheu auf die Ermittlerin aus Schwerin. Eva Lindenthal hatte sie am Telefon nur sehr spärlich darüber informiert, warum sie hierher kommen würde, und die Lipskys eindringlich gebeten, einen ihrer Urlaubsabende für ein Gespräch zu opfern.

Sabine Lipsky war eine Frau mit Dauerwelle, tiefbraunen Augen und einem von der Sonne leicht gegerbtem Gesicht. Sie trug zu einer weißen Bluse einen sandfarbenen Seidenschal und einen Rock aus Baumwolle, der ihr bis zu den Fußknöcheln ging. Ihr Mann steckte in einem Hawaiihemd, das jede Farbe bot, nur kein Schwarz. Seine ausgeblichenen Jeans und die hellblauen Mokassins vervollständigten den Urlaubsauftritt eines Mannes mit einem lächerlichen Geschmack.

Die Kommissarin blickte mit einem gewissen Amüsement auf die beiden vor sich, versagte sich aber jede Ironie in den Augen.

Der Kellner war flinker bei ihnen, als dass Eva Lindenthal dazu kam, zu sagen, warum sie hier sei. Er hatte Wein- und Wassergläser, Bestecke, Servietten, eine kleine Schale mit schwarzen Oliven und Weißbrot dabei. Er drapierte seine Mitbringsel sorgfältig auf dem Tisch und fragte nach Getränkewünschen. Neben zwei Flaschen *Agua con gas* bestellten sich die Lipskys eine Flasche *Son Bordils*, einen mallorquinischen Chardonnay. Die Kommissarin war an der Reihe.

»Yo bebo té.«

Der Kellner sah sie an wie eine Erscheinung.

Für die Kommissarin fühlte es sich gut an, ihr Spanisch, das sie zwei Jahre zuvor in einem Intensivkurs gelernt und vielfach auf ihren Urlaubsreisen verbessert hatte, endlich wieder anzuwenden. Sie war seit einigen Monaten nicht mehr im spanisch sprechenden Ausland gewesen.

»¿Té?«, fragte er erstaunt. »¿Esta seguro? Aquí todos beben agua y vino.« Er grinste breit. Er hatte sein langes Haar zu einem Zopf gebunden. Es leuchtete etwas ölig in der hereinfallenden Sonne.

»Pero yo no«, antwortete ihm die Kommissarin trocken. »Estoy aquí para trabajar.«

»¿Té negro o té de hierbas?«, reagierte er mürrisch.

»Hierbas«, blieb sie freundlich.

Der Kellner trollte sich wieder.

»Ich kann den Kellner verstehen«, sagte Friedrich Lipsky. »Sie wollen Kräutertee, der nicht viel Umsatz bringt, während alle anderen hier Wein ordern.«

»Aber ich bin im Dienst, habe ich ihm gesagt. Das muss er akzeptieren. Mich führt eine sehr ernste Angelegenheit zu Ihnen. Da möchte ich konzentriert sein.«

»Das hätte keine Zeit gehabt, bis wir wieder in Deutschland zurück gewesen wären?«, fragte Friedrich Lipsky etwas grämlich.

Die Kommissarin schüttelte energisch ihren Kopf.

»Der Kellner hat für meinen Geschmack auch etwas überreagiert«, überging Sabine Lipsky die Einlassung ihres Mannes. »Der zog ja seine Mundwinkel bis zum Kinn herunter.« Sie griff nach einer Olive. Ihr Mann mit einer Hand nach einer Scheibe Brot.

»Pablo ist am Geschäft beteiligt«, wusste er. Er zerriss das Brot in zwei Hälften.

»Kommen wir mal zur Sache«, unterbrach die Kommissarin eine weitere für sie völlig irrelevante Preisgabe des Insiderwissens der beiden Urlauber. »Ihr Sohn ist ein zweifacher Mörder.«

Sabine Lipsky fiel die Olive aus dem Mund. Friedrich Lipsky zerdrückte das Brot, als quetsche er eine Zitrone aus.

»Was?«, fragte Jonas' Mutter um Fassung ringend. In ihren Augen stand pure Furcht.

»Moment mal«, knurrte ihr Mann böse, »*was* hat diese *Missgeburt* schon wieder angestellt?« »Friedrich!«, rief seine Frau empört. Sie versuchte, nach seiner Hand zu fassen, doch er zog sie schnell weg.

»Seine Spuren finden sich an den Leichen zweier minderjähriger Mädchen. Sie heißen Mathilda und Elisabeth und durften nicht älter als vierzehn Jahre werden«, sagte die Kommissarin ungerührt.

»O Gott, wie furchtbar«, presste Sabine Lipsky hervor.

»Ich wusste, dass er krank ist«, sagte Friedrich Lipsky mit Hochmut. »Sicher kennen Sie seine kriminelle Biografie. Sexuelle Belästigung, versuchte Vergewaltigung, Nötigung, das ganze Programm. Der Staat hätte ihn längst aus dem Verkehr ziehen und in eine Irrenanstalt stecken sollen.«

Sabine Lipsky warf ihm einen vernichtenden Blick zu. Doch sie schwieg. Sie blickte jetzt aus den Panoramafenstern aufs Meer. Ihr Gesicht war blass. Sie rang mit ihren Händen. Jetzt zeigten sich erste Tränen, die ihr langsam aus den Augen quollen und ihre Wangen hinunterrannen wie Regentropfen an einer Scheibe. »Er ist unser einziges Kind«, flüsterte sie leise.

»Ein Bastard«, knurrte ihr Mann. »Ein Kinderschänder.«

»Moment mal«, warf Eva Lindenthal ein. »Bleiben Sie sachlich. Kinderpornographische Darstellungen wurden bei ihm nicht gefunden. Und Anzeigen wegen Kindesmissbrauchs liegen gegen ihn auch nicht vor. Die Mädchen waren zwar alle viel zu jung, aber sie waren Jugendliche im strafrechtlichen Sinn.«

»Was tut das zur Sache?«, fragte der Vater. »Er ist Abschaum. Nicht normal. Normal wäre, sich eine Frau zu suchen, eine Familie zu gründen, einen Job zu haben.«

»Du hast es nie überwunden, dass er deinen Scheißhof nicht wollte«, zischte ihn seine Frau an. »Du glaubst, alle müssten so sein wie du. Patriarchalisch, weiß, hetero, Nicht-Wähler, Schwulen-Hasser und alle zwei Jahre ein neues Auto von VW. Du bist ein Idiot, Friedrich Lipsky. Ein komplettes Arschloch. Ein ekelhafter Deutscher.«

Sie hatte ihre schweren Geschütze so ruhig und bestimmt, wie es ihr als enttäuschte Mutter möglich war, aufgefahren, geladen und abgefeuert. Das Gesicht ihres Mannes war währenddessen dunkelrot angelaufen. Er schien kurz davor, lautstark emotional zu explodieren.

Die Kommissarin registrierte all das in wenigen Sekunden. Sie schlug kurz mit der Unterseite ihrer rechten Hand auf den Tisch. Die noch leeren Gläser klirrten gegen die Bestecke. Die ersten Gäste flüsterten leise. Der Kellner eilte mit dem Wein auf sie zu. Die Kommissarin verscheuchte ihn vorerst mit einer resoluten Handbewegung.

»Wir behalten jetzt alle einen klaren Kopf«, zischte sie warnend, »beherrschen uns und verlieren nicht die Nerven. Ich kann mir sehr gut vorstellen, wie Sie sich beide fühlen. Jeder auf seine Weise. Aber wir wollen hier keinen Skandal produzieren. Die Mädchen rettet niemand mehr, auch nicht Ihre Ausfälligkeiten. Was jetzt zählt, ist allein die Frage: Wo könnte sich Ihr Sohn aufhalten, was könnte ihn zu den Taten getrieben haben und wie viel Hilfe können wir von Ihnen erwarten?«

»Wo bleibt denn der Wein?!«, fragte Sabine Lipsky herrisch.

Friedrich Lipsky stierte aus dem Fenster aufs Meer. Seine Augen funkelten wild. Seine Gesichtsfarbe war noch immer gefährlich gerötet.

Eva Lindenthal winkte dem Kellner erneut zu. Der kam lächelnd angetänzelt. Doch anscheinend registrierte er die explosive Atmosphäre, die über dem Tisch lag wie schwerer Pulverdampf. Schweigend goss er die Gläser voll, stellte den Tee vor der Kommissarin ab und verzog sich wieder. Sabine Lipsky wartete auf niemanden. Sie nahm sofort einen großen Schluck. Und dann noch einen. Sie griff nach einer Scheibe Brot und schob ein großes Stück davon in ihren Mund. Sie spülte die Reste erneut mit Wein hinunter. Ihr Glas war jetzt so leer wie der Ausdruck ihres Gesichts. Sie griff nach der Flasche und schenkte sich erneut ein.

Ihr Mann glotzte sie sprachlos an. Er hatte den Wein noch nicht angerührt.

»So«, sagte sie freundlich zu Eva Lindenthal, »wie kann ich helfen? Und du«, wandte sie sich streng an ihren Mann, »schweigst vorerst. Deine Meinung zu Jonas kennen wir bereits hinlänglich.«

Friedrich Lipsky blickte auf seine Frau mit einer Mischung aus Trotz und Verärgerung, aber nicht ohne Zuneigung.

»Wie ich schon sagte«, begann Eva Lindenthal, »Ihr Sohn ist nach anfänglichen Verdachtsmomenten nunmehr schweren Anschuldigungen ausgesetzt. Und wir müssen davon ausgehen, dass es bei den beiden Tötungsdelikten nicht bleiben wird. Wir müssen ihn finden und gegebenenfalls …«, sie pausierte kurz, »aus dem Verkehr ziehen. Endgültig, langanhaltend, konsequent. Das Problem allerdings ist …«, wieder schwieg sie einen Moment, »dass wir nicht wissen, wo er sich aufhalten könnte. Seine Schweriner Wohnung hat er vor einigen Tagen unvermutet und von einem Tag auf den anderen mit einigen wenigen Dingen verlassen. Sein Handy ist aus, vielleicht sogar zerstört. Wir müssen befürchten, dass er, wie ein Amokläufer, überreagiert und möglicherweise für seine Umwelt eine enorme Gefahr darstellt.« Die Kommissarin nippte an ihrem Tee.

Sabine Lipsky hatte aufmerksam zugehört. Sie blickte kurz auf ihren Mann.

»Seit Jonas vernehmlich und verständlich sprechen konnte, hatten wir immer mal wieder Probleme mit seiner sozialen Fügung. Er war oft in sich gekehrt, wollte sich keiner Gruppe anschließen und spielte viel lieber allein. Er hatte schon früh eine kleine Freundin, sie hieß Maja, mit der er oft gemeinsam tobte oder sogar stiften ging. Doch das ging abrupt auseinander. Da war

Jonas etwa sieben Jahre alt. Angeblich war sie daran schuld, dass er vom Nussbaum fiel. Ich denke aber, es muss irgendetwas anderes zwischen den beiden passiert sein. Aber Genaueres wissen wir bis heute nicht.«

»Nicht einmal eine Ahnung?«, hakte die Kommissarin nach.

»Nicht einmal eine Ahnung«, antwortete die Mutter. »Man erzählt sich, dass er sie mit Jauche von unserem Hof bespritzt haben soll, worauf sie nie wieder mit ihm spielte. Aber stimmt das auch? Ich weiß es nicht. Wir waren nicht dabei.«

»Jonas mochte als Kind einfach Mädchen nicht«, meldete sich jetzt doch ihr Mann zu Wort. »Sie waren ihm zu anstrengend, zu laut, zu *anders*. Manchmal hat er Fotos von ihnen gemacht, ausgedruckt, an eine Wand seines Zimmers gepinnt und Dartpfeile drauf geworfen …«

»Musst du diese Details …?«, fuhr seine Frau dazwischen.

»Ja«, unterbrach die Kommissarin, »das sind sogar sehr wichtige Details. Erinnern Sie sich noch an Weiteres? Wie war er später, als junger Erwachsener?«

»Er war ein verdammter Einzelgänger«, sagte Friedrich Lipsky. »Und wenn es mal in der Schule nicht lief, ist er einfach nicht hingegangen. Er warf schnell hin, wenn ihm etwas nicht passte, oder wurde grob zu anderen. Einmal brachte er ein Mädchen mit nach Hause, da muss er fünfzehn oder sechzehn gewesen sein. Sie haben sich mitten auf dem Hof gestritten. Irgendwann hat es ihm anscheinend gereicht, und er bedrohte sie mit einer Mistgabel, die da zufällig rumstand. Das Mädchen ist völlig verschreckt abgehauen. Über seine Zeit in Hamburg wissen wir nichts. Er hat dort eine Weberlehre gemacht. Manchmal meldete er sich monatelang nicht.«

Die Kommissarin blickte vom Vater weg auf die Mutter. Sie lächelte ihr aufmunternd zu. »Erinnern Sie noch weitere Vorfälle dieser Art?«

Sabine Lipsky blickte auf ihren Mann. Der drehte seinen Kopf von ihr weg.

»Ja, die Sache mit Nina. Sie wurde von ihm schwanger. Da war er siebzehn.«

»Was war vorgefallen?«, fragte die Kommissarin.

»Das weiß niemand so genau«, sagte Jonas Lipskys Mutter leise. »Er hat mit uns nie darüber geredet. Wir wissen von der Sache nur über Ninas Eltern. Sie hatten mit uns kurz Kontakt aufgenommen, um uns darüber zu informieren, dass Nina die Schwangerschaft abbrechen und auf eine andere Schule in einer anderen Stadt gehen würde.«

»Und wie hat Jonas auf die ganze Sache reagiert?«

»Verletzt, wütend, traurig …«, sagte dessen Mutter.

»Trotzig, uneinsichtig, hassvoll auf Nina«, sagte wiederum der Vater.

Seine Ehefrau warf ihm einen wütenden Blick zu.

»Das hat er mir selbst erzählt«, klang es entschuldigend zurück. »Er hätte doch niemals …«

»Was hätte er nicht?«, fuhr seine Frau dazwischen. »Das Kind großbekommen? Natürlich hätte er, mit unserer Hilfe und den Eltern von Nina. Aber die haben eine Mauer gegen ihre eigene Tochter und gegen Jonas errichtet.«

»Unser Sohn ein anständiger Vater? Das glaubst du wohl selbst nicht.«

»Ich mag dich nicht, Friedrich Lipsky. Und würde ich dich nicht schon so lange kennen, dann würde ich dich erschießen.«

»Moment mal«, unterbrach die Kommissarin den emotionalen Ausbruch von Sabine Lipsky.

»Es ist in Ordnung«, antwortete deren Ehemann. »Wir haben uns öfter über Jonas in den Flicken. Das zieht sich wie ein roter Faden durch unser Ehe- und Familienleben.«

Sabine Lipsky schwieg. Sie goss sich ihr Glas nach. Ihr Gesicht zeigte rote Flecken.

»Von Maja gedemütigt, ein Mädchen mit einer Mistgabel attackiert, Ninas Abortus vermutlich gegen seinen Willen … Könnten Sie sich vorstellen, dass Ihr Sohn so eine innere Wut, einen so blinden Hass oder besser: eine so tiefe Abneigung gegen Mädchen seines damaligen Alters entwickelt hat, dass er stellvertretend für sie ihm fremde, halbwüchsige Mädchen tötet?« Die Kommissarin spürte ihren eigenen Blutdruck, der offenbar ziemlich hoch war. Sie wusste, dass diese Frage gefährlich war, wenn man sie engsten Angehörigen stellte.

Sabine und Friedrich Lipsky sahen sich ungewöhnlich lange in die Augen. Schließlich antwortete die Mutter. »Ich bin verwirrt«, sagte sie. »Überfordert. Sie sollten Psychologen fragen, ich bin seine Mutter.«

»Und Sie?«, wandte sich Eva Lindenthal dem Vater zu. »Was denken Sie?«

»Ich würde immer zu meinem Sohn stehen«, antwortete er, »auch wenn ich nicht begreife, was ihn treibt und warum er wurde, wie er ist.«

Die Kommissarin überlegte kurz. Sie nippte an ihrem Tee. »Kennen Sie Orte, versteckte Unterschlüpfe, die für Ihren Sohn so etwas wie Heimat oder Zuflucht sind? Wo er untertauchen könnte? Damit wir ihn finden und weitere Verbrechen verhindern können?«

Die Mutter schien mit einer Antwort zu zögern. Der Vater holte Luft. Seine Frau kam ihm zuvor. Sie sagte: »Wenn es Jonas als Kind, aber auch als Jugendlicher nicht gut ging, dann zog er sich oft für Stunden, manchmal sogar für Tage zurück. Es gibt da ein Refugium, neben seinem Zimmer, das nur ihm allein gehört. Man könnte auch sagen, es ist eine Art Asyl, ganz auf ihn zugeschnitten.«

»Wo ist das?«, fragte die Kommissarin in eindringlichem Ton.

Sie sagte es ihr.

Noch beinahe zwei weitere Stunden fragte Eva Lindenthal das Ehepaar Lipsky über das Freizeitverhalten, die Gewohnheiten, den Charakter und die Fähigkeiten zur Krisenbewältigung des Sohnes aus. Erst weit nach zweiundzwanzig Uhr verließ die Kommissarin das Lokal am Port de Pollença, diesen trostlosen Ort mit Meerblick, telefonierte zunächst mit Laura und dann lange mit Toni Kielmann und gab Anweisungen.

Sie reiste am nächsten Morgen in Richtung Deutschland ab.

2

Drei Tage darauf, bei Grundshagen (westliche Ostsee)

Die zwei grauen Limousinen, die sich, soeben von der Landstraße kommend, geradeaus hielten und auf die Dorfstraße in Richtung des Örtchens Grundshagen rollten, wären nicht weiter aufgefallen, wenn sie sich nicht so langsam und bedächtig vorwärts bewegt hätten. Die Bewohner dieser Gegend, in der man die Ostsee zwar schon roch, aber noch ein paar Autominuten bis an den Strand brauchte, waren hier eher zügig unterwegs. Hier und da überzogen vor allem junge Autofahrer das vorgeschriebene Tempo in einer Weise, als seien sie auf der Flucht vor sich selbst. Die beiden Autos warfen wegen der schon etwas höher stehenden Sonne flinke Schatten, die von der Straße auf Baumstämme und wieder zurück auf den Asphalt hüpften.

Kurz vor der Einfahrt nach Elmenhorst und etwa dreihundert Meter vor dem Hof der Familie Lipsky stoppten die beiden Autos nur für wenige Sekunden am Straßenrand. Zügig bogen sie dann nacheinander in einen Waldweg ein, der nach weiteren fünfhundert Metern eine größere, mit wildem Gras bewucherte Fläche freigab. Sie parkierten auf einer freien Fläche vor einem altertümlichen, aber von den Proportionen her ansehnlichem Forsthaus mit Giebeln, Holzverzierungen, großen Fenstern und einer Veranda, deren lichte Front zum Wald hinausging. Das Dach zur Südseite war mit Solarpaneelen bepflastert. Schräg vor seinem Eingang thronte ein eindrucksvoller Rundbau aus Feldsteinen, an dessen einen Seite sich ein verzierter Pumpenschwengel erhob. Der Bewohner erwartete sie schon. Mit seinen grauen, kurzen Haaren, seinem vom Wetter gegerbten Gesicht, dem karierten Hemd, Cordhose und schlammigen Wanderstiefeln entsprach er genau dem Klischee eines Mannes, der im Wald und in dessen Feuchte lebte.

Er winkte den Passagieren der beiden Autos freundlich zu, behielt aber einen reservierten und eher misstrauischen Gesichtsausdruck bei.

Als er Laura Derwalls ansichtig wurde, die als Erste aus dem Auto stieg, hellte sich seine Miene auf. Als ihr die Kommissarin folgte, zeigte der Mann ein breites Grinsen.

»Hoppla«, sagte er zur Begrüßung der beiden Frauen, die ihm die Hände entgegenstreckten, »mit zwei so attraktiven Damen hatte ich nun nicht gerechnet. Ich bin Bruno.«

»Sie müssen erst einmal unseren Begleiter sehen«, antwortete die Kommissarin, »dann kriegen Sie sich gar nicht mehr ein.«

Der Mann sah sie verdutzt an. Toni Kielmann kam auf ihn zugeschlendert und sagte: »Moin, Herr Hansen, wir hatten telefoniert und den Untermietvertrag gemacht.«

»Ah dann, ja, kommen Sie mit. Ich zeige Ihnen Ihr neues Zuhause auf Zeit.«

Er ließ den beiden Frauen, ganz nach alter Manier, beim Durchschreiten der Hauseingangstür den Vortritt. Er führte die drei in seine Küche, die ebenfalls zu ebener Erde in dem Haus lag. Sie war mit alten Bauernmöbeln ausgestattet, wirkte warm und gemütlich.

»Setzen Sie sich.« Er zeigte auf vier Küchenstühle.

»Willkommen im Forsthaus Grundshagen«, sagte er feierlich. »Von hier aus wird der gesamte Wald und die angrenzende Steilküste gemanagt. Vor Ihnen sitzt der Mensch, der Ihnen über die natürlichen Gegebenheiten und die Tierwelt dieses schönen Landstrichs *alles* erzählen kann.

»Lieb von Ihnen, aber vielleicht bei einer anderen Gelegenheit«, schnitt ihm die Kommissarin weitere gedankliche Ausflüge in die Flora und Fauna Nordwestmecklenburgs ab. »Wir haben das Haus nur für drei Monate gemietet und sehr wenig Zeit. Ich könnte auch sagen: Wir haben richtig Druck.«

»Darf ich denn *jetzt* wissen, worum es eigentlich geht und warum Sie hier sind?«

»Leider nicht«, sagte Kielmann. »Das ist vertraulich. Aber eines wissen Sie ja schon: Wir sind Kriminalbeamte. Hier habe ich übrigens«, er zog ein Stück Papier aus der Tasche, »eine Erklärung über die absolute Vertraulichkeit Ihrerseits darüber, dass wir hier sind, wie wir aussehen, welche Autos wir fahren. Ich könnte auch sagen: Sie wissen gar nicht, dass wir existieren. Unterschreiben Sie das bitte. Halten Sie sich nicht daran, wandern Sie für mindestens fünf Jahre ins Gefängnis. Die Staatsanwaltschaft Schwerin erhält eine Kopie dieses Papiers mit Ihrer Unterschrift. Die Vorauszahlung ist angekommen?«

»Jaja«, sagte der Förster hastig, »ich lasse Sie dann mal am besten allein.«

»Mooomeent«, sagte Laura gedehnt. »Zeigen Sie uns bitte ausführlich, wie dieses Haus funktioniert? Zimmer, Bad, Küche, Müll? Garage, Außenanlagen, Lichter, Technik?«

Der Förster strich sich übers Kinn und schien mit sich zu ringen, ob er eine Widerrede hatte oder sich fügte. Er entschloss sich für Letzteres.

»Kommen Sie«, er stand mit einem kräftigen Ruck auf, »ich will Sie nicht lange aufhalten. Was ist schon mein Leben gegen das Ihrige? *Ihr* rettet die Welt, *ich* nur den Wald. Also dann los, Hausbesichtigung.«

Kielmann knuffte ihn in die Seite. »Wir sind froh, dass wir hier sein können«, sagte er in ruhigem Ton. »Und glauben Sie mir: Was uns hierher führt, ist eine verdammt ekelhafte Sache. Ist alles vorbei, berichte ich Ihnen.«

Der Förster blickte nun etwas freundlicher. »Sie können mich alles fragen«, bot er an. »Ich kenne hier wirklich jeden Menschen und jede Maus im Umkreis von dreißig Kilometern.«

»Wir kommen vielleicht darauf zurück«, erwiderte Kielmann und nickte den beiden Frauen zu.

Die Kommissarin fügte an: »Sehe ich auch so. Übrigens: Es ist das schönste Haus, das ich je in einem Wald sah. Ich verspreche, es so zu behandeln, als wär's meins.«

Der Förster warf ihr einen warmen Blick zu und sagte dann, während er seine Hausführung begann: »Regel Nummer 1: Immer Schuhe aus, bevor ihr reinkommt. Regel Nummer 2: Wasser kommt aus dem Brunnen, Strom vom Windrad draußen hinterm Wald und Wärme aus der Sonne. Hier hat Gott nichts gespendet, sondern die Natur. Also, bitte maßhalten. Das Klima sagt: Danke.«

3

Elmenhorst bei Steinbeck, Nähe Wismar, etwa zur selben Zeit

Den in die Jahre gekommenen Opel Omega Kombi, dessen weißer Lack schon stumpf und unansehnlich war, kannte im Ort beinahe jeder, wie auch dessen Halter. Zwar war Lipsky in der Nacht von Donnerstag auf Freitag hier angekommen und hatte sein Auto unter das Dach einer leeren Futterscheune abgestellt. Doch er wollte nichts riskieren. Vorsichtshalber warf er eine graue Plane über das Fahrzeug. Über verschlungene Pfade, die sich über das Grundstück seiner Eltern so krumm wie die Arme eines Tintenfischs zogen, hatte er sofort einen auf dem Hofgelände etwas abseits und zwischen mannshohen Büschen abgestellten Bauwagen, der innen zu einer Wohnung umgestaltet war, betreten und fest verschlossen. Seitdem hatte er seine von außen unauffällige Herberge auf vier Rädern auch nicht mehr verlassen. Lipsky hatte genügend Proviant dabei, um eine Woche in seinem Asyl zu leben, ohne es verlassen zu müssen. Er würde in den nächsten Tagen leben wie ein Soldat im Feld. Er würde sich von Büchsenfleisch und Konservenbrot, von Dosenfisch, Selters und Espresso ernähren. Seine betagte *Baby Gaggia* und ein Karton mit Tassen und Tellern – in dem obenauf noch immer die *Erwachet!*-Zeitschrift lag – hatten es bislang als einzige Utensilien in den Wohnwagen geschafft. Einen Teil davon hatte er ausgeräumt, die Zeitschrift achtlos auf einen der kleinen Vorsprünge gelegt, die ihm als Regale dienten. Auffällige Merkmale seiner äußerst effektiven Einrichtung waren der lang auf dem Boden ausgeschlagene Kelim und kurze an den Wänden hängende bunte Teppiche, die der rollenden Einzimmerwohnung mit kleiner Pantry und schmalem Bad eine gewisse Behaglichkeit gaben. Duschwasser und Fäkalien gingen unsichtbar für andere durch ein Fallrohr direkt in eine unter dem Wagen befindliche Grube. Ein in der unmittelbaren Nachbarschaft fast unsichtbar aus dem Erdreich herausragender Brunnen spendete über eine Zwanzig-Zoll-Leitung Wasser.

Sein Handy hatte er seit seiner Abfahrt nicht mehr eingeschaltet. Weil er glaubte, sein Handy und somit sein Standort sei sicher, wenn er es von einer GPS-Ortung abkoppelte, hatte er die Batterie entfernt und den Korpus zusätzlich in mehrfachen Lagen aus Aluminiumfolie eingeschlagen und fest verschnürt.

Lipsky äugte aus einem seiner zwei Fenster durch das Gebüsch hinüber auf den Hof. Der Himmel hatte sich endlich aufgehellt. Die Sonne war engagiert dabei, die kalten Gespenster des Winters zu verjagen und die ersten warmen Tage dieses noch jungen Frühlings zu erschaffen.

Für die Versorgung der Tiere waren zwei Angestellte zuständig, die allerdings weiter entfernt im Ort wohnten. Sie kamen am Morgen und am Abend. Sie gehörten zu einem Team mit insgesamt acht Mitarbeitern, die für die Familie Lipsky eine imposante Stallanlage mit Kühen und Hühnern organisierten und für zwei sich gegenüberliegende, weitläufige Äcker – die von der Dorfstraße durchschnitten wurden – für den Anbau und die Pflege von Futtermais verantwortlich waren.

Er warf seine Espressomaschine an und lauschte ihrem Dröhnen. Die Wanze übertrug diese Geräusche, doch dort, wo diese Geräusche ankamen, konnte man damit nichts anfangen. Es war einfach nur ein temporäres Dröhnen, das nach kurzer Zeit wieder erlosch. Lipsky hörte keine Musik, sprach mit niemandem, schaltete keinen Fernseher ein. Sein Computer war noch in den Kisten, sein Bett am anderen Ende des Bauwagens, und wenn er duschte, machte er eine Falttür zu. Die Wanze war wirkungslos für eine Ermittlung in seine Richtung.

Und dennoch näherten sich ihm – ganz langsam – Menschen, die ihm sein vermeintlich freies Leben von einem Tag auf den anderen nehmen könnten. Doch noch stand es null für die einen und ein Vielfaches mehr für ihn.

Er trank das Gebräu in kurzen Schlucken.

Er dachte an seine Eltern. Nachfragen von ihnen, warum er hier war und nicht in Schwerin oder Hamburg oder sonst irgendwo brauchte er nicht zu beantworten. Er wusste sie auf Mallorca, Kräfte tanken für die stressige Zeit, die ab dem Frühjahr auf den Landwirtschaftsbetrieb zukommen würde. Lipskys Gedanken wanderten zu seinem Vater. Ihn hätte er zu fürchten, wäre er vor Ort. Beide verband eine intensive Ablehnung. Friedrich Lipsky war enttäuscht und wütend über die kriminellen Verfehlungen seines Sohnes, und gleichzeitig fühlte er sich ohnmächtig, die Entwicklung seines einzigen Kindes positiver zu beeinflussen. Friedrich Lipsky hatte von einem Statthalter geträumt, der irgendwann den Hof übernahm und ihn zu weiteren Blüten trieb. Stattdessen landete Jonas immer wieder wegen sexueller Übergriffe auf junge Mädchen vor Gericht. Nach Ansicht seines Vaters hielt Jonas seine Hormone nicht unter Kontrolle und agierte wie ein *verdammter Psychopath*.

»Du bist pervers und aus der Art geschlagen«, hatte er ihm nach dem letzten Gerichtsprozess an den Kopf geworfen. Jonas wiederum sah auf seinen Vater mit Verachtung. Er hielt ihn für einen Kleinbürger, der wahrscheinlich eine rechte Partei wählte.

Und da war Maja. Lipsky machte seine Kinderfreundin Maja dafür verantwortlich, warum ihm seine Kindheit stressig und dunkel vorkam. Mit ihr verband er ein Erlebnis, das ihn bis heute prägte.

Elmenhorst, 1988

Der kleine Jonas war als Sechsjähriger ein hübscher, aufgeweckter Knabe mit blonden Locken, hellen Augen, Sommersprossen und einer ausgeprägten Fantasie, der Atlanten liebte und mit den Fingern und geschlossenen Augen auf irgendeinen Punkt tippte, die Augen öffnete und sich vorstellte, wie es sich dort wohl lebte: in Neuseeland oder Haiti, in Portugal oder Südafrika. Neben dieser Erinnerung war da noch sein Boxer Tenno, mit dem er oft die Hundehütte teilte und mit ihm gemeinsam darin schlief oder bäuchlings auf dem rissigen Holz der Hundebehausung lag, nur den kleinen Kopf aus dem kreisrunden Eingang herausgestreckt. So blickte er über den Garten und die Wiese hinüber zu den Obstbäumen, kraulte dabei den Hund, der neben ihm lag wie Jonas' Schatten und dabei leise und ruhig atmete.

Als Kind gingen Jonas viele Gedanken durch den Kopf. Er hörte das Gebrumm der Insekten und wollte sogleich wissen, wie sie lebten, wohin sie flogen, ob sie eine Familie hatten. Er sog den Geruch der Natur ein und fragte sich, woraus Geruch eigentlich bestand. Er steckte seine Nase hinter die Ohren seines Hundes. Es roch nach frischem Leder. Er atmete tief den Geruch seiner Haut unter seinem T-Shirt ein. Es duftete nach Seife und ein bisschen nach Erde. Er schloss die Augen, legte seinen Kopf auf die Seite seines rechten Arms und träumte davon, viele gute Ideen zu haben und aus ihnen etwas Großes zu machen. Er träumte von Ehre und Heldenmut, von Menschen, die ihn bewunderten, und von einem großen Auftritt auf irgendeiner Bühne, und alle schauen zu ihm auf.

Zu jener Zeit waren Haus und Hof seiner Eltern als frühere LPG noch im Besitz der Treuhandanstalt, die im Auftrag des deutschen Staates ehemalige DDR-Betriebe entweder in profitable Unternehmen umwandeln oder aber wegen ihrer Ineffizienz schließen sollte. Friedrich Lipsky war zwar der stellvertretende LPG-Vorsitzende, aber ohne den Malus, in einer der ostdeutschen Parteien aktiv gewesen zu sein. Während sein Chef seinen Hut nehmen musste, hatte Lipsky die besseren Karten, den Hof von der Treuhandanstalt zu übernehmen. Er spielte sie dann auch aus, zahlte eine symbolische Westmark und schlug sich anfänglich mit zerschlissener Technik, verunreinigtem Boden, maroden Ställen und undichten Dächern durch. An Profit war nicht zu denken, aber das Gefühl, etwas Eigenes zu besitzen und es nach Gutdünken zu bewirtschaften, beseelte die kleine Familie.

Jonas war zu dieser Zeit knapp sieben Jahre alt, schlief aber immer noch bei seinen Eltern mit im Bett, weil ihn nachts allein in seinem Zimmer die immer gleiche Furcht beschlich: Dass die Deckenlampe, eine Art Kronleuchter, ihre Arme mit den Glühbirnen darauf umschlingen und ihn hinauf in das Innere der Lampe ziehen würde. Und so lagen die drei oft ganz eng aneinander, Jonas' Atem ging ruhig, seine Arme ruhten mal auf dem warmen Brustkorb seines Vaters, dann wieder auf dem seiner Mutter. Er wird später sagen, dass ihn diese Nächte, diese Vertrautheit, in seiner Liebe zu seinen Eltern stark prägten, ihm übertriebene Furcht vor körperlicher Scham nahmen und ihn lange an sie banden.

Und er erinnerte sich, dass seine Mutter für eine Woche zu ihrer Schwester gefahren war und er gleich am ersten Abend in ihren Kleiderschrank kroch, an ihren Kleidungsstücken schnupperte und beschloss, bei diesen weichen, weiblichen Gerüchen eine Zeitlang zu verweilen und vorerst nicht mehr herauszukommen. Sein Vater kniete vor der Schranktür und versuchte, ihn zu überreden, doch wenigstens zum Essen in der Küche zu erscheinen, doch Jonas blieb stur. Erst als sein Vater drohte, den Schrank zu verschließen und den Schlüssel in die Toilette zu werfen, kam er wieder heraus, schmollte dieser Drohung wegen tagelang und redete mit seinem Vater kein Wort.

Und einige Zeit später, Jonas stand kurz vor seinem achten Geburtstag, packten seine Eltern wie aus heiterem Himmel eine Unmenge an Koffern und Kisten, schoben die Möbel ihres Schlaf- und Wohnzimmers in die Mitte der Räume, baten ihn, seine Spielsachen und die Kleidung ebenfalls zu verpacken, und füllten für seinen Geschmack viel zu viele Zettel aus.

»Was ist los?«, fragte er. »Schmeißt ihr alles weg und kauft es neu?«

»Nein, du Dummerchen«, sagte seine Mutter und lächelte milde, »wir verlassen dieses olle Haus und ziehen auf den Hof.«

»Aber warum?«, fragte er. Im Ton seiner Stimme lag etwas Ängstliches. Seine Mutter nahm ihn in die Arme.

»Weil dein Vater dort ein neues Haus gebaut hat, während du hier sorglos gespielt hast, in den Kindergarten gegangen und mit Tenno herumgetollt bist.« Sie strich ihm über den Kopf, strahlte ihn an. Doch Jonas blickte böse.

»Weg aus diesem Haus? Und was wird mit meinem Hund? Und aus der Hundehütte?«

Er blickte an ihr vorbei auf den Garten mit den vielen Blumen, den blühenden Büschen, den hohen Kiefern und dem angrenzenden Wald. Er spürte, wie plötzlich Trauer in ihm aufstieg, die ihm den Hals zuschnürte und auf seinen Magen drückte.

»Nehmen wir alles mit. Aber es wird eben anders sein als hier. Komm«, sagte seine Mutter, nahm seine linke Hand und bemühte sich dabei um Leichtigkeit in ihrer Stimme, »ich habe Milchreis gekocht und frisches Apfelmus gemacht. Das magst du doch so gern …«

Jonas blickte kurz an ihr hoch, riss sich aus ihrer Hand los und stürzte aus der Küche in den Garten. Wütend und schnell ein Beinchen vor das andere setzend, rannte er zu einer Leiter, die sein Vater zum Reinigen an den Dachfirst des Hauses gelehnt hatte. Er kletterte schnell hinauf und schwang sich über die Dachziegel zu einem Vorsprung, der eine Dachgaube, die von den Küchenfenstern weit entfernt lag, begrenzte. Dort wartete er, schnell atmend, Gedankenwirbel im Kopf, die hin und her sausten wie frisch geladene elektrische Teilchen.

Er hoffte, dass ihm seine Mutter folgte, darum flehte, er möge doch herunterkommen, ihm zurief, dass alles gut werden würde und dass er sich wegen des Umzugs auf den Gutshof keine Sorgen machen müsse. Die Einzige, die neugierig angeschlichen kam und guckte, war die Katze vom Nachbarn. Er entdeckte aus seiner luftigen Höhe Maja, die Tochter von nebenan. Sie war jünger als er, aber unternehmungslustig, frech – und garstig. Sie winkte ihm zu, kam über den Gartenzaun hinübergerannt und rief zu ihm nach oben: »Na los! Spring auf den Nussbaum! Spiel mal Affe für mich!«

Der Walnussbaum, dessen gewaltige Krone das Dach beinahe überragte, hing voller grüner, fleischiger Blätter. Noch waren die runden Fruchtschalen, aus denen die Nüsse im Herbst platzen würden, hart und grün; doch der Sommer war vorangeschritten, bald würden die ersten Nüsse aus den Schalen platzen wie Küken aus ihren Eiern. Er rang mit sich. Sollte er es wagen? Maja zu beweisen, was in ihm steckte, erschien ihm als ein lohnenswertes Ziel. Der Milchreis konnte warten.

»Mach schon!«, rief sie erneut. »Ich rette dich, wenn dir was passiert. Versprochen! Sei mal so was wie ein großer Mann!«

Jonas zögerte noch. *So* dicht erschien ihm der nächste Ast des Baumes nun auch nicht, als dass er gefahrlos zu ihm springen konnte. Doch er vertraute Maja. Sie kannten sich seit ihrer Geburt. Ihrer beider Eltern waren schon lange miteinander befreundet. Beinahe wie in Zeitlupe stieß er sich vom Dachfirst ab und segelte wie ein Flughund in die Krone des Baumes unter ihm, schrammte an den dicken Ästen des Baumes entlang, streckte seine Arme aus und schaukelte dann wie ein Äffchen an einem Ast, der voller unreifer Nüsse hing.

Es hatte sehr wehgetan. »Hilfe!«, schrie er. »Hilfe, Maja, ich kann mich nicht halten! Mir ist schlecht …«

»Jammerlappen!«, rief sie und lachte frech auf. »Wein doch!«

»Hilf mir hier runter!«, rief er nochmals.

»Warum?«

»Weil du meine Freundin bist!«

»Aber du nicht mein Freund!« Sie sprang vor Übermut unter dem Stamm des Baumes hin und her wie eine kleine Hexe über ein Feuer.

»Lass mich hier oben nicht allein«, rief Jonas, jetzt schon mit einem starken Zittern in der Stimme. Er spürte, dass er gleich weinen musste. Er rang schon mit Tränen.

»Aber ich muss nach Hause!«, rief sie. »Eis essen! Wie kann man auch so doof sein, auf einen Baum zu springen?« Sie sprang ein letztes Mal um den Stamm herum und rief dabei: »Affe! Affe!« Dann rannte sie von dannen. Jonas sah noch, wie sie auf ihrem Weg nach nebenan über Wurzeln vor und zurück hüpfte, als sei das Erdreich ein einziger Parcours.

Seine Brust schmerzte, seine Beine bluteten, und an seinem rechten Arm war eine lange, tropfende Wunde. Dennoch klammerte er sich so fest an den Ast, wie seine Kraft es ihm erlaubte. Der Boden war sicher drei, vier Meter entfernt, der Weg nach unten wegen der dicht belaubten Äste und Zweige nicht einsehbar. »Hilfe!«, schrie er erneut. »Hilfe!« Es kam ihm endlos lange vor, bis schließlich seine Mutter aus dem Haus in den Garten gerannt kam und ihren Sohn entdeckte, der unterhalb der Spitze des Baumes wie ein Häuflein Elend hing. »Du lieber Gott!«, rief sie. »Halte durch, ich hole deinen Vater!«

Nach zwanzig Minuten war der Junge vom Baum, mit zwei gebrochenen Rippen und Schürfwunden an Armen und Beinen.

»Maja hat mich verraten«, sagte er als Erstes in bösem Ton, bevor ihm seine Mutter wieder auf die Beine geholfen hatte. »Das wird sie mir büßen.«

Die Mutter wich kurz erschrocken zurück. Jonas hatte einen Gesichtsausdruck, wie sie ihn zuvor bei ihm noch nie gesehen hatte. Er war voller Hass. »Wieso«, fragte sie, »was ist passiert?«

»Sie hätte mich da oben sterben lassen.«

»Das klingt aber dramatisch«, antwortete Sabine Lipsky und strich ihrem Sohn zärtlich über den Kopf.

»Lass mich«, fauchte er sie an. »Sind alle Weiber so? Warst du auch so?!«

Seine Mutter schwieg. Die Situation überforderte sie. »Komm

jetzt«, sagte sie dann, »ich verarzte dich erst mal.« Während sie ihn ins Haus trug, braute sich in seinem Kopf etwas zusammen, was er sich selbst nicht erklären konnte. Maja, die ihn verhöhnte statt zur Hilfe zu kommen, erschien ihm wie eine Art Monster, das es zu erledigen galt. In seiner Fantasie quälte er sie nicht nur; er tat ihr weh, sie schrie, er genoss es. Auf welche Art und Weise er sie auch immer bestrafen würde: Hauptsache erledigt, weg, am liebsten tot. Seine Gewaltfantasien projizierten sich auf Maja wie der rote Laserpunkt einer Schnellfeuerwaffe auf ein Opfer. Und da er mit niemandem darüber redete, wurde er diese Gedanken auch nicht wieder los. Sie brannten sich ihm ein wie Säure auf der Hand. Erst einmal mied er sie und ihre Avancen, miteinander zu spielen.

Die erstbeste Gelegenheit, Maja wehzutun, ergriff er nur Wochen später ohne Zögern und ohne ein schlechtes Gewissen. Es war ein Tag im späten September, Erntedankfest der Elmenhorster Dorfkirche, einem schönen frühgotischen Bau aus rotem Ziegel und imposantem Bischofshut. Schon seit vielen Jahren feierten die Gemeinden Kalkhorst und Elmenhorst das Fest gemeinsam – mit vielen Kindern und langen Tischen voller Essen und Trinken. Der Pfarrer segnete die Ernte, eine Kapelle spielte, die Kinder tobten, es gab Bier, Brause und selbstgemachte Bowle. Und die von vielen Familien verfolgte Tradition, ihre Kinder als Vogelscheuchen, Hexen, Zauberer oder sogar als Sonnenblumen, Pferde oder voluminöse Weinrebe zu verkleiden, feierte auch in jenem Jahr ihre jährliche Wiederauferstehung. Jonas hatte sich eine Maske aus braunem Backpapier an den Augen ausgeschnitten, ein Gummiband links und rechts verknotet und übers Gesicht gestülpt. Dazu trug er einen Hut mit Feder, ein weißes Hemd, eine schwarze Weste, an den Beinen weite Hosen und schwarze Stiefel. Er sah ein bisschen aus wie Zorro, wäre er gänzlich in schwarz erschienen. Zunächst noch bei seinen Eltern, machte er sich schnell selbständig auf die Suche nach Maja. Am Vormittag hatte er beobachtet, wie sie im Garten vor ihrem Haus ihre Verkleidung probierte. Ein Hexenkostüm mit langer Pappnase, Perücke und breitem Hut. Alles in den Farben des Herbstes. Er wusste genau, wie er sie erkennen würde.

»Na du?«, trat er von hinten an sie heran, als er sie endlich entdeckt hatte. Sie war genauso ihrer eigenen Wege gegangen wie er.

Sie schreckte etwas zusammen. »Was willst du?«, fragte sie unfreundlich. »Hab dich schon vergessen. Mag dich nicht mehr. Hab jetzt andere zum Spielen.«

Wut stieg in ihm hoch. »Ich will dir was zeigen«, sagte er dennoch um Freundlichkeit bemüht. »Mein Vater hat etwas entdeckt, als sie den Acker gepflügt haben. Das wird dir gefallen, könnte Schmuck sein. Glitzert wie Ringe und Armreifen, vielleicht sogar Gold?«

Majas Gesicht zeigte im Verlaufe seiner Beschreibungen mehr und mehr Interesse. Beim Wort »Gold« blieb ihr der Mund offen stehen.

»Meinetwegen«, sagte sie, jetzt ebenfalls um Freundlichkeit bemüht. »Wo liegt denn der Kram?«

»Im alten Bauwagen, wo wir früher oft gespielt haben.«

»Der bei der Jauchegrube?« Sie verzog ihr Gesicht.

»Ja, der. Aber was die ausgebuddelt haben, liegt ja drin, nicht draußen.«

»Da stinkt's aber.«

»Willst du nun das Gold sehen, oder nicht?« Jonas' Ton war schärfer geworden.

»Ja, schon gut, dann jetzt. Sonst suchen mich wieder Ellis.«

»Dann los«, sagte er.

Nach zehn Minuten waren sie auf dem Hof der Lipskys angekommen. Der kleine Jonas lotste sie direkt zu dem Wagen, der damals der Familie als Geräteschuppen und Pausenraum für die Angestellten diente. Dass er später mal umgebaut werden und als Wohnung von dem bereits erwachsenen Jonas Lipsky dienen würde, stand noch in den Sternen. Die Tür war unverschlossen.

»Du gehst zuerst rein«, sagte Maja. Die Siebenjährige hatte einen bestimmenden Ton. Der ein Jahr ältere Jonas parierte. Doch im Innern des Bauwagens ließ er ihr den Vortritt.

»Gibt's hier Licht?«, fragte das Mädchen.

»Nö«, sagte Jonas. Es war stockdunkel.

»Hä? Wie wollen wir dann das Gold sehen?«

Sie hörte, wie sich ein Schlüssel in einem Schloss drehte.

»Jonas?«, fragte Maja jetzt ängstlich. »Bist du da?«

»Klar.« Seine Stimme schien von weiter weg zu kommen.

»Wo bist du? Ich sehe nix. Hast du Streichhölzer?«

»Nö.«

Plötzlich schlug ihr eine übel riechende Flüssigkeit ins Gesicht.

»Iiiiiiihhhh«, fiepte sie in einem durchdringend hohen Ton. Ein zweiter Schwall Jauche ergoss sich über sie. Sie atmete einen bestialischen Gestank ein. Sie brüllte ihre Abscheu lautstark heraus.

Und dann spürte Maja einen harten Gegenstand unter ihrem langen Hexenrock, der ihr erst schmerzhaft gegen ihr Becken, dann an Po und Vulva stieß. Sie schrie auf, fasste danach. Doch es entglitt ihr. Es fühlte sich an wie ein langes Stück Holz, nass und kalt.

»Jonas!«, rief sie angstvoll, unter Schmerzen und mit von der bitteren Jauche verkrusteten Lippen. »Was passiert hier?«

»Ich weiß nicht!«, rief er zurück. »Hier ist irgendein Ungeheuer drin, was Jauche verspritzt und mit irgendwas auf mir herumhaut!«

»Ich will hier raus!«, schrie sie.

»Die Tür ist zu!«, schrie er zurück.

Blind von der Dunkelheit und mit Jaucheresten im Gesicht tappte sie vorwärts und stieß mit der Hüfte an eine harte Karte. Panisch schlug sie um sich und knallte mit den Händen gegen die Wand. Das Ding unter ihrem Rock verschwand so plötzlich, wie es gekommen war. Sie hörte, wie sich Jonas gegen die Tür warf. Sie sprang auf. Das Dämmerlicht flutete den schmalen langen Raum. Sie blickte sich nicht mehr um. Sie wollte nur noch hinaus.

Maja sprang die drei schmalen Stufen hinunter aufs Gras und rannte davon.

Der acht Jahre alte Jonas blieb zurück. Er setzte sich auf die kurze Treppe, blickte in das Dunkel ringsum und fühlte sich zufrieden und frei.

Das Nachspiel seines Terrorakts hatte er heute weitestgehend verdrängt. Es gab Situationen, in denen er noch Jahre später darauf angesprochen wurde, was wohl an jenem Abend im Bauwagen *wirklich* geschehen sei. *Er* wusste es genau, doch was *sie* erzählt hatte, stritt er ab. Zwar sagte Maja gegenüber ihren Eltern weitestgehend die Wahrheit, für die er sich rechtfertigen sollte, doch in *seiner* Wahrnehmung geschah jeder Moment so, wie er es *gebraucht* hatte. Also ließ er Maja und ihre Schilderungen an sich abperlen wie jemand, der von sich und seinem Tun zutiefst überzeugt war. Er sagte immer das Gleiche: Maja fantasiert. Und am Ende glaubte er sogar selbst daran.

Heute war er ein zweiunddreißig Jahre alter, wegen Sexualdelikten vorbestrafter Mann, der sein Geld von dubiosen Empfängern seiner sadistischen Fantasien erhielt, die er zuvor mit fünf Kameras aufgezeichnet hatte. Lipsky war vor einer Zeitungsmeldung geflüchtet, die nur ihn und zwar *nur ihn* betraf. Er war der Mörder zweier Mädchen, die nicht älter als vierzehn Jahre werden durften. Er tötete sie, weil Maja in ihm etwas getötet hatte, als er sieben Jahre alt war. Lipsky glaubte, dass sie ihm sämtliches Vertrauen gegenüber einer Freundin gestohlen hatte, die ihm aus einer für ihn damals dramatischen Situation – in seiner kindlichen Wahrnehmung ging es um Leben und Tod – nicht helfen wollte. Aber da war noch ein anderes Ereignis, zehn Jahre später, als er siebzehn Jahre alt war. Doch diese Erinnerung hatte er so fest in sich verschlossen wie sehr viel Geld in einem Tresor. Doch Lipsky war nicht nur ein Mörder, er war auch ein Fuchs, der vorsichtig genug war, um sozial nicht unter die Räder und schon gar nicht hinter Gitter zu kommen. Es war ja nicht so, dass er nicht wusste, dass er eigentlich Hilfe bräuchte. Nicht einmal *er selbst* unterstellte sich, dass seine Erfahrungen mit Maja und die Ereignisse zehn Jahre später sein perverses Tun rechtfertigten oder gar billigten. Aber Lipsky war ein Täter, der glaubte, morden zu *müssen*. Er glaubte, damit loszuwerden, was in ihm brodelte wie der heiße Geysir eines Vulkans. Lipsky würde weiter morden, denn es verschaffte ihm eine Befriedigung, die er als ganzheitlich wahrnahm.

Lipsky braute sich eine weitere Tasse Kaffee. Auch sie trank er hastig und in kurzen Schlucken. Er fühlte sich zu dicht an jenem Ort, an dem er Elisabeth, eingerollt in einen Teppich, unter eine Brücke geworfen hatte. Andererseits fühlte er sich hier sicherer als anderswo. Wenn nur nicht seine Mutter den Mietvertrag unterschrieben hätte. Der Vermieterin war seiner Ansicht nach nicht zu trauen. Ob sie schon Kontakt mit der Polizei hatte? Dann wäre sein Aufenthalt auf dem Hof für die nächsten Tage gefährdet. Noch waren seine Eltern verreist. Doch was war danach? Oder sollte er die Vermieterin aufsuchen und mundtot machen? Seine vielen Stimmen, tief in seinem Innern, rieten ihm zu extremen Entscheidungen. Er schlug sich jetzt mit den Händen gegen den Kopf. Seine Stimmen wollten zu viel auf einmal von ihm.

»Wie soll denn das alles auf einmal gehen?«, fragte er plötzlich laut durch seinen Wohnwagen. »Nehmt doch mal Rücksicht auf meine Gefühle!«

4

Lipsky drückte die Lamelle einer Fensterjalousie seiner Behausung so weit auseinander, dass er hindurchspähen konnte. Der rote Kleintransporter war wieder verschwunden. Er gehörte den Helfern seines Vaters, die am frühen Morgen gekommen waren und das Vieh versorgt hatten. Lipskys Eltern, das wusste er, würden nicht vor Ende des Monats aus ihren Ferien auf Mallorca zurückkehren. Sie machten schon seit Jahren zunächst im beginnenden Frühjahr und dann wieder im ausklingenden Herbst ihre Jahresferien. In den Monaten dazwischen war auf dem Hof viel zu viel zu tun, als dass sein Besitzer nicht vor Ort sein müsste. Er ließ die Lamelle wieder zurückschnappen.

Lipsky war nun schon seit beinahe einer Woche hier abgetaucht. Nur in eng anliegende Boxershorts gekleidet, rekelte er sich in einem seiner beiden Sessel und blickte sich um, als suche er etwas. Sein Blick fiel auf die *Erwachet!*-Zeitschrift von Jehovas Zeugen, einer christlichen Glaubensgemeinschaft, die Gott als Jehova bezeichnet. Eine Gemeinschaft, die *Ihn* als Alleinherrscher über die Welt ansieht und davon ausgeht, dass *Er* im Himmel eine Regierung führt, die sämtliche menschliche Regierungen ablösen und auf der Erde ein Gottesreich *nach Seinem Willen* errichten wird. Jesus, so die Ansicht der Glaubensbrüder, sei der König in Gottes Reich und regiere seit dem Jahr 1914 im Himmel über die Erde.

Die Ausgabe von April 2011 war laut ihres Impressums in einer weltweiten Auflage von knapp vierzig Millionen Exemplaren in dreiundachtzig Sprachen gedruckt und vertrieben worden. Sie war mit dem Claim »Trauer und Schmerz bewältigen« getitelt und zeigte das Foto einer Familie, die sich um einen runden Tisch gruppiert hatte und voller Mitleid auf eine Frau blickte, die offensichtlich ein trauriges Schicksal ereilt hatte. Als Subthema auf der Titelseite fragte die Zeitschrift, ob »Gott allgegenwärtig« sei.

Er griff danach und sah neugierig auf ein Tütchen mit einer CD, die auf der ersten Umschlagseite des Heftes eingeklebt war. Der CD-Umschlag war weiß und nicht beschriftet. Er schenkte ihm deshalb keine Beachtung. Auf den Folgeseiten hatten sich die Redakteure ausführlich mit Bewältigungsstrategien beim Verlust eines Kindes, der Eltern oder anderer naher Verwandter beschäftigt. Als fühlte er sich bei diesem Thema ertappt, überblätterte er die langen Elaborate der Krisenbewältigung und blieb bei der autobiographischen Geschichte »Gewalt bestimmte mein Leben« hängen. Darin erzählte ein ehemaliger Militär namens José Antonio Nebrera, wie er seine »dunkelsten Seiten kennenlernte«, als Jugendlicher zu einem Fremdenlegionär wurde und im spanischen Bürgerkrieg in den späten 1960er Jahren Gegner der faschistischen Diktatur Francos aufspürte und exekutierte. Aus dieser Gewaltspirale habe er nur herausgefunden, weil er Gott um Hilfe bat, seine Vergangenheit hinter sich lassen zu können, »um nicht ständig von Alpträumen gequält zu werden«. Auf die Idee, Widerstandskämpfer gegen Diktator Franco eher zu unterstützen, als sie zu ermorden, war er offenbar nicht gekommen. Dafür gebrauchte Nebrera Psalm 37:5: »Wälze deinen Weg auf Jehova, und verlass dich auf ihn, und er wird selbst handeln.« Jehova, so schreibt der gewalttätige Fremdenlegionär Nebrera, habe sein Versprechen gehalten. »Er hat mir geholfen, der Gewalt den Rücken zu kehren.«

Lipsky schlug das Heft wieder zu und saß still da. Er schloss seine Augen. Seine Gedanken kreisten um Elisabeth. Wie er sie – getarnt als hilfloser Mensch in einem Rollstuhl – auf der Straße angesprochen hatte, sie ihm das Paket nach Hause brachte, er sie erst erwürgte und dann vergewaltigte, in einen Teppich einwickelte und unter die Brücke in den Schlamm des Baches warf.

»Jehova«, rief er unvermittelt durch den Raum des Wohnwagens, »wie stark bist du wirklich?! Und stehst du zu mir, wie du zu dem anderen gestanden hast?!«

Er lief – wie ein Braunbär zwischen seinen Felsen im Zoo – rastlos in seinem Wohnwagen auf und ab. Sein Blick fiel auf die Umzugskartons. Er wühlte die Schachtel mit dem falschen Bart, Brille, der dunklen Perücke und eine Dose mit hellen Silikonpads heraus. Vor dem Spiegel in seinem winzigen Bad stellte er zügig ein Trugbild von sich her, presste vorsichtshalber nochmals die Pads unter seinen Augen und den Wangen fest und war zufrieden. Er sah wieder aus wie Mitte fünfzig, und das machte ihn außerordentlich glücklich.

Lipsky wählte dunkle Kleidung aus, stülpte ein dunkelgrünes Basecap über seine Perücke, öffnete dann vorsichtig die Tür des Bauwagens und äugte hinaus. Die Sonne blendete ihn. Es war spürbar wärmer geworden. Er erblickte niemanden. Lipsky verschloss die Tür, schlich zu seinem Kombi, öffnete die Heckklappe und dann den Boden, der die Ladefläche vom Ersatzrad trennte. Er hielt zwei abgewetzt aussehende Kennzeichen in der Hand, die er gegen seine aktuellen austauschte und jetzt vorn und hinten flugs verschraubte. Dann startete er den Motor und fuhr vom Hof. Er hielt sich auf der Dorfstraße in südöstlicher Richtung geradeaus, passierte Grundshagen, bog wiederum auf die dortige Dorfstraße in nördliche Richtung ab und erreichte nach etwa acht Minuten Fahrzeit ein großes Waldstück, das direkt an den Strand bei Steinbeck grenzte.

Lipsky kannte sich hier sehr gut aus. Anstatt auf den offiziellen Parkplatz zu fahren, stellte er sein Auto einige Hundert Meter davor hinter einer Biegung eines Waldwegs zwischen Nadelbäumen und Gestrüpp ab.

Er öffnete das Handschuhfach und entnahm ihm eine handliche Kamera mit Objektiv. Sodann spazierte er gemächlich in Richtung des Naturstrands von Steinbeck, hielt sich dabei von dem Imbisswagen der Parkplatzwächterin fern und näherte sich nun der kleinen Betonbrücke, unter der er Elisabeth entsorgt hatte. Warum er noch einmal hierher wollte, konnte er sich selbst nicht beantworten. Aber irgendetwas drängte ihn dazu, nochmals eine Art Abschied zu zelebrieren. Vielleicht war es auch ein Anflug von Reue. Lipsky konnte es sich nicht beantworten.

Er tat, was er glaubte, tun zu müssen.

Schon von einiger Entfernung sah er das polizeiliche Absperrband, das im auflandigen Wind flatterte und dabei knarzende Geräusche machte. Lipsky hielt sich hinter Bäumen und spähte nach Polizisten oder anderem Wachpersonal. Er dachte scharf nach. Offenbar hatte man die Leiche entdeckt. Er schwankte zwischen einem letzten Blick auf den Tatort und Rückzug. Er hörte die Geräusche heranrollender Autos. Vorsichtig setzte er einen Fuß vor den anderen, um einen besseren Sichtwinkel zu erhaschen. Jetzt konnte er die Autos gut erkennen. Die Parkplatzwächterin öffnete die Schranke. Die Autos rollten auf den Platz und stellten sich dann nebeneinander ab. Als sich die Türen öffneten und er die beiden Frauen und den Mann sah, die soeben ausstiegen, sagte ihm ein unbestimmtes Gefühl, dass es für ihn Zeit wurde, das Weite zu suchen. Doch seine Neugier war stärker als die Furcht, entdeckt zu werden.

Er beobachtete, wie die drei in Richtung der Brücke liefen, dabei angeregt miteinander redeten. Jetzt waren sie nur noch etwa achtzig Meter von ihrem Beobachter entfernt. Worte, die zu ihm herüber wehten, bestätigten seine Annahme, es mit Polizisten zu tun zu haben. Lipsky duckte sich tief ins Gebüsch, hielt sich die Kamera vor die Augen, stellte das Objektiv scharf und fotografierte. Achtlos liefen sie in Rufweite an ihm vorbei, nicht ahnend, dass sie der Mörder zweier minderjähriger Mädchen, den eine große Boulevardzeitung bereits *Das Phantom vom Pfaffenteich* nannte, im Visier hatte. Lipsky zielte mit einem Finger auf die Rücken der drei. »Puch, puch«, ahmte er leise die Geräusche einer abgefeuerten Waffe nach – so, als habe er sie gerade rücklings erschossen.

Er machte weitere Fotos. Zwar wusste er nicht, wie dicht ihm die Polizei bereits auf den Fersen war, doch ihr Erscheinen in dieser Gegend, die eigentlich sein Revier war, wühlte ihn auf. Er spürte, dass er sich schnell entscheiden musste, ob er seinen Wohnwagen wieder verlassen und fliehen sollte oder ob es nicht ratsamer war, so unauffällig wie nur möglich zu bleiben und im Falle eines Falles alles abzustreiten. Er präferierte Letzteres, weil er davon überzeugt war, bislang vorsichtig genug vorgegangen zu sein. Was auch immer er bislang getan hatte, er tat es mit den Mitteln der List und der Täuschung. Niemand hatte ihn bislang so gesehen, wie er wirklich aussah. Ihn beruhigte zudem, dass er vor dem Verlassen seiner Wohnung das Laken gewechselt, die Computertechnik abgebaut, das Handy seitdem nicht mehr benutzt und Abdrücke von Fingern und Schuhsohlen beseitigt hatte. Selbst wenn man etwas fände, so konnte er immer sagen, er sei es nicht gewesen, er habe nichts mit den Mädchen zu tun. Und sollte es hart auf hart kommen, würde er seiner buckligen Verwandtschaft versuchen, die Sache in die Schuhe zu schieben. Schließlich hatte seine Mutter auch einen Schlüssel zu seiner Schweriner Wohnung.

Lipsky hätte aber noch viel entspannter sein können. Immerhin hatte er seine Gedanken soeben ordnen können. Doch dessen dunkle Seite erhob sich im Moment wieder wie der Schatten einer schwarzen Gestalt. Sein Hunger nach Sex und die Sucht, dabei Gewalt auszuüben und Schmerzen zu erzeugen, machten sich in ihm breit wie flüssiger, heißer Teer. Lipsky erschauderte vor sich selbst, doch er genoss es auch. Er fühlte eine Erektion.

Schnell und leise zog er sich in Richtung seines Autos zurück, startete es und wählte als Ziel das Ostseebad Boltenhagen. Er wusste, dass die Dünen, die rückseitig vom Strand gelegenen Parkplätze und ein kleiner Park beliebte Treffpunkte der Schuljugend des Ortes waren.

Lipsky war so gierig und mordlustig wie ein junger Wolf ohne Rudel.

Auch das Ermittlerteam aus Schwerin hatte sich wieder in Bewegung gesetzt. Zurück in ihrem Auto, hörte Eva Lindenthal ihre Mailbox ab. Bernhard Walder hatte die neuesten Laborergebnisse für sie. Demnach glichen sich die Teppiche, in denen sowohl Mathilda als auch Elisabeth eingewickelt worden waren, in ihrem Material und ihrer Struktur. Bei beiden Teppichen wurden die gleichen Milben und Staubreste gefunden wie bei den Dreckablagerungen unter dem Bett von Lipsky.

»Ich denke, wir können davon ausgehen, dass es sich um ein und denselben Täter handelt«, sagte sie zu Toni und Laura, die sich beide zu ihr in den Wagen gesetzt hatten. Dass sie die letzten zwei Stunden von Jonas Lipsky beobachtet worden waren, hatten sie nicht bemerkt.

»Das macht es zwar nicht einfacher, aber wir brauchen uns tatsächlich nur auf eine Person zu konzentrieren. Was haltet ihr denn von meinem Vorschlag, mit einer Drohne den Hof zu filmen, damit wir sehen können, wo wir uns am besten einschleusen?«

»Zu auffällig«, antwortete Kielmann. »Satellitenbilder von Google tun es auch.«

»Ich habe für Sie eine besondere Aufgabe«, ging Eva Lindenthal nicht mehr weiter auf Kielmanns Antwort ein, »die Sie möglicherweise in den nächsten Stunden ein bisschen üben müssen.«

»Sehr gut«, sagte der Wismarer Kommissar, »ich habe auf dem Rückweg nach Wismar genügend Zeit, darüber nachzusinnen.«

»Sie verlassen uns?«, fragte Eva Lindenthal überrascht.

»Ja, mein neun Jahre alter Sohn Jan hatte einen Magen-Darm-Infekt, meine Frau Claudia braucht Unterstützung. Ich bin in spätestens drei Tagen wieder hier. Wenn es brennt, sehr viel eher.«

Die beiden Frauen fuhren ohne ihn zurück ins Forsthaus. Es war kurz nach dreizehn Uhr am Mittag.

5

Lipsky war indes in Boltenhagen angekommen. Das kalte Wetter hatte sich seit dem Tag zuvor endlich verzogen und einer Warmfront Platz gemacht, die die Menschen ins Freie zog. Das kleine Seebad an der westlichen Ostsee bot mit seinem Rest an pittoresken Häusern und neumodischen Hotelanlagen genau jene Mischung, die Touristen und Tagesgäste heutzutage anzog. Staunen über Geschichte, wohnen in einem Appartement mit Internet, Sauna und Boxspringbett, ausgehen italienisch, vielleicht griechisch, aber besser nicht tunesisch. Türkische Döneranbieter waren allerdings die ungekrönten Könige in diesem Ort, der vor allem aber dadurch bestach, dass man – ähnlich wie an manchen Orten in Südfrankreich – von der Landstraße beinahe ins Meer fiel.

Lipsky fuhr gar nicht erst in den Ort hinein. Ihn interessierten die kleinen verschwiegenen Plätze, auf denen die Jugend der Umgebung Gras rauchte, Musik hörte und anzügliche Bemerkungen übereinander machte. Dass er in seinem Aufzug aussah wie ein in die Jahre gekommener Hausmeister eines Neubaublocks aus den 1960er Jahren in Hamburg-Billstedt, focht ihn nicht weiter an.

Ging er auf Beutezug, trug er stets eine Rolle mit hundert Fünfeuroscheinen mit sich. Sollte er nicht erfolgreich sein, würde es das gerollte und auffällig dicke Bündel richten. Davon war er überzeugt. Eingesetzt hatte er das Geld allerdings noch nie. Das sollte sich heute ändern.

Er suchte sich eine Parkbucht zwischen Redewisch und Boltenhagen am Dünenweg, unweit einer Ferienanlage mit Namen *Dünenblick*. Vier männliche Jugendliche fachsimpelten über ein Quad, das offensichtlich keinem von ihnen gehörte, denn sie standen zwar dicht davor, aber niemand berührte es. Nur ein paar Meter von ihnen entfernt alberten und kicherten schon ziemlich leicht bekleidete Mädchen über die Fotos auf einem Handy, das jetzt von Hand zu Hand wanderte. Lipsky hielt sich auf Abstand. Er hatte seinem Kombi eine Werkzeugkiste entnommen, die Motorhaube hochgeklappt, mehrere Schraubenschlüssel auf den Motorblock gelegt und angefangen, damit zu hantieren. Wenn er an der Motorhaube vorbeilinste, hatte er die Teenager direkt im Blick. Die Sonne wärmte dabei seinen Nacken.

»Verdammt!«, fluchte er jetzt laut genug. Die Köpfe der vier Jungs drehten sich zu ihm. »Sorry«, rief er ihnen zu, »hab nur was verloren! Ich Amateur!« Er tat so, als schraubte er weiter an irgendetwas. Er unterbrach mehrmals sein Tun, stieg in seinen Wagen und wieder aus, hatte dann eine Ölflasche in der Hand, umkreiste sein Auto, ging an der von den männlichen Jugendlichen nicht einsehbaren Seite in die Hocke und verschüttete ein wenig von deren Inhalt ziemlich genau unter dem Motorblock. Als er sich wieder erhob, waren die Mädchen, die sich bis eben noch intensiv mit dem Inhalt eines Handys beschäftigt hatten, verschwunden. Nach einer Weile rief er laut und vernehmlich: »Kennt jemand von euch ’ne Autowerkstatt in der Nähe? Mein Motor verliert Öl! So komme ich nicht nach Hause.«

Einer der vier blickte jetzt besonders interessiert zu ihm hinüber, während die drei anderen nur kurz mit den Schultern gezuckt hatten.

Er war eher klein gewachsen, trug eine Brille und sein helles Haar raspelkurz. Er kam zu Lipsky hinübergeschlendert, warf einen kurzen, schnellen Blick aufs Kennzeichen und fragte: »Aus Hamburg?«

»Ja«, antwortete Lipsky freundlich lächelnd, »war kurz geschäftlich hier, hatte einen Termin in der Ortsverwaltung und wollte noch mal kurz ans Meer und dann nach Hamburg zurück. Es gibt hier ja schöne Wege am Meer entlang.«

»Wo läuft denn das Öl aus? Lenkgetriebe? Schaltgetriebe? Verbrennungsraum?«

»Ich weiß es nicht«, sagte Lipsky. »Dafür müsste man den Wagen aufbocken. Ich sehe nur den Fleck unterm Auto. Ist direkt unterm Motorblock.«

»Könnte vom Verbrennungsraum kommen«, sagte der Junge in kennerischem Ton. »Ich kenne nur 'ne Werkstatt in Kalkhorst, ist bei Elmenhorst. Paar Kilometer von hier. Und sonst Wismar.« Lipsky wusste genau, welche Werkstatt er meinte. Sie war schließlich in seinem Heimatdorf. Doch er ließ sich nichts anmerken.

»Wismar ist zu weit«, sagte Lipsky. »Wer weiß, wie lange der Motor noch durchhält.«

»Die nächste Tanke für Öl wäre in Klütz. Circa drei Kilometer von hier. Könnten Sie nachfüllen, und dann schaffen Sie es vielleicht bis Wismar.«

»Wäre überlegenswert«, antwortete Lipsky. »Mir wäre eine Werkstatt lieber. Wie weit ist Kalkhorst, und wo liegt das?«

»Immer die Straße runter und rechts halten, an Steinbeck vorbei. Ist schon ein Stück.«

»Kennst du dich denn hier aus?«, fragte Lipsky.

»Ja, wohne in Grundshagen. Das liegt auf dem Weg dorthin.« Der Junge rückte seine Brille zurecht.

Lipsky zeigte ein gewinnendes Lächeln. »Dein Quad?«, fragte er und zeigte auf das Gefährt.

»Leider nicht«, sagte der Junge. »Könnt ich mir nicht leisten. Ist arschteuer. Gehört 'nem Kumpel von mir, hat aber seinen Führerschein verloren. Besoffen gefahren. Die Bullen haben ihn hier erwischt. Nach 'ner Strandparty.«

»Das ist ja blöd«, sagte Lipsky.

»Sehr sogar. Ich durfte ab und an mit dem Ding fahren. Ist saugeil, so 'ne Karre. Jetzt steht sie hier rum.« Er zeigte mit dem Arm auf das Quad, um das herum immer noch seine drei Begleiter standen, als führten sie ein Verkaufsgespräch. Der Junge kam jetzt richtig in Fahrt. »Kostet neu mindestens achttausend Steine. Yamaha. Macht auch seine hundertzwanzig. Hat sogar Allrad. Da kommst überall mit durch. Schön übern Acker brettern. Geile Sache.«

Lipsky hatte ihm seine ganze Aufmerksamkeit geschenkt. Er griff in seine Hosentasche. Er hielt das gerollte Geldbündel in der Hand. »Hast du Lust, mich zu dieser Werkstatt zu lotsen, und ich bring dich dann wieder hierher zurück? Bezahle dir auch deine Zeit. Hundert? Was sagst du? Nimmst du als erste Sparrate für dein eigenes Quad.«

Die Augen des Jungen leuchteten auf. Dann schienen sie sich in die Rolle aus Geldscheinen regelrecht zu verbohren. Nach einem Moment sagte er: »Könnte Geld gebrauchen, ja, aber ich weiß nicht, wollte *eigentlich* noch hierbleiben. Und wenn ich Ihnen den Weg beschreibe? Oder sind Sie hier *so* fremd?«

Die halbherzige Ablehnung des Jungen registrierte Lipsky sehr genau.

Er würde jetzt agieren wie eine Spinne in ihrem Netz. Als sei der Junge eine Fliege, die sich bereits am ersten Faden des Netzes verfangen hatte, aber aus eigener Kraft immer wieder loskam, würde die Spinne weiteren Klebstoff produzieren, der es der Fliege unmöglich machte, sich selbst zu befreien. Dann würde sie sich auf die Beute stürzen, sie wehrlos machen und sie in das Innere ihres Netzes ziehen.

6

Die von Lipsky monologisch herausgeschleuderten Fragen, ob Gott zu ihm stehen würde, wie er auch zu dem anderen gestanden hatte, waren von dem Mini-Spion aus dem Wohnwagen an die Mithörer in der Polizeiinspektion und an Eva Lindenthal und Laura Derwall übertragen worden. Beide Frauen saßen zu diesem Zeitpunkt in dem behaglichen Wohnzimmer des Forsthauses mit einer Kanne Tee und zwei Tassen vor sich.

»Sucht er Hilfe?«, fragte Laura Derwall. »Oder plagt ihn lediglich sein schlechtes Gewissen?«

Die Kommissarin dachte intensiv nach. »Die Frage ist vor allem: Wer ist mit ›der andere‹ gemeint? Hat er ein Vorbild für seine Taten, oder gibt es noch einen zweiten Mittäter? Im Übrigen wäre Lipsky nicht der erste Gewalttäter, der gegen sein Gewissen handelt und Menschen umbringt, obwohl ihm sein Inneres sagt, dass er etwas Verwerfliches und Unmenschliches tut.«

»Vielleicht ist er schizophren?«, spann Laura den Faden weiter. Schizophrenien können sich auch durch unerhörten Stress in der Kindheit oder extreme psychische Belastungen durch das soziale Umfeld entwickeln. Es gibt ein weitverbreitetes Modell, wonach Psychologen davon ausgehen, dass Menschen vor allem dann schizophreniegefährdet sind, wenn es ihnen an der Kraft und psychischer Widerstandsfähigkeit mangelt, Krisen oder stressvolle Situationen zu bewältigen. Und wenn dann dieser Mangel an Resilienz dazu führt, dass stressvolle lebensgeschichtliche, situativ-soziale oder körperlich-hormonelle Belastungen zu stark werden, dann bricht die Psychose aus.«

»Ich kenne das Modell«, sagte die Kommissarin knapp. »Dazu gehört aber auch eine genetische Disposition. Niemand wird einfach so schizophren, nur weil er Niederlagen erleidet und darauf zu dünnhäutig reagiert.«

»Das ist richtig«, stimmte Laura zu.

»Allerdings brauchen schizophrene Mörder einen Schub«, führte die Kommissarin die Gedanken weiter. »Und solcherart Schübe brauchen manchmal Monate oder Jahre, bis sie ausbrechen und der Täter unter seiner Psychose erneut zuschlägt. Ich habe auch kurz mit Lipskys Eltern darüber gesprochen. Die meinten, er sei als Kind oder Jugendlicher schon verhaltensauffällig gewesen.«

»Dann hör dir das hier mal an«, sagte Laura, öffnete ihr Handy und drückte auf einen Knopf. Lipskys Stimme war zu hören: »Wie soll denn das alles auf einmal gehen? Nehmt doch mal Rücksicht auf meine Gefühle!«

»Wer ist mit dem indirekten *›nehmt‹* gemeint? An wen ist diese Ansprache gerichtet? Es antwortet ja niemand. Weder in der aktuellen Aufzeichnung noch in der vorherigen, die noch von vor Ostern stammt. So kam ich auf den Gedanken einer Schizophrenie«, begründete Laura ihre Rückschlüsse.

»Gut, er redet mit sich selbst. Er hört vielleicht Stimmen, ist entsetzlich labil und starken Stimmungsschwankungen ausgesetzt. Dann scheinen in ihm positive und negative Energien zu wüten und miteinander zu kämpfen. Das macht ihn unberechenbar und gefährlich.«

»Und wir haben nur drei Monate Zeit, ihn zu fangen. Genügend Zeit für weitere Morde«, sagte Laura düster.

»Nicht, wenn wir ihn rund um die Uhr auf dem Schirm haben.«

»Dazu müssten wir erst einmal an ihn herankommen.«

»Deshalb sind wir hier. Um zu beraten, dann zu entscheiden und loszulegen. Kielmann kommt in frühestens drei Tagen wieder nach Schwerin zurück. Das hat er mir gerade aufs Handy geschrieben. Aber er kennt seine Rolle, wenn er sie zu spielen hat. Wir beginnen ohne ihn mit unseren Einsatzplänen. Kennst du noch eine Expertin oder einen Experten für Maske aus deinen Theaterzeiten? Jemanden, den wir ab sofort für ein paar Wochen temporär engagieren können?«

»Dazu müsste ich ein paar Telefonate führen«, sagte Laura, »aber das dürfte nicht schwer sein. Wer freiberuflich arbeitet, und das tun die meisten, verdient sich immer gern etwas dazu.»

»Es müsste ein Mensch mit vielfältigen Erfahrungen in der Anfertigung von Perücken und Masken, aber auch beim Herstellen von plastischen Körper- oder Gesichtsteilen sein. Wer weiß, auf wen wir bei unseren Ermittlungen stoßen werden. Wir kennen ja sein Umfeld noch nicht. Deshalb darf uns niemand an der Statur, unseren Bewegungen, unserem Sprachrhythmus noch am Dialekt erkennen oder später wiedererkennen. Das bedeutet, dass unser Spezialist oder unsere Spezialistin bei der Anfertigung der Illusionen auf unsere Bedürfnisse achten können muss. Wir müssen uns weiterhin problemlos bewegen können.« Die letzten Worte der Kommissarin hatten mahnend geklungen.

»Soll ich sofort loslegen oder besprechen wir noch, wer von uns welche Rolle und zu welchem Zweck einnimmt?«, fragte Laura.

»Telefonier doch mal, ich denke in Ruhe nach. Mir schwebt da eine Strategie vor, die ich aber noch weiter ausformen will.«

7

Gleicher Tag, am Abend

Die Kommissarin saß tief über den Couchtisch im Wohnzimmer des Forsthauses gebeugt, neben sich eine Tasse Tee, die Haare hochgesteckt, die Füße in bequemen Hausschuhen. Vor sich hatte sie ein etwa A3-großes weißes Blatt aus festem Kartonpapier liegen, das in dieser Art auch Maler für ihre Skizzen benutzen. Laura arbeitete in der Küche und besprach sich am Telefon. Das Tableau, das Eva Lindenthal im Moment zeichnete und beschriftete, hatte sie in etwa aufgebaut wie ein astronomisches Modell, das die Sonne in Verbindung zur sie umkreisenden Erde zeigt. Der Nukleus des Planeten trug den Namen ihres Aufklärungsziels Lipsky, der des Sterns die Namen Kielmann, Derwall und Lindenthal. Auf ihrer Darstellung führten eine Unmenge an sich kreuzenden, elliptisch verlaufenden Pfeilen zwischen Sonne und Erde hin und wieder zurück. Jedem dieser Pfeile hatte sie Aktion und Reaktion des Ermittlerteams und mögliche, anzunehmende Gegenaktionen und -reaktionen ihres Aufklärungsziels zugeordnet. Über diese bildliche Darstellung erschien es ihr greifbarer, ihre konspirativen Einsätze nicht nur zu planen, sondern auch mit möglichen Abwehrmaßnahmen zu versehen. Sie war gerade dabei, Laura Derwall eine Scheinidentität zu verpassen, als ihr Handy klingelte.

Kielmann war am Apparat.

»Wir haben ein schweres Sexualdelikt. Männliches Opfer, fünfzehn Jahre alt, Schüler aus Grundshagen, also in der Nachbarschaft des Forsthauses. Ist von einem älteren Mann ins Auto gelockt und in einem Waldstück zwischen Redewisch und Elmenhorst mit einem Beil bedroht worden. Der noch nicht identifizierte Täter hat dem Jungen das schwere Werkzeug gegen den Hals gedrückt, hat ihn sich selbst mit dem Vorderleib an einen Baum fesseln lassen und dann brutal vergewaltigt.«

»Ist ja entsetzlich«, flüsterte die Kommissarin. »Hat der Junge überlebt?«

»Ja, verletzt, aber wohlauf. Der Täter wurde von Forstarbeitern überrascht und flüchtete in einem weißen Opel Omega Kombi, älteres Baujahr. Hamburger Kennzeichen, aber keine Zahlen dazu. Wird schwierig. Habe dennoch eine Fahndung rausgegeben. Von solchen Autos gibt es nicht mehr viele in Norddeutschland.«

»Also nicht Lipsky? An den hatte ich sofort gedacht. Die Sache hat mich an die Aussagen unseres Pathologen Bernhard Walders erinnert, der sagte, dass es Lipsky wahrscheinlich egal sei, ob sein Opfer weiblich oder männlich ist. Hauptsache jung und wehrlos und tauglich für die Abarbeitung dessen sexueller Fantasien.«

»Lipsky würde ich nicht ausschließen. Immerhin wohnt seine Familie hier in unmittelbarer Nähe.«

»Wer redet mit dem Jungen ausführlich? Übernehmen Sie das, Herr Kielmann? Und wie schützen wir ihn, falls der Täter völlig durchdreht, weil er fürchtet, von seinem Opfer enttarnt zu werden?«

»Alles schon organisiert. Wir nehmen den Jungen für ein paar Tage in einer Dienstwohnung der Polizei in Wismar auf. Mit seinen Eltern habe ich bereits auch schon telefoniert. Claudia hat sich frei genommen und kümmert sich um unseren magenkranken Sohn. Das Opfer soll sich jetzt erst mal erholen und wird von einer polizeilichen Hilfskraft versorgt. Morgen spreche ich ausführlich mit ihm und nehme gleich einen Phantomzeichner für ein Fahndungsbild mit. Wie weit sind Sie denn mit Laura?«

»Sie kann spätestens morgen los auf den Hof. Ich muss sie aber noch ausführlich briefen. Zurzeit sucht und findet sie hoffentlich für uns einen Profi für Kostüm und Maske.«

»Sehr gut. Übrigens hat ihn Bruno höchstselbst losgeschnitten, erstversorgt und zum Arzt nach Boltenhagen gefahren. Dort hat der Junge dann auch seine Aussage in der örtlichen Polizeidienststelle gemacht.«

»Jetzt ist unser Vermieter doch mittendrin«, antwortete die Kommissarin etwas gequält.

»Ich habe schon mit ihm gesprochen. Vielleicht kann er uns wirklich helfen. Es ist sein Revier im doppelten Wortsinne.«

»Liefe dieser Fall auch auf Lipsky zu, dann kennen die beiden sich. Dieses Gebiet ist so klein.«

»Darin liegt eines der Probleme«, gab Kielmann zu. »Das habe ich Bruno auch zu bedenken gegeben. Wenn wir aber im Bild des Pathologen mit dem Wolf bleiben wollen, dann könnte Bruno für uns ein nützlicher Fallensteller sein. Er kennt die Gegend sprichwörtlich wie seine Westentasche. Und vielleicht tappt Lipsky ja hinein.«

»Das ist wohl Zukunftsmusik«, brummte die Kommissarin. Sie dachte kurz scharf nach. Dann sagte sie erleichtert: »Super, wir halten uns auf dem Laufenden.«

»Machen wir so«, bestätigte Kielmann und trennte die Leitung.

»Laura?«, rief sie ihrer Assistentin zu. »Es gibt Neuigkeiten.«

»Bei mir auch«, erhielt sie aus der oberen Etage zur Antwort.

Laura kam die Treppe leichtfüßig heruntergehopst, machte einen kurzen Umweg über die Küche, schürzte ihren langen Rock aus Leinen und ließ sich dann schwungvoll auf einem Sessel, der Kommissarin gegenüber, nieder.

Kurz und knapp berichtete Eva Lindenthal von dem Telefonat mit Kommissar Kielmann und fragte dann: »Bist du weitergekommen?«

»Wir haben Glück«, antwortete Laura ihr freudig, »über das Arbeitsamt in Berlin bekam ich ein paar Namen von Maskenprofis einer Filmfirma, die gerade für Amazon Prime eine Fantasy-Serie abgedreht hat. Deren Zeitverträge über die Produktion sind abgelaufen, sie haben sich vorübergehend arbeitslos gemeldet und beziehen ALG 2. Ich hatte den großen Luxus, mir jemanden herauspicken zu können.«

»Geschicktes Vorgehen«, attestierte ihr die Kommissarin. »Ein Filmprofi passt sogar noch besser. Wann castest du?«

»Gar nicht. Ich habe bereits ein paar Biografien uns interessierender Leute gelesen und mir erlaubt, eine Vorauswahl zu treffen.«

»Die Entscheidung überlasse ich gern dir«, sagte die Kommissarin. »Du hast Theaterluft geschnuppert, nicht ich.«

»Lieb, dass du das sagst«, zeigte sich Laura erfreut. »Es wird eine Frau werden. Allerdings hatte ich mich bei meiner Auswahl nicht vom Geschlecht …«

»Schon gut, weiter«, winkte die Kommissarin ab, »ich brauche hier auch keinen weiteren Mann an Bord. Wer wird's?«

»Eine Frau, die innerhalb der Serie für die Ungetüme und Monster zuständig war. Linda Graf. Jahrgang '69. Potsdamerin. Ich habe bereits mit ihr gesprochen. Sie erzählte mir, dass in einer Folge der Serie ein Protagonist im Laufe der Handlung zu einem Tier mutiert und in diesem Aufzug auch die entscheidende Szene ohne Computeranimation spielt. Linda kann Ohren aus Plastilin, Schwangerschaftsbäuche aus Latexschaum oder einen krummen Rücken aus einer Silikonschale bauen. Sie überzieht unversehrte Gesichter mit Narben und Wunden, lässt junge Menschen alt aussehen und flicht Perücken, Brust- und Barthaartoupets.

»Perfekt«, sagte die Kommissarin. Sie hatte gespannt zugehört. Diese Welt war ihr fremd, auch wenn ihr verdeckte Ermittlung mit allem Hokuspokus an sich nicht fremd war. »Wann kann sie bei uns sein? Und was kostet sie?«

»Noch heute Abend. Sie verlangt 250 Euro am Tag plus Steuer.«

»Muss ich mit Timmermann absprechen. Er allein weiß, von welchem Budget er ein Honorar anzeigen kann. Aber daran wird es nicht scheitern. Ist sie vertrauenswürdig?«

»Das konnte ich am Telefon nicht gut einschätzen. Ich habe ihr keine Details genannt, sondern über das gesprochen, was sie kann und was wir brauchen. In jedem Falle weiß sie um die Brisanz ihres Einsatzes.«

»Gut, richten wir ihr das Gästezimmer her, räumen ein bisschen um, damit sie ihre Utensilien klaglos abstellen kann und immer schnellen Zugriff darauf hat. Wenn sie da ist, kann sie gleich loslegen. Ich habe alles vorbereitet.«

Laura sah begeistert aus. Die Kommissarin reichte ihr ihre Skizzen.

»Das muss sie üben«, reagierte Laura.

»Eben«, brummte Eva Lindenthal, »deshalb muss sie uns, so schnell es geht, sagen, wie sie meinen Plan umsetzen will.«

»Ich gehe am Telefon mit ihr durch, was sie mitbringen soll. Da muss wohl ein Theaterfundus herhalten.«

Die Kommissarin grinste. »Schöner Hokuspokus. Jetzt brauchen wir nur noch die passende Gelegenheit, bei der uns der Mörder auf den Leim geht.«

8

Zwei Tage später, um die Mittagszeit

Lipsky schlief noch, als es an seine Wohnwagentür klopfte. Mit einem Ruck und von plötzlicher Furcht verzerrtem Gesicht lugte er vorsichtig durch die Lamellen seiner Fensterjalousien. Sein Puls raste. Er hatte stechende Kopfschmerzen. Zu seinen Füßen lag eine leere Flasche Gin und verstreut auf dem Boden ebenfalls entleerte Tonicfläschchen. Er war erst ins Bett gekommen, als der Morgen bereits graute. Seine Erinnerungen an den gestrigen Tag mit der gelungenen Flucht des Jungen und die damit einhergehende Angst, kurz vor der Enttarnung zu stehen, hatten ihm zu schaffen gemacht und quälten ihn auch jetzt.

Ein ihm gänzlich unbekannter Mann stand vor seiner Tür. Der Fremde trug einen blauen Arbeitsanzug, einen gelben Schutzhelm und derbe Schuhe.

»Jemand da?«, hörte er den Mann rufen. »Wir pumpen jetzt die Jauchegrube leer. Kann Lärm machen und stinken!«

Lipsky rührte sich nicht. Der Fäkalienentsorger wandte sich wieder vom Wohnwagen ab und entschwand aus Lipskys Sichtfeld. Wenige Momente später dröhnte es unter seinem Wagen, als würde ein Schacht gebaggert. Einher damit gingen üble Gerüche, die durch die Ritzen der eher dünnen Beplankung des Wohnwagens krochen und sich im Innern breitmachten. Lipsky band sich ein T-Shirt um Nase und Mund. Sollte er es wagen, ins Freie zu gehen? Wie gefährlich war dieser Arbeiter für ihn? Er hielt den Gestank kaum aus. Er würde auch später nicht lüften können, denn da würden die Hilfsbauern seines Vaters in jedem Fall bemerken, dass der Bauwagen wieder bewohnt war.

Er entschied sich für das Risiko. Er schlüpfte in Jogginghose, Kapuzenpullover und Turnschuhe, entriegelte die Tür und glitt langsam hinaus. Der Lärm der Pumpe des roten Saugfahrzeugs war hier draußen längst nicht so dröhnend wie im Innern des Wagens. Der Mann, der den Rüssel durch eine kleine Luke im Erdinneren hin und her schob, grüßte knapp. Lipsky grüßte zurück. Das Spezialfahrzeug war so geparkt, dass Lipsky nicht sehen konnte, ob sich noch jemand im Fahrerhaus befand. Er interessierte sich auch nicht dafür. Dafür war er einfach noch nicht wach genug. Hätte er sich dafür interessiert, wäre ihm aufgefallen, dass dort ein Mann mit einer Schirmmütze saß, die er sich tief ins Gesicht gezogen hatte. Er hielt einen Laptop auf dem Schoß, auf dem ein Browserfenster geöffnet war, das ihm die Konfiguration des WLAN-Anschlusses der Familie Lipsky anzeigte. Der Mann schleuste ein sogenanntes bösartiges Java-Script ein, um das Netzwerk zu lokalisieren und mit einem zusätzlichen Gerät zu versehen und so die Konfiguration zu manipulieren.

Doch Lipsky hatte sich für das Fahrerhaus nicht interessiert. Er war zu seiner Eingangstür zurückgeschlendert, hatte sie weit geöffnet, um den Gestank herauszulassen, und sich dann ins Gras gesetzt und blinzelte in die Sonne. Noch hatten die vielen Büsche um ihn herum nur zarte grüne Spitzen ausgebildet, aus denen ein dichtes Buschwerk werden würde. Nur der mächtige Ilex war immergrün geblieben, eine besondere Zierde vor seinem Wohnwagen. Auch die Laubbäume rings um Lipskys Behausung wirkten noch karg und ohne Leben. An den Buchen hingen noch die braunen Blätter vom letzten Jahr. Er fühlte sich elend, aber kam langsam in Fahrt.

Der Saugrüssel arbeitete immer noch, das war zu hören. Lipsky legte sich ahnungslos auf den Rücken und schloss die Augen. Der Gin schien noch in seinen Adern zu kreisen. Ihn schwindelte, er blieb aber liegen.

Doch er hatte Beobachter, die jede seiner Bewegungen fotografierten, seitdem er seinen Unterschlupf verlassen hatte.

»Er ist überhaupt nicht alt«, flüsterte Laura. »Dieser Mann hat mir jedenfalls nicht die Tür geöffnet und die Zeitschrift angenommen.«

»Es muss aber Jonas Lipsky sein«, raunte Eva Lindenthal ihr zu. »Es ist der Hof seiner Eltern, die Adresse stimmt mit der im Mietvertrag, den seine Mutter unterschrieb, überein. Außerdem haben mir Lipskys Eltern auf Mallorca den Tipp gegeben.«

»Dann arbeitet er mit den gleichen Mitteln der Täuschung wie wir«, wisperte Laura. Es klang fast anerkennend.

»Ja, verdammt, er ist ein Profi. Von seiner Chimäre wussten seine Eltern nichts, jedenfalls haben sie es mir nicht erzählt. Und das macht ihn zum Ungeheuer.«

Jetzt verlagerten sie ihren Standort und hielten das Objektiv auf das Innere von Lipskys Lager. Ein Spezialist würde ihre Aufnahmen extrem aufhellen müssen, denn im Bauwagen war es, im Gegensatz zu außen, extrem dunkel. Auf ein Zeichen der Kommissarin hin beendete der Jaucheentsorger seine Arbeit, hängte den Rüssel an die Seite seines Saugfahrzeugs und rollte dann mit seinem Begleiter gemächlich vom Hof. Lipsky bekam davon nichts mit. Er war wieder fest eingeschlafen, erledigt von der durchzechten Nacht.

Auch die beiden Polizistinnen hatten sich wieder zurückgezogen. Ihre Fotos mussten, so schnell es ging, zu einem Datenabgleich ins Landeskriminalamt nach Schwerin übermittelt und für eine Umfrage-Fahndung in öffentlichen Einrichtungen gedruckt werden. Das würde Laura von ihrem Laptop aus machen, der sich, im Forsthaus über WiFi an das Internet angedockt, im Stand-by-Modus befand.

»Ich hatte auf einen weißen Opel Omega Kombi gehofft«, sagte die Kommissarin, während sie in ihren Dienstwagen stieg.

»Und ich auf einen Kerl, der um die fünfzig ist, einen Schnurrbart und Brille trägt«, entgegnete Laura.

»Diesen Widerspruch klären wir noch auf«, sagte die Kommissarin und startete den Motor. »Erst einmal hat das heute gut funktioniert. Ich würde mich ja so gern mal in diesem Wohnwagen umsehen. Glaubt man seinen Eltern, dann ist das Ding so eine Art Überlebenscamp.«

»Ja, klasse Idee«, sagte Laura, »ab heute mag ich stinkende Gülle und Jauchegruben.«

Sie lachten beide herzhaft.

Plötzlich wieder ernsthaft, sagte Laura: »Was machen wir, wenn er uns durch die Lappen geht? Einfach mit einem Boot über die Ostsee abhaut? Irgendwohin, wo wir ihn nicht finden?«

Die Kommissarin lächelte in sich hinein. Sie mochte es, dass Laura tatsächlich noch nicht die Gewissheit und Überzeugung eines erfahrenen Ermittlers hatte, der stets davon überzeugt war, dass nicht nur jeder Mensch ein dunkles Geheimnis hatte, sondern dass es auch zu lüften war. Glück spielte dabei natürlich eine Rolle, aber vor allem Zuversicht, ein gutes Timing und das unerschütterliche Vertrauen in sich selbst.

»Dann suchen wir ihn mit Satelliten oder Drohnen. Niemand entkommt heute mehr, es sei denn, er gräbt sich zehn Meter tief ein. Außerdem bin ich selbst fest überzeugt davon, dass wir den Kerl einbuchten werden.«

Laura blieb kurz der Mund offen stehen. Es beeindruckte sie, welches Selbstvertrauen die Kommissarin an den Tag legte.

»Mich verunsichert, dass er offenbar genau weiß, dass wir hinter ihm her sind. Lipsky hat seit mindestens zehn Tagen weder sein Handy eingeschaltet, noch über die Wanze etwas Brauchbares für uns abgesondert. So, als wüsste er, dass die Wände Ohren haben.«

»Ja, ich muss zugeben, dass ich annehme, dass er uns noch voraus ist. Aber das wird sich ändern. Wenn du erst einmal auf dem Bauernhof arbeitest, dann wirst du ihn unter Kontrolle haben.«

»Dazu müssen endlich seine verdammten Eltern wiederkommen.« Laura presste entschuldigend eine Hand auf den Mund.

»Sorry für das Wort ›verdammt‹, ist mir so rausgerutscht. Wahrscheinlich können Lipskys Eltern gar nichts für ihren ekelhaften Sohn.«

»Alles gut«, beschwichtigte die Kommissarin, »ich kann diesen Typen auch nicht leiden.«

»Du hast über deinen Mallorca-Besuch nicht viel berichtet.« Laura blickte sie fragend an.

»Ich habe ihnen die üblichen Fragen gestellt. Was für ein Typ ihr Sohn ist, woher sein möglicherweise bestehender Mädchenhass kommt et cetera. Sie sind niedergeschlagen und empört darüber, dass er wegen verschiedener Sexualdelikte vorbestraft ist. Es ist erkennbar nicht leicht für sie, mit dieser Situation umzugehen. Es ist schließlich ihr einziges Kind.« Die Kommissarin fuhr vorsichtig. Diese waldreiche Gegend steckte voller plötzlicher Gefahren für Mensch und Tier.

»Ich hätte dich so gern begleitet«, sagte Laura mit Sehnsucht in der Stimme. »Mallorca, Strand, gutes Essen, Wein …«

»Du musstest die Stellung halten. Nun müssen wir die Auswertungen der Fotos abwarten und du deine neue Rolle proben. Als Bäuerin darfst du nicht zimperlich sein. Jeder durchschaut dich, wenn du bei einer Kuh versagst.«

»Und wie trainiere ich das?«

»Bei mir in Zickhusen. Ich habe mit meinen Eltern schon gesprochen. Du kriegst einen Crashkurs von meinem Vater. Hühneraufzucht, Kühe, Mist entsorgen, Trecker beladen.«

Laura blickte auf ihre lackierten Fingernägel und auf ihre bunten Bänder an den Armen. »Muss alles weg«, sagte sie zu sich selbst. Die Kommissarin hatte es dennoch verstanden.

»Telefonier noch mal mit Linda. Sie soll Arbeitskleidung besorgen. Und sich Gedanken darüber machen, wie wir aus dir hübschem Großstadtding eine eher graue und schon etwas erfahrene Hofangestellte machen. Lipsky soll auf dich nicht aufmerksam werden. So können wir den nächsten Schritt vorbereiten.«

»Auf den ich schon sehr gespannt bin«, antwortete Laura. »Die Idee ist jedenfalls grandios.«

»Danke«, sagte die Kommissarin kurz. »I do my best.«

»Welches Ziel haben wir denn noch auf dem Zettel?«, fragte Laura.

»Jonas Lipsky hat eine Stammkneipe«, antwortete die Kommissarin knapp. »Einzelheiten später.«

Laura hielt sich mit einem Kommentar zurück. Ihr schien, als würde Eva Lindenthal etwas zurückhalten wollen. Unter Gesprächigkeit und Austausch stellte sich ihre Assistentin etwas anderes vor. Doch sie schwieg.

9

Gleicher Tag, früher Abend, gegen neunzehn Uhr

Ehe Lipsky endgültig wieder zu sich kam, waren beinahe zwei Stunden vergangen. Er erwachte tatsächlich mit einem Plan im Kopf, den er auch sofort umzusetzen begann. Mit den leise gemurmelten Worten: »Die kleine Ratte hat mich sicher verpfiffen«, kehrte er in seinen Wohnwagen zurück, kleidete sich in eine blaue Arbeitskombination mit derben Stiefeln, setzte sich eine flache, hellgraue Dockermütze aus Schurwolle auf den Kopf, griff nach einem Fünf-Liter-Wasserkanister und verließ sein Versteck.

Im Unterstand seines Autos, eine Art vollständig geschlossener Carport mit Werkzeugen und kleinen Maschinen, schraubte er zunächst alle Zierteile seines Autos, einschließlich der falschen Kennzeichen, ab und setzte dann eine Schleifmaschine auf den weißen Lack der Karosserie und schmirgelte großflächig und bis aufs Metall die Farbe rings um sein Auto ab. Danach klebte er mit Gafferband die Scheiben, Gummis und andere Dichtungen ab. Nach beinahe drei Stunden Arbeit setzte er seine Mundmaske und Schleifbrille ab und begutachtete sein Werk. Die wenigen weißen Flecken, die anschließend noch blieben, störten ihn nicht.

Seine Pause nutzte er für Dosenfisch und Kommissbrot aus der Büchse. Dazu trank er Wasser aus dem Hahn eines kleinen Waschbeckens, das in einer Ecke der Garage installiert war. Er befüllte den Kanister bis zum Rand.

Wieder bei Kräften, rollte er großzügig einen sandfarbenen Metalllack über das Blech. Für die engen Kanten und andere Feinarbeiten benutzte er einen Kuttenlecker, einen flachen und leicht abgewinkelten Pinsel. Am frühen Abend war Lipsky fertig. Er blieb in der gesamten Zeit ungestört. Er setzte einen Heizlüfter in Betrieb, öffnete die Garagentür einen Spalt breit, schlüpfte hindurch und hielt sich auf dem Rückweg in sein Asyl eher im Dämmerlicht. Hunger dröhnte in ihm. Seine Gier auf ein warmes Essen unterdrückte er. Er zog sich in seinen Wohnwagen zurück und vertilgte erneut Dosenfisch und Kommissbrot. Dazu trank er gierig Wasser.

Lipsky verlor mehr und mehr an Gewicht. Und auch seine Vorräte gingen langsam zur Neige. Obwohl er eine unergründlich tiefe Müdigkeit in sich spürte, lief er nervös durch sein Versteck und warf dabei eine Menge Gedanken durch den Kopf. Schließlich entschied er sich. Er kleidete sich wie ein Beau: in ein schickes blaues Hemd, dunkle Chinos, weiße Turnschuhe und unauffälliges Sakko. Vor dem Spiegel in seinem winzigen Bad strich er sich seine langen, fransigen Haare glatt und fixierte sie mit Gel. Er sah wieder aus wie der Typ verführerischer Musiker, der sein Publikum nicht nur mit seiner Gitarre, sondern auch mit seinem Aussehen verführte.

Zurück im Wohnbereich, griff er nach seinem Beil, schob sich die Geldrolle in eine Hosentasche und verließ sein karges Heim. In der Garage schraubte er die Hamburger Kennzeichen wieder an und fuhr, trotz des noch nicht vollständig trockenen und ausgehärteten Lacks, in Richtung Schwerin davon. Hinter Grundshagen stach ihm das Forsthaus ins Auge, das mit seiner vollen Beleuchtung von innen und außen durch die noch unbelaubten Bäume weithin sichtbar war. Doch er machte sich darüber keine Gedanken. Er murmelte, während er weiterfuhr: »Da hat der Bruno sicher die Bude mit Gästen voll.«

Nach etwa vierzig Minuten Fahrzeit erreichte er Schwerin, hielt sich direkt in Richtung Hospitalstraße und parkte sein Auto in der nächsten freien Parkbucht. Er schlenderte, das Beil unter seinem Jackett, gemächlich zu Haus Nummer 9a, entriegelte die breite Flügeltür der Hauseinfahrt und blieb kurz verdutzt stehen. Seine Wohnungstür war versiegelt worden, ein Polizeistempel machte das Ganze amtlich. Lipsky schluckte, aber war nicht überrascht. Doch dieses Bild machte ihm noch einmal sehr deutlich klar, dass er ganz sicher im Fokus stand. Kurz überlegte er, ob er seine Vermieterin jetzt noch mit seinem Beil töten sollte, obwohl sie schon geplaudert hatte. Er entschied sich dagegen.

Er bestieg sein Auto und fuhr zum Ziegenmarkt. Er parkte. Auf der Strecke vom Parkplatz führte sein Fußweg an einer offenen Werkstatttür vorbei, in der drei junge Männer und eine etwa gleichaltrige Frau auf bunten Stühlen saßen und Bier tranken. Vor der Tür war eine Tischtennisplatte aufgebaut.

»Hey«, rief einer Lipsky zu, »'ne Runde Chinesisch?«

Lipsky überlegte kurz und willigte dann ein. Nach etwa zehn Minuten Galopp um den Tisch und Pingpong mit den Schlägern zog er weiter zu seinem Ziel – zu einer Bar mit Namen *Freischütz*. Auch wenn die Meinungen der Besucher weit auseinander gingen und sogar jemand in einer Internetbewertung wortwörtlich und mit einigen Rechtschreibfehlern schrieb, dass »die Kneipe ein eckelhaft klebriger Laden und da kann man echt nix Essen ohne Herpes zu bekommen« sei, wusste er es besser. Hier war er als Teenager oft mit seinen Freunden aus dem Dorf hingefahren, und sie hatten den am ältesten wirkenden Kumpel auserwählt, um Bier zu besorgen. Draußen vor der Tür, wo man auf Bierbänken bis zweiundzwanzig Uhr sitzen konnte, interessierte sich sowieso niemand mehr dafür, wie alt man war, ob man Gras rauchte oder seinen Kumpeln zwischen den Schritt griff. Vor dem Lokal war beinahe alles erlaubt. Und das Chili con Carne war auch gut.

Heute fielen ihm zwei Männer auf, deren unterschiedliches Alter augenfällig war. Während der Ältere sicher um die vierzig war, lange Haare mit Zopf, mit kantigem Gesicht mit schmalen Augen, war der andere Anfang zwanzig, mit einem stoppligen, rasiertem Kopf, großen blauen Augen und einer beeindruckenden Nase. Das scheinbar ungleiche Pärchen verstand sich aber augenscheinlich gut. Lipsky holte sich von drinnen ein Bier, verließ das Lokal wieder und fragte die beiden, ob er sich auf den freien

Platz neben sie auf die Bierbank setzen dürfe. Sie willigten ohne Umschweife ein. Der Jüngere sah ihn zuvor kurz aufmerksam an.

Lipsky trank in gierigen Schlucken. Er spürte sofort, wie der Alkohol seine Wirkung tat. Er nahm sich vor, in jedem Falle das schmackhafte Chili zu nehmen.

Das Männerpärchen unterhielt sich über Liebe und Kinder, Trennung und Tränen. Der Jüngere der beiden war offensichtlich von alldem betroffen.

»Wie geht's deinem Kind?«, begann das Gespräch zwischen den beiden.

»Ich sehe es kaum«, sagte der Jüngere zerknirscht. »Seit Antonia eine feste Freundin hat, komme ich kaum noch zwischen die beiden und schon gar nicht an meinen Sohn heran. Anni steht total unterm Pantoffel von ihrer Freundin. Ich könnt die umbringen.«

»Wen jetzt? Anni?«

»Nee, ihre Freundin, so 'ne Hardcore-Lesbe, die Männer nicht mag.«

»War denn Antonia immer schon lesbisch?«

»Nee, sonst hätte ich ja nix mit ihr gehabt. Warn ja insgesamt fast eineinhalb Jahre ein Paar.«

»Wie kam es eigentlich dazu? Das haste mir noch nie detailliert erzählt.« Der Ältere lächelte seinem Begleiter aufmunternd zu.

Der überlegte einen kurzen Moment. »Auf 'ner Zugreise von Berlin nach Prag.«

Der Ältere zeigte weitere Neugier. In seinen Augen stand echtes Interesse.

»Alles Zufall, so was passiert einem im Leben wahrscheinlich nur einmal. Ich hatte zunächst ein Abteil für mich allein. Das war ein ziemlich altmodischer, aber sehr gemütlicher Waggon, mit Vorhängen an den Fenstern und einem Vorhang vor der Abteiltür. Die Sitze waren zueinander ausziehbar, so dass ich mir quasi eine Art Liegefläche gebaut habe. Und meinen Rucksack habe ich mir unter meinen Kopf geschoben. Zwischen Berliner Hauptbahnhof und Dresden Neustadt bin ich dann mehrmals weggenickt. Und dann, irgendwo auf dieser Strecke, bin ich bei einer schärferen Bremsung des Zuges aufgewacht und sah, dass ich nicht mehr allein war. Wann das Girl in mein Abteil gekommen ist, weiß ich nicht, aber sie hatte ebenfalls ihren und den gegenüberliegenden Sitz zueinander geschoben und lümmelte da mit ausgestreckten Beinen und las in ihrem Handy. Klasse Mädchen, mit ultrakurzen blonden Haaren und ziemlich knallig grünen Augen und mit Sommersprossen. Skinny Pants, war ja klar … Hoodie, ziemlich attraktiv, die Gute …«

Beide lachten. Der junge Mann trank einen tiefen Schluck aus seinem Bierglas. Sein Gegenüber machte es ihm nach, blickte ihn weiter aufmerksam und schweigend an.

»Ich war zunächst etwas perplex, wahrscheinlich wegen meines abrupten Aufwachens. Das Mädchen hat mich neugierig angeguckt und zu mir gesagt, dass ich im Schlaf nicht nur geschnarcht, sondern auch geredet hätte. ›Ja, und was?‹, habe ich sie gefragt. ›Habe ich Geheimnisse verraten? Ich habe nämlich ein paar davon.‹ ›Ach so?‹, hat sie gesagt. ›Erzähl mal!‹ ›Nee, nee, dann sind es ja keine Geheimnisse mehr.‹ ›Ach, komm schon‹, hat sie gedrängelt, ›ich verrate es auch niemandem.‹ Da habe ich ihr die Geschichte von Grit erzählt, die mich durchs Matheabitur geschleift hat, weil ich selbst so schwach in diesem Fach war, und dann von mir verlangt hat, ich sollte quasi als Honorar dafür ihr *Erster* sein …«

Beide grinsten jetzt vieldeutig.

»Und? Wie war's?«, fragte der Ältere.

Der Jüngere zögerte jetzt etwas. Dann sagte er: »Ein bisschen blutig, weil ich viel zu grob war, und viel zu kurz, weil ich zu schnell gekommen bin.«

Die letzten Worte hatte er etwas leiser gesprochen, Jonas Lipsky hatte ihn dennoch verstanden. Er fühlte sich einen Moment lang wie ein Spanner. Die beiden schien es allerdings nicht zu stören, dass sie Publikum hatten.

»Das Mädchen im Zug jedenfalls fand die Geschichte ›strange‹, wie sie es ausdrückte, wollte aber natürlich noch mehr von mir wissen. Ich hatte aber keine Lust drauf und hab stattdessen angefangen, sie auszufragen. Du weißt selbst, wie öde die Zugfahrt bis nach Dresden und dann wieder hinter der tschechischen Grenze bis nach Prag ist.«

Der Ältere nickte ihm verständig zu. Er wusste, vor allem hinter Ústí nad Labem zog es sich hin.

»Und stell dir vor, da sagt sie doch zu mir, dass sie auch noch Jungfrau ist und wie ich das finden würde. Ich war natürlich erst mal von den Socken, weil sie mir das so holterdiepolter erzählt. Auf der anderen Seite fand ich's aber auch gut. Und es hat mich erregt …« Er pausierte kurz.

»Wie ging's weiter?«, drängelte sein Begleiter.

»Ich bin von meinem Liegesitz hoch, hab die Vorhänge zugezogen und hab gesagt: ›Jetzt gleich?‹ Du hättest ihr Gesicht sehen sollen! Dieser Moment war so geil …«

»Und dann habt ihr …?«, fragte der Ältere etwas heiser. Er rutschte unruhig auf seiner Bierbank vor und zurück.

»Japp, haben wir, und es war um Längen besser als mit Grit.«

»Und da entstand Anton draus?«

»Ja, da entstand er. Zufälle über Zufälle.«

»Ach, deshalb auch der Name. Anton und Antonia.«

»Ja, wir waren ja noch ziemlich lange zusammen. Anni haute ja erst zwei Monate nach der Geburt von Anton ab.«

»Und wie hat sie die andere …?«

»Nee, darüber will ich jetzt nicht reden, das geht mir alles noch viel zu nahe …«

»Okay, okay«, sagte der Ältere schnell, »kann ich verstehen. Und wie ist das jetzt bei euch geregelt? Wer hat wann das Kind?«

»Eben gar nicht. Wie gesagt, ich komm an ihn nicht heran. Antonia und ihre Freundin haben so was wie eine Mauer um sich herum errichtet. Ich wollte schon vor Gericht, aber ich hab … Ich will keinen Krieg gegen meine Ex führen. Dafür hat sie mir einfach zu viel bedeutet … Weißt du, ich würde ihn gern mal ein paar Tage allein für mich haben. Einfach da sein für ihn, spielen, reden, machen … Stattdessen heule ich manchmal vor mich hin und frage mich, womit ich das alles verdient habe … Ich könnte Antonias Freundin umbringen. Sie wacht über Anni wie ein Kettenhund.«

Der Ältere brummte jetzt etwas unverständlich Ermahnendes und fragte dann: »Wie alt ist Anton jetzt?«

»Zwei«, sagte der junge Mann und blickte gedankenverloren in sein beinahe leeres Bierglas.

Das war der Moment, an dem Lipsky anfing, seinen eigenen Gedanken nachzuhängen. Das weitere Gespräch seiner Banknachbarn blendete er weitestgehend aus. Er grübelte zurück in die Zeit, in der er ein Teenager war und die ihm jetzt deutlich vor Augen stand.

Arona, Piemont, Lago di Maggiore, 1995

Es war sein siebzehnter Geburtstag. Er hatte sich eine einfache Rhythmusgitarre gewünscht und auch bekommen. Seine Motivation, Musik machen zu können, war gar nicht unbedingt die, sich musikalisch auszudrücken. Vielmehr teilte er damals den Traum etlicher seiner Altersgenossen, auf einer Bühne zu stehen und von Mädchen *angehimmelt* zu werden. Ihm war durchaus klar, dass dies ein weiter Weg war, und er begnügte sich daher gedanklich erst einmal damit, dass Lagerfeuer oder Geburtstagspartys ähnliche Möglichkeiten boten, im Mittelpunkt zu stehen. Anfangs übte er Lieder mit einfachen Rhythmus- und Schlagmustern ein, die überdies keine Barré-Akkorde verwendeten und für jede Gelegenheit taugten, auf der man als angehender Gitarrist auffallen wollte. A-Dur, D-Dur, E-Dur. Manchmal a-Moll. Er spielte Evergreens wie *Smoke on the Water* und *Highway to hell*, später sogar *Let it be* und *Smells like teen spirit*.

Er ließ seine Haare wachsen, durchstach sein linkes Ohrläppchen für einen kleinen silbernen Ring, kombinierte seine Kleidung farblich eher unkonventionell und provozierte sein Umfeld mit unterschiedlich bunten Fingernägeln. Seine Hormone spielten zu jener Zeit ein unberechenbares Spiel. Doch statt ein Mädchen zu erobern, hielt er sich seit der für ihn schockierenden Erfahrung mit Maja bewusst zurück. Mehr noch: Ihn irritierte, wie seine männlichen Mitschüler Schulkameradinnen umschwirrten in der Hoffnung, einen *Treffer* zu landen. Andererseits verabscheute er es geradezu, mit anzusehen, mit welcher Lust die umworbenen Mädchen die Jungs abblitzen ließen, in seinen Augen gar verhöhnten. Er war sich dessen nicht bewusst, dass er seinen Groll über Maja weiter auf andere Mädchen übertrug und es ihm nicht gelang, über den dunklen Schatten zu springen, den das brutal-kindliche Verhalten der ein Jahr jüngeren Maja in ihm hinterlassen hatte.

Wäre da nicht Nina gewesen, die sich gar nicht erst auf die pubertierenden Gaukeleien seiner Schulkameraden einließ, dann wäre er vollends zu einem *Mädchenhasser* mutiert. Nina, und das gefiel Jonas, kleidete sich permanent in lange, weiche Kleider oder Röcke, die ihr eine anziehende Weiblichkeit gaben. Nina war nur dezent geschminkt, hatte geheimnisvoll leuchtende, braune Augen und eine rote Lockenmähne, die sie meistens mit einem schwarzen Haargummi zähmte. Und als Jonas' Klasse mit zwei Elternpaaren und achtzehn Schülern nach Oberitalien, ins piemontesische *Arona* an den schönen *Lago Maggiore* fuhr, wich er ihr nicht von der Seite.

Am vierten Abend ihrer einwöchigen Klassenfahrt kam es zu einer Situation am Lagerfeuer, die chaotisch begann, dann in eine Romanze mündete und mit einem Drama endete.

Nina, Jonas und die anderen hatten die Tage zuvor am Südwestufer im *Parco della Rocca Borromea* verbracht, einen Abstecher zum *Colosseo di San Carlo Borromeo* gemacht, waren in kleinen Grüppchen über die Uferpromenade *Lungolago* geschlendert und hatten dabei Cappuccino getrunken, Gelato gegessen und gefüllte Brioche verspeist. Von der alten Bergfestung *Rocca di Angera*, die über die schmalste Stelle im See ragt, hatten sie Fotos in die üblichen, sozialen Kanäle oder an ihre Verwandten daheim gesandt.

Bei all diesen Gelegenheiten hatte sich Jonas vorsichtig und mit Bedacht seiner Mitschülerin Nina immer weiter angenähert. Und Nina hatte Jonas' leise Flirts, seine Zuvorkommenheit und höflichen Gesten augenscheinlich genossen. Und als Jonas sie ins *Cafè de la Sera* auf ein Tartufo di Pizzo, Caffè Macchiato und Pasticcini mit Himbeeren einlud, dankte sie ihm anschließend überschwänglich und mit einer intensiven Umarmung.

Jonas war kurz sehr glücklich, ihr zu Diensten gewesen zu sein.

So waren also seine Erwartungen – oder eher Fantasien – für jenen Lagerfeuerabend im Parco am Ufer des Lago groß und suggerierten ihm, dass er mit seiner Gitarre unwiderstehlich sein würde und er Nina zumindest beeindrucken, wenn nicht sogar *mehr* bei ihr erreichen könnte. Doch es war kompliziert, und nicht nur das: Je älter er nach seiner für ihn verletzenden Erfahrung mit Maja geworden war, umso intensiver spürte er den Drang, auch andere Mädchen in seinem Alter zu kränken. Er benahm sich ihnen gegenüber schnoddrig, sarkastisch und arrogant. Obwohl es in ihm nach Zuneigung schrie, trotzte er diesen tiefen Gefühlen und verhielt sich wie ein Idiot. So erging es auch Nina, die er eigentlich begehrte, aber an sich selbst scheiterte. Dabei bescheinigte sie ihm nach seiner Version von *Smells like teen spirit* von Nirvana »eine echt gute Singstimme«, kritisierte aber sein Gitarrenspiel als »eher mäßig«. Sie hatte ihn aber weiter ermuntert, dass er »mit ein bisschen Übung« vielleicht mal »ein ganz Großer« werden könnte. Sie hatte ihn dabei freundlich angelächelt und ihre wilde rote Mähne mit einer dominanten Geste in den Nacken geschleudert. Keine Sekunde hatte sie darüber nachgedacht, was sie damit in ihm auslöste. Wie sollte sie auch?

Lipsky litt schon damals an einer mutmaßlich krankhaften Wahrnehmung anderer Personen auf sich selbst.

Er fühlte sich von der Kritik Ninas zutiefst beleidigt. Wutschnaubend griff er nach seiner Gitarre, sprang vom Rand des Lagerfeuers auf und stürmte davon. Auf ein Kopfnicken ihrer Sitznachbarin hin erhob sich Nina eher widerwillig und entschwand ebenfalls in das nur sehr schwach beleuchtete Hinterland des Parco am Ufer des Sees.

Sie rief nach ihm, erhielt aber keine Antwort. Vorsichtig tastete sie sich im Dunkel vorwärts, fluchte dabei leise, weil sie kaum sah, wohin sie eigentlich lief. Sie wollte schon kehrtmachen, als sie ein heiseres Röcheln vernahm. Es schien von weiter rechts zu kommen.

»Jonas?«, rief sie mit einem ängstlichen Unterton. »Bist du das?«

Sie erhielt keine Antwort. Wegen einer Vielzahl an Wurzeln, die sich teils so dick wie starke Oberarme durch das Erdreich des leicht hügeligen Geländes zogen, kam sie nur mühsam voran. Dafür hatten sich ihre Augen inzwischen an das diffuse Dunkel gewöhnt.

»Jonas?!«, rief sie erneut und spähte in alle Richtungen.

»Hier!«, erhielt sie endlich eine Antwort. »Ich bin umgeknickt. Kann mich nicht bewegen! Mein rechter Fuß und mein Knie, oh, es tut so weh, verdammt …«

Nach nur wenigen Metern entdeckte sie ihn. Jonas lag mit schmerzverzerrtem Gesicht am Boden. Das rechte Hosenbein seiner Jeans hatte er heruntergezogen, der rechte Schuh lag neben ihm. Er bedeckte mit einer Hand sein Knie und massierte mit der anderen vorsichtig den Spann seines rechten Fußes. Als er sie bemerkte, streckte er sich im Gras der Länge nach aus.

Nina trat an ihn heran, blickte etwas scheu auf Jonas, der nur in knappen Boxershorts und T-Shirt vor ihr lag.

»Kann ich … ähm … irgendwie helfen?«, fragte sie etwas zögerlich.

»Ich bin am Arsch«, antwortete Jonas.

»Du müsstest jetzt kühlen.«

»Schlaumeier«, sagte Jonas.

»Wie schlimm ist es denn?«, fragte sie jetzt mitfühlender.

»Ekelhaft.«

»Lass mal sehen.« Sie bückte sich zu ihm hinunter und beleuchtete mit ihrem Handlicht die betroffenen Stellen. Sie sahen leicht angeschwollen aus.

Jonas nahm ihren Geruch wahr. Ihre dichte Lockenmähne streichelte seine Oberschenkel. Es erregte ihn. Er bekam, für Nina zunächst unsichtbar, eine Erektion.

»Darf ich?«, fragte sie und zeigte mit einer Hand auf seine Blessuren.

»Klar«, sagte er etwas heiser.

Sie legte ihm nacheinander ihre Hände auf die Schwellungen.

»Angenehm«, flüsterte Jonas, »kühlt schön.«

Nach einem kurzen Moment erhob sie sich und sagte, sie würde kalte Blätter aufsammeln und auf die Hautpartien legen.

»Okay, gute Idee«, antwortete Jonas. Sie verschwand kurz, war aber nach wenigen Augenblicken mit einem kleinen Büschel Blätter eines Lorbeerbaums wieder zurück. Er fühlte sich gut umsorgt. Seine Erektion hatte sich gehalten.

Jetzt sah auch Nina, was sich in Jonas' Boxershorts abspielte. Doch sie ließ sich nichts anmerken.

Während sie die kühlen, feuchten Blätter auf Jonas' Knie und rechten Fuß legte, flüsterte er ihr zu, dass er jetzt gern mit ihr kuscheln würde. »Aber ich fühle mich wie ein Invalide.«

Nina antwortete zunächst nicht und konzentrierte sich darauf, die kühlenden Blätter gefühlvoll zu drapieren.

»Hey du«, stupste er sie leicht an, »ich glaube, ich habe mich in dich verknallt.«

Jetzt setzte sie sich neben ihn ins Gras und blickte ihm erst prüfend ins Gesicht, dann wanderten ihre Augen über seinen Leib und stoppten hinter seinem Bauchnabel.

»Darf ich?«, fragte sie leise, aber nicht schüchtern. Sie hatte ihre rechte Hand bereits forsch an den Bund von Jonas' Boxershorts bewegt.

»Mach!«, forderte er bestimmt, aber leise. Vorsichtig griff sie unter seine Unterwäsche, umschloss mit ihrer Hand sein Geschlechtsteil und rieb vorsichtig daran. Jonas stöhnte leise auf, schwieg aber. Nur einen kurzen Moment später schwang sie sich vorsichtig auf ihn herauf, zog dabei ihren knielangen Sommerrock zu sich nach oben und ihren Slip bis hinunter zu den Füßen.

Beide entführten sich die nächsten Stunden in ein Paradies, das sie in allen Facetten willkommen hieß und das keinerlei Grund hatte, sie daraus schnell wieder zu vertreiben.

Als sie wieder erwachten, lagen sie eng umschlungen auf der Wiese des Parco, und es graute schon der Morgen.

In den Wochen danach nahm das Drama seinen Lauf. Zwar sahen sich Nina und Jonas beinahe regelmäßig und schliefen bei diesen Gelegenheiten auch miteinander, doch als Nina plötzlich kränkelte und ein Arzt feststellte, dass sie bereits in der vierten Woche schwanger war, kippte die Romanze in eine geradezu tragische Nüchternheit um. Die Zeit passte auf die Momente ihres Beisammenseins am Südwestufer des Lago Maggiore. Ein Vaterschaftstest brachte die Gewissheit.

Obwohl der Fötus bereits ein erstaunliches *Gebilde* war, lehnten die Eltern und Großeltern der sechzehn Jahre alten Nina die Schwangerschaft ab. Mehr noch: Sie erhoben schwere Vorwürfe wegen ungeschützten Geschlechtsverkehrs zwischen Jonas und ihrer Tochter, zeichneten Horrorskizzen von menschlicher Überforderung, Unreife und drohenden Versäumnissen beim Kindeswohl.

Niemand hatte sich für die Meinung oder die Wünsche des siebzehn Jahre alten Kindesvaters interessiert. Jonas war nicht einmal in das Haus von Ninas Eltern gebeten worden, um zu erklären, wie er denn zu der Schwangerschaft, Beziehung, Kind und Familie stünde. Nina hatte ohne Jonas' Wissen die Schwangerschaft abgebrochen und war nach ihrem Klinikaufenthalt direkt auf ein Internat außerhalb des Bundeslandes gewechselt.

In der Folge dieser Ereignisse versank der Siebzehnjährige in einem Strudel aus Ohnmacht, Hass auf alles Weibliche und Selbstmitleid. Waren seine sozialen Fähigkeiten ohnehin nur sehr schwach ausgebildet, so katapultierte ihn dieses Ereignis mit einer Person, in die er sich verliebt hatte, an das unterste Ende der Skala mitmenschlichen Verhaltens und gelebter Empathie.

10

20.30 Uhr

Jonas Lipsky starrte auf sein leeres Bierglas vor sich. Die beiden Männer hatten sich vor einigen Minuten mit einem dezenten Kopfnicken von ihrem Banknachbarn verabschiedet und waren im Dunkel des Ziegenmarkts entschwunden. Er wechselte von der Bierbank im Freien hinein in die Bar auf einen Hocker an den Tresen des jetzt nur sehr mäßig besuchten Lokals. Der Barkeeper war ein Asiate mit streng rasiertem Kopf und einer Menge Schmetterling-Tattoos am Hals.

»Ich nehme Gin Tonic und eine Portion Chili con Carne«, sagte Lipsky freundlich. Der Asiate nickte kurz und verschwand in der Küche, die sich offenbar in direkter Nachbarschaft des Tresens befand. Aus den Lautsprechern rieselte Musik der englischen Band *Radiohead.* Lipsky sah sich im Raum um. Er kannte niemanden. Nach einigen Minuten kehrte der Barkeeper mit einer dampfenden Suppenschale zurück. Er stellte sie vor seinem Gast ab. Dann machte er sich an den Gin Tonic. Dessen Zubereitung dauerte erheblich kürzer. Lipsky hatte inzwischen zu löffeln begonnen.

»Und?«, fragte der Asiate. »Wie schmeckt's?«

»Ist gut wie immer«, antwortete Lipsky.

»Wir würden bei uns sogar die Knochen und Knorpel mit verarbeiten und ordentlich Chili reinhauen«, sagte der Asiate.

»Dann sind Sie Chinese?«, erkundigte sich Lipsky.

»Das stimmt«, bestätigte sein Gegenüber mit anerkennendem Unterton. »Aus Ganzhou. Eine wunderschöne, entspannte Stadt im Süden von Jiangxi. Es ist ein großartiger Ort, um das echte China zu erleben, die Leute sind freundlich und das Essen ist scharf.«

»Vielleicht fahre ich dort mal hin«, sagte Lipsky ganz ernsthaft.

»Dann musst du aber auch nach Zhanggong. Wir haben dort eine Stadtmauer aus der Song-Dynastie sowie eine Reihe von Pavillons und Tempeln aus der Ming- und Qing-Zeit. Oder zur Dongjin-Brücke. Seit der Song-Dynastie wurden Pontonbrücken über die Flüsse Zhang und Gong gebaut. Vierhundert Meter lang und nur Holzbretter, die auf Holzbooten verankert sind. Dicke Eisenketten verbindet das Gebilde miteinander. Eine Supersache.«

»Und wie sind die Mädchen dort so? Heiß?« Lipsky grinste etwas lüstern.

»Schüchtern. Das ist chinesische Provinz. Nicht so wie Shanghai oder Beijing. Bist du etwa noch nicht verheiratet?«

»Ich?« Lipsky verzog sein Gesicht. »Hör mir auf mit den Weibern«, sagte er.

Jetzt war es an dem Chinesen, sein Gesicht zu verziehen. »Magst du Frauen nicht?«

Im Moment überzogen seine vielfältigen Versuche, vor allem junge Mädchen in sein Bett zu locken, seine Gedankenwelt. Und dass er vor ein paar Jahren ohne Gefängnisstrafe für seinen Vergewaltigungsversuch davongekommen war, konnte er noch immer nicht bis zum Ende fassen. Seine Triebe erschienen ihm wie unfassbare Wesen, die sich längst verselbständigt und sich in jede Zelle seines Körpers eingenistet hatten. »Doch, doch«, murmelte Lipsky, »am liebsten, wenn sie mir nicht in die Quere kommen.« Er lachte etwas dümmlich auf.

»Noch einen Drink?«, fragte sein Gegenüber mit einem reservierten Unterton.

Lipsky hob den Daumen. Der Chinese machte sich an die Arbeit.

Lipsky rückte sich auf dem Barhocker neu zurecht, drückte seinen Rücken durch und fragte: »Du sprichst perfekt Deutsch, wie kommt es?«

Der Chinese stellte die Flasche Gin in das verspiegelte Wandregal zurück. Hier standen Hunderte Flaschen mit scharfem und weniger scharfem Alkohol friedfertig neben- und übereinander. »Mein Vater ist Diplomat in Berlin«, sagte er dann und platzierte den Drink vor Lipskys linker Hand. »Bin in Deutschland aufgewachsen. Irgendwann hat mich Berlin genervt, und ich hab mich mit zweiundzwanzig selbst hierher umgesiedelt. Fühle mich in der Provinz besser aufgehoben als in einer Großstadt.«

»Wie lange ist das her?«

»Zwei Jahre. Und seit einem Jahr bin ich hier der Boss von vier weiteren Kellnern.«

»Und noch so jung …«, murmelte Lipsky.

»Und du? Ich bin übrigens Yijieh Yang.«

»Jonas … Bin mit neunzehn von meinem Dorf weg nach Schwerin, und bin dann für ein paar Jahre zwischen Hamburg und Schwerin gependelt.«

Yijieh hatte nur wenig zu tun. Der Laden war fast leer. Doch er musste noch bis zwei Uhr durchhalten, und es war noch nicht einmal Mitternacht. Und der Gast an der Bar war für ein Gespräch allemal interessant genug. So verging die Zeit schneller, dachte er bei sich. »Für deinen Job oder privat?«, fragte er. Er griff nach einer Flasche Eistee, füllte sich etwas davon in ein Glas und warf zwei Orangenscheiben hinterher.

Lipsky trank nicht schnell, aber auch nicht in zu großen Abständen. Der Gin Tonic tat ihm gut. »Für meinen Job, ich bin Weber von Beruf. Verstehst du, was das ist?«

»Klar«, antwortete Yijieh, »Schals, Teppiche, Decken …«

»Genau, ich hab mich auf Teppiche spezialisiert. Uralter Handwerksberuf, macht heute kein Mensch mehr am Webstuhl, nur noch Maschinen.« Blitzartig flammte in ihm auf, wie er die beiden toten Mädchen in Teppiche eingewickelt und wie Tierkadaver entsorgt hatte.

»Und warum Weber?«, fragte der Chinese.

»Willst du das wirklich wissen?«

»Ja, will ich. Wir Chinesen lieben Handwerk.«

»Okay, also in der sechsten Klasse, ich war dreizehn, da konnten wir uns entscheiden zwischen Handarbeit wie Nähen oder Stricken oder von Hand Weben. Das ging so, dass wir Fäden über einem Stück feste Pappe gespannt haben und sie mit einer Art Stricknadel zu Untersetzern und solchem Kram verwebt haben. Und als meine Oma mit einem alten Webstuhl ankam, den sie noch von ihren Eltern übernommen hatte, hab ich mich in mein Kinderzimmer gesetzt und stundenlang alles Mögliche hergestellt. Nur war mir damals immer kalt. Der Fußboden war nur mit Linoleum belegt, keine Ahnung, warum. Also habe ich mir eigene Fußteppiche gewebt. Keiner hat mir reingeredet. Niemand hat mich kritisiert. Dabei hatte ich einfach meine Ruhe. Und später wollte ich die ganz großen Teppiche weben. Das hat mich bis heute nicht losgelassen. Teppiche sind wie gute Freunde. Sie wärmen dich, und sie sind dein ganzes Leben lang da, wenn du sie immer pflegst.«

Yijieh Yang hatte aufmerksam zugehört. »Der Vergleich gefällt mir«, sagte er. »Man denkt ja bei solchen Berufen immer zuerst an Frauen. Bei uns in China sind viele Männer in traditionellen Handwerksberufen beschäftigt. Mein Vater macht nebenbei Seidenmalerei. So was stirbt nie aus.«

Die Eingangstür des Lokals flog etwas unsanft auf. Yijieh wandte sich im Moment von Lipsky ab, um auf die neuen Gäste zu sehen. Lipsky war schon zu schläfrig. Die Biere davor und der Gin Tonic danach hatten bereits ihre Wirkung getan. Zwei Frauen unterschiedlichen Alters, eine davon mit dunklem lockigen Haar und auffällig vielen Sommersprossen, die andere mit einem jungenhaften Kurzhaarschnitt und klingelnden Perlenketten am Arm, waren eingetreten und sahen sich kurz prüfend um. Auffällig war ihr angespannter Gesichtsausdruck. Sie machten den Eindruck, als seien sie nicht privat hier.

Yijieh machte sich auf den Weg, eine Bestellung aufzunehmen. Lipsky leerte sein Glas. Der Chinese ließ sich mit seiner

Rückkehr an die Bar Zeit. Lipsky rutschte von seinem Barhocker hinunter und machte sich auf den Weg zur Toilette.

Als er wiedergekehrt war, stand bereits ein frisch gefülltes Glas Gin Tonic auf seinem Platz. Yijieh mixte zwei Drinks. »Ich war so frei«, sagte er.

»Find ich gut«, antwortete Lipsky.

Der Chinese lächelte fein, griff nach beiden Drinks und steuerte seine neuen Gäste an. Jetzt drehte sich Lipsky verstohlen um und erstarrte. Er hatte diese beiden Frauen schon einmal gesehen. Doch wo und wann? Sein Kurzzeitgedächtnis, gelähmt vom Alkohol, wies Lücken auf. Doch es fiel ihm ein. Er hatte sie fotografiert, als sie an ihm vorbeiliefen mit einem männlichen Begleiter zu jener Brücke, unter die er Elisabeth Lambertz, eingerollt in einen Teppich, geworfen hatte. Die Frauen hantierten mit Papieren und Ausdrucken, die aussahen wie vergrößerte Fotos. Als Yijieh die Drinks auf ihrem Tischchen abstellte, streckte die jüngere der beiden Frauen ihm ein Foto entgegen und sagte etwas. Yijieh blickte darauf und drehte sich Millisekunden später reflexartig in Lipskys Richtung.

Der erstarrte kurz, reagierte aber wie ein von einem jagenden Löwenrudel aufgescheuchtes Gnu, sprang von seinem Barhocker, der dabei umkippte, und hetzte aus der Bar. Die beiden Frauen sprangen im selben Moment auf, hatten aber einen längeren Weg hinaus ins Freie. Lipsky nutzte seine Ortskenntnis und sprintete davon. Draußen teilten sich die Frauen zwar noch in verschiedene Richtungen auf, doch gaben sie schnell auf. Lipsky war ihnen entwischt.

»Verdammt, er saß vor unseren *Augen*«, sagte Eva Lindenthal etwas außer Atem zu Laura.

»Dieser Mistkerl«, antwortete Laura.

Beide betraten wieder das Lokal. Yijieh erwartete sie schon.

»Wir haben jetzt keine Zeit für lange Erklärungen«, sagte die Kommissarin knapp.

»Sie haben uns sehr geholfen«, fügte Laura diplomatisch an.

»Und wer bezahlt jetzt seine Rechnung?«, fragte der Chinese bang.

»Er«, sagte die Kommissarin kurz, »dafür werden wir sorgen.«

Beide Frauen beachteten den Barmann nicht weiter, setzten sich wieder an den Tisch, die Kommissarin holte ihr Handy aus der Manteltasche und wählte eine Nummer.

»Wir haben nicht viel Zeit«, flüsterte sie Laura hastig zu, »wir müssen in seinen Wohnwagen.« Laura verstand. Schnell griff auch sie nach ihrem Telefon und errechnete Entfernung und Zeit von Schwerin bis nach Elmenhorst bei mittlerer Geschwindigkeit ohne Autobahn.

»Ja, hier ist Lindenthal. Hallo, Herr Kielmann. Wie schnell können Sie in Elmenhorst sein? Unser Mann treibt sich in Schwerin herum, und jetzt wäre die Gelegenheit …« Sie lauschte. »Das klingt gut. Verfahren Sie bitte genau nach Plan. Wichtig sind die Details Ihrer Rolle. Sie wissen, was ich meine.« Sie lauschte wieder.

Laura hielt ihr das Handy mit ihren Suchergebnissen der Fahrzeiten vor die Nase.

»Ja, gut, wenn's sein muss, Martinshorn, aber hinter Boltenhagen abstellen. Sie haben von nun an circa eine Stunde! Dann bekommen Sie mutmaßlich von ihm Besuch. Gutes Gelingen!« Sie beendete das Telefonat, sah aber zerknirscht aus.

»Kielmann ist auf dem Weg, kommt aber von Insel Poel. Hat da ein Haus in Kirchdorf. Schafft er das gegenüber Lipskys Vorsprung wirklich?«

Laura präsentierte erneut ihre Suchergebnisse. »Führe Lipsky jetzt sofort los, bräuchte er für die rund fünfundfünfzig Kilometer etwa eine Stunde. Bei normaler Fahrweise, alles Landstraße. Kielmann zweiundfünfzig Minuten für zweiundvierzig Kilometer. Viele Dörfer. Besser wäre ein Helikopter.«

»Kriegen wir nicht«, sagte die Kommissarin trocken. »Ihm bleibt nur das Martinshorn. Und er braucht die Camouflage.«

»Von Seeseite ist auch keine Option?«, fragte Laura schnell.

»Nur von Wismar aus. Aber da ist er nicht«, erhielt sie ebenso schnell zur Antwort. »Wenn er unseren Plan einhält und als der erscheint, der er nicht ist, dann könnte es hinhauen. Ich informiere dennoch vorsichtshalber das LKA. Wenn wir Unterstützung von mobilen Spezialkräften brauchen sollten, wäre es gut, wenn die davon wüssten und es planen könnten. Wir trinken das Zeug hier nicht aus. Kielmann wird zwar eine Weile brauchen, aber wir auch. Wir müssen uns auch präparieren.«

»Gute Idee«, sagte Laura. »Ich mag Cocktails ohne Alkohol sowieso nicht.«

21.20 Uhr

Kaum im Dienstwagen, telefonierte Eva Lindenthal zunächst mit ihrem Vorgesetzten Timmermann. Laura hatte das Steuer übernommen. Die Kommissarin stellte ihre Freisprecheinrichtung auf *on*. Laura sollte wissen, was passierte. Und dennoch blieb Eva Lindenthal bei manchen Details vage. Doch Laura sagte nichts dazu.

Der Kommissariatsleiter hatte gute Nachrichten. Die Schweriner Staatsanwaltschaft hatte ihm vor nicht mehr als einer halben Stunde Zustimmung signalisiert. Er sandte ein Foto von einem inoffiziellen Bescheid, das einer strengen Vertraulichkeit unterlag, über sein Handy an die Kommissarin.

Wir können damit leben, wenn nur verdeckte Ermittlungen zur zweifelsfreien Überführung und einer Festsetzung des mutmaßlichen Täters führen. Ausschlaggebend für unsere Entscheidung ist, dass der verdächtige K.L. selbst mit konspirativen Methoden sein Tun verschleiern will und mit Blick auf den jüngsten schweren, sexuellen Missbrauch eines männlichen Jugendlichen eine tickende Zeitbombe ist.

»Vorzüglich«, sagte Laura. »Ich liebe Freifahrten.«

Die Kommissarin grinste und wählte die Nummer des Landeskriminalamts in Rampe bei Schwerin. Der diensthabende Polizist vermittelte sie schnell weiter. Nur kurze Zeit später knurrte eine kernige Männerstimme mit einem Namen durch den Lautsprecher des Autos.

»Klink.«

»Oberkommissarin Lindenthal, Kripo Schwerin. Wir kennen uns noch nicht, aber…«

»Was kann ich für Sie tun?«, fragte die Stimme barsch. »Es ist kurz vor halb zehn.«

»Möglicherweise brauchen wir Unterstützung in Elmenhorst bei Boltenhagen. Mutmaßlicher Zweifachmörder und Vergewaltiger. Gemeingefährlich. Ein Profi. Lebt in einem Wohnwagen. Ein Kollege aus Wismar ist gleich vor Ort und sondiert die Lage.«

»Was heißt ›mööööglicherweise‹?«, dehnte Klink das Wort, noch immer in ruppigem Ton. »Soll ich ein Kommando zusammenstellen oder *nicht*? Die Kollegen haben zwar Dienst, aber so eine Aktion braucht ihre *Zeit*.«

»Haben Sie Prokura für einen Hubschrauber?«, fragte die Kommissarin.

»Hören Sie, Frau Kollegin«, sagte er bissig, »ich weiß nicht, wie lange Sie bei der Kripo den Job schon machen. Aber wenn ich in die Luft gehen will, dann tue ich das auch.«

Die Kommissarin ließ sich mit ihrer Antwort etwas Zeit. Dann schnappte sie zurück: »Halten Sie Ihre Truppen noch zurück, aber auf Stand-by. Mehr kann ich nicht sagen, denn nicht einmal *ich* vermag, in die nahe Zukunft zu blicken. Aber jetzt weiß ich, dass *Sie* immer können.« Hier pausierte sie eine Zehntelsekunde, so, als wolle sie ihre Worte wirken lassen. »Sie hören von mir.« Sie legte auf. »Ich mag knurrende Männerstimmen nicht, denen halb zehn abends zu spät ist und die mir *suggestiv* unterstellen, dass ich so etwas wie ein Grünschnabel bin.« Die Kommissarin atmete tief durch.

Laura hatte aufmerksam zugehört. Sie begriff allmählich, dass ihre Chefin allergisch reagierte, wenn man ihr Ladehemmung in ihren Entscheidungen unterstellte. Und wenn es dann noch Männer waren, die per se davon ausgingen, den breiteren Gang zu haben, war mit Eva Lindenthal nicht zu spaßen. Laura nahm sich vor, dennoch ein Korrektiv zu sein, wenn es nötig war. Auch eine ermittelnde Oberkommissarin war keine Göttin auf zwei Beinen, die gegenüber schnoddrigen Herren immer unverwundbar blieb. »Kann ich gut nachvollziehen«, sagte Laura, »aber vergessen wir nicht, dass die mobilen Einsatztruppen fast schon militärisch organisiert sind. Da wundert mich der Ton ihres Kommandeurs gar nicht.«

»Drück aufs Gas, Laura! Wir haben noch einiges zu tun. Dies könnte unsere Gelegenheit sein, auf die wir gehofft haben. Ich halte Kielmann für professionell genug, erst einmal allein klarzukommen.«

Eva Lindenthal blickte nach rechts aus ihrem Fenster. Laura sollte nicht sehen, wie angespannt sie sich fühlte und ihre Augen dabei glühten.

Laura schaltete das Autoradio ein. Es lief der Song *Jeanny* des 1998 verstorbenen Sängers Falco.

21.55 Uhr

Für Toni Kielmann war es nicht der erste schnelle polizeiliche Einsatz dieser Art. Sein Dreier-Dienst-BMW war nicht nur flott unterwegs, er verfügte auch über alle polizeilichen Hilfsmittel, die ein Polizist im Einsatz brauchte, um schnell von A nach B zu kommen. Und so leuchtete er sich nicht nur mit seiner blauen LED-Leuchte auf dem Dach den Weg frei; unterwegs bat er örtliche Polizeidienststellen um zwei Sperrposten, die ihm vor allem bei beschrankten Bahnübergängen den Weg freihielten. Rote Ampeln waren für Kielmann sowieso kein Thema. Als er nach achtundvierzig Minuten Fahrzeit beim Forsthaus in Grundshagen, dem Dörfchen kurz vor Elmenhorst, angelangt war, löschte er sein Blaulicht. Er eilte zu einem Traktor, der hinter dem Forsthaus abgestellt war und dessen beinahe mannshohen Reifen voller Schlamm und das Führerhaus von oben bis unten mit Lehm bespritzt war. Er öffnete eine Kiste, die auf dem Beifahrersitz abgestellt war, entnahm ihr eine leicht blau getönte Brille mit einem gewaltigen Hornrand, einen abgewetzten Parka mit auffällig ausgebeulten Außentaschen, derbe Hosen aus Cord, klobige Arbeitsschuhe und eine Walfängermütze aus grober Wolle. Er wechselte sein Outfit von Lederjacke, schicken Budapesterschuhen und blauer Jeans zu einem Bauern, der aufs nasse Feld wollte. Unter dem Sitz lagen ein mittelgroßer Rucksack und ein leerer Zwanzig-Liter-Kanister für Kraftstoff.

Keine zehn Minuten nach seiner Ankunft ratterte er unter Höllenlärm wieder vom Hof des Forsthauses und nahm Kurs auf Elmenhorst. Nach weiteren acht Minuten rollte er auf den Hof der Familie Lipsky. Kielmann wollte auffallen, das stand außer Frage. Von seinem Traktor-Hochstand aus konnte er das gesamte Gelände überblicken. Es war niemand zu sehen. Lipskys Wohnwagen stand dunkel und verlassen am Rand einer Buchenhecke, die noch die braunen Blätter vom Vorjahr trug. Kielmann steuerte darauf zu und stoppte mit laufendem Motor und ächzenden Bremsen vor Lipskys Asyl. Er trat mehrfach auf das Gaspedal. Der Motor des Traktors heulte laut auf. Es rührte sich nichts.

Kielmann sprang von seinem Hochsitz leichtfüßig hinunter, vergewisserte sich, dass seine Pistole noch im Gürtel steckte und pirschte sich langsam an die Tür des Wohnwagens heran. Vorsichtig und mit großer Langsamkeit drückte er die Klinke hinunter. Verschlossen. Die Jalousien waren an beiden Außenfenstern von innen heruntergelassen. Der Kommissar umschlich noch einmal den Wohnwagen und suchte sich dann eine Deckung. Er griff in die linke Außentasche seines Parkas, zog eine Packung Kanonenschläge heraus und entnahm drei davon, die bereits zu einem Bündel zusammengeschnürt und mit einer zentralen Zündschnur versehen waren. Er setzte sie in Brand und warf die Kracher unter das

Gestell von Lipskys Behausung. Der Lärm war ohrenbetäubend, und was bis zu diesem Moment glaubte, unter der Hecke, im Gebüsch, zwischen Wurzeln, unter Laub oder im Gras ungestört die Nacht zu verbringen, floh. Es raschelte wild um Kielmann herum, Vögel waren verschreckt aufgeflattert, ein Kind begann, in der Ferne zu weinen – dann war es wieder still. Kielmann umrundete noch einmal vorsichtig den Wohnwagen, griff in seinen Rucksack und beförderte eine als kleine und unauffällige Vogel-Futterkrippe getarnte Kamera mit Sendemodul zutage. Er sah sich prüfend um und entschied sich für einen immergrünen Ilex, der breit und ausladend gewachsen war. Er platzierte die Futterkrippe mit der Kameralinse so, dass sie genau auf die Eingangstür gerichtet war. Er schaltete sie ein. Kielmann nahm einen winzigen Videorecorder mit Bildschirm von der Größe eines Handys zur Hand und startete ein Programm. Das von einem IT-Spezialisten im Fahrerhaus des Jaucheentsorgers gehackte WLAN-Konfigurationsprogramm übertrug die Kamerabilder scharf und stellte Kielmann zufrieden. Damit die Bilder auch außerhalb des WLAN-Bereichs zu sehen waren, würde sich die kleine Übertragungseinheit per Satellit mit dem Polizeibildfunk koppeln und die Überwachungsbilder an die Handys von Toni Kielmann, Eva Lindenthal und Laura Derwall senden. Jonas Lipsky würde ab sofort sein karges Heim nicht mehr unbeobachtet betreten noch verlassen können.

Kielmann war im Begriff, wieder seinen Traktor zu besteigen, als er aus der Ferne Lichter eines herannahenden Fahrzeugs sah. Er schwang sich die Stufen in das Fahrerhaus nach oben, setzte sich hinter das Lenkrad, startete den Motor, legte den Rückwärtsgang ein und entfernte sich mit bollernden Maschinengeräuschen aus dem unmittelbaren Areal des Wohnwagens. Er parkte dicht an einer Betonwand, hinter der Reifen aufgestapelt lagen. Der Oberkommissar machte den Motor aus, löschte alle Lichter, fasste nach seinem Gürtel – die Pistole saß noch an ihrem Platz – und wartete ab. Er zog sich seine Wollmütze tief über die Stirn.

Jetzt hatte das Fahrzeug beinahe die Einfahrt des Hofes erreicht. Kielmann blickte gespannt in den beinahe fenstergroßen Rückspiegel. Das Gefährt bog in langsamer Fahrt durch die breite Eingangsfurt auf den Pflastersteinweg ein, der direkt zum Gutshaus und in seinen Abzweigungen zu den Ställen, Garagen und das Feld führte. Es hielt direkt auf Kielmanns Traktor zu. Das Fernlicht flammte kurz auf und erlosch. Dann rollte es gemächlich am Traktor vorbei, entpuppte sich für Kielmann als Auto in einer saharagelben Farbe, das nach etwa zwanzig Metern noch vor dem Gutshaus nach links abbog, noch ein Stück weiterfuhr, dann in einem nach vorn offenen Unterstand verschwand. Trotz der Dunkelheit und obwohl das Kennzeichenlicht abgeschaltet war, hatte Kielmann durch das Aufflammen der Bremsleuchten das Auto identifizieren können. Ihm reichte die *HH*-Kennzeichnung, um zu wissen, wen er gleich vor sich haben würde. Kielmann durchströmte eine angespannte Erwartung. Um Kontakt zu einem mutmaßlich mehrfachen Mörder zu bekommen, war es für ihn kein Routinejob, sich als ein Bauer auszugeben, dessen Traktor der Diesel ausgegangen war und der eine Legende präsentieren sollte, die seiner Meinung nach noch nicht hundertprozentig saß. Andererseits hatte es ihn mehr als erstaunt, wie professionell Kommissarin Lindenthal ihre Rollen entworfen hatte. Ihr sechsmonatiges Trainee-Programm bei Undercover Agenten des Chicago Police Department im vergangenen Jahr hatte eindeutige Spuren hinterlassen. Kielmann hatte noch die Worte der Kommissarin im Ohr, als sie ihm am Telefon erklärte, wie sie sich Kielmann vorstellte, wenn es zu einem Direktkontakt mit Lipsky käme.

»Seien Sie sich bewusst, dass Ihre Rolle vor allem davon abhängt, wie Sie sie selbst ausfüllen. Verdeckt zu arbeiten, heißt nicht, sich auf die Legende zu verlassen, auch wenn sie gut gebaut ist. Es bedeutet vor allem, sich kreativ auf unerwartete Situationen so einzustellen, dass der Feind, salopp ausgedrückt, keine Lunte riecht, nicht misstrauisch wird und die Täuschung nicht durchschaut.«

Kielmann öffnete die Tür seines Fahrerhauses und schwang sich behände die Stufen hinunter auf den Pflasterweg. Er wusste, dass er bei seiner Kontaktaufnahme nicht passiv sein durfte, aber auch nicht zu dominant. Er ging davon aus, dass sich Lipsky nach seiner Enttarnung in dem Schweriner Lokal fühlen musste wie ein gehetztes Tier. Das machte ihn womöglich unberechenbar. Er stellte sich innerlich auf jede erdenkliche Reaktion ein, drückte seinen Rücken durch und spannte seine Muskeln an. Kielmann fühlte sich vorbereitet auf vieles.

Und so spazierte er gemächlichen Schrittes über den kaum beleuchteten Weg in jene Richtung, in die das Auto gefahren war. Erneut fasste er sich an seinen Gürtel oberhalb seines Gesäßes. Die Waffe war, wo sie seiner Meinung nach hingehörte.

Sicher würde ihm Lipsky gleich entgegenkommen. Er war kurz vor dem nach vorn offenen Unterstand angelangt, sah bereits die Motorhaube des Opels Omega, als ihn in seinem Rücken jemand unwirsch ansprach: »Was treiben Sie *bitte* um diese Uhrzeit auf meinem Hof?«

Kielmann drehte sich – noch – nicht zu dieser Stimme. »Das ist ein Überfall«, sagte er spontan, »ich bin scharf auf Ihre Kühe, aber nein, mal im Ernst …«, jetzt machte er eine Kehrtwendung und sah Lipsky erstmals in die Augen, »ich brauche ein paar Liter Diesel und bin schon wieder weg.«

»Um diese Uhrzeit?!« Lipskys Stimme vibrierte zwischen Verärgerung und Aggression.

»Tankstellen gibt's hier nur eine, aber die ist um diese Zeit dicht. Ihr habt hier 'nen Viehhof, also gibt's Diesel. Wo ist das Problem?«

»Beinahe dreiundzwanzig Uhr? Bisschen spät, oder?«

»Ja, tut mir leid, ich muss noch nach Kalkhorst.«

»Die paar Minuten!«, fauchte Lipsky. »Ist doch fast um die Ecke!«

»Aber auch nur fast. Kennen Sie unsern Hof nicht?«, fragte

Kielmann jetzt aufgebracht, fast schon vorwurfsvoll. »Ihr Vater war mehrmals bei uns. Sie nicht?«

»Welcher Hof?!?«, zeterte Lipsky weiter.

»Von den Mosers in Kalkhorst. Milchproduktion. Ich bin Markus Moser, der Juniorchef.«

»Hab den Namen nie gehört.«

»Ihr Vater, mein Vater, sie sind Buddys. Wir haben erst neulich Kälber von euerm Hof gekauft.«

»Wann denn?« Lipskys Stimme hatte ihren metallenen Klang verloren.

»Vor circa acht Wochen?« Kielmann hatte seine Rolle verstanden, er fühlte sich wohl, die Stimme war fest.

»Da hab ich in Schwerin gewohnt, keine Ahnung. Was jetzt? Diesel? Die Tankstelle ist weiter hinten. Kanister oder direkt Trecker? Wie zahlen Sie? In bar? Der Automat …«

»Trecker und bar«, unterbrach ihn Kielmann ruhig.

»Moser?«, schnarrte Lipsky. »Können Sie das belegen? Ich meine, Sie treiben sich hier auf unserem Hof herum … spät am Abend noch dazu.«

Kielmann durchfuhr ein leichtes Zittern. Er ermahnte sich, ruhig zu bleiben. Er fasste in die Innentasche seines beuligen Parkas und hielt ein kleines Dokumentenmäppchen in der Hand. Seinen Dienstausweis hatte er vorsorglich im BMW gelassen. Er reichte Lipsky einen Ausweis. Der leuchtete mit seinem Handy darauf.

»Markus Moser aus Kalkhorst, Baujahr '78. Sie sind ein Jahr älter als ich.«

»Sie sehen aber viel jünger aus«, sagte Kielmann anbiedernd. »Gute Gene.«

»Macht die Frisur«, sagte Lipsky. »Die langen Haare. Ich fühle mich eigentlich alt. Und verbraucht. Fahren Sie los, ich laufe vor.«

Kielmann atmete leise und entspannt durch. Er schwang sich wieder sportlich über die Stufen hinter das Lenkrad und fuhr Lipsky in einer sehr friedlichen Geschwindigkeit hinterher. Dabei fiel ihm dessen merkwürdiger Gang auf. So, als sei ein Bein kürzer als das andere. Außerdem bemerkte er auffällig kahle Stellen an dessen Hinterkopf und an den Seiten. Sie waren kreisrund und entblößten seine Kopfhaut. Hatte Lipsky ein Autoimmunproblem? Doch er verwarf den Gedanken daran. Selbst wenn er krank war oder eine etwas sonderbare Physiognomie hatte, rechtfertigte all dies weder Vergewaltigung noch Mord.

Nach etwa hundert Metern wies Lipsky nach links. Der von zwei schmutzigen Glasscheiben überdachte Tankstellenautomat mit einem stattlichen Rüssel für Lkw- und Traktorbetankung erhob sich aus dem diffusen Dunkel wie ein Ungetüm aus dem Staub. Kielmann hielt darauf zu, parkte, verließ sein Fahrerhaus und gab sich dann unschlüssig.

Lipsky umkreiste den Dieselspender und drückte an einem der Stahlträger, die das Dach abstützen, auf einen Knopf. Licht flammte auf. Dann trat er dicht an Kielmann heran und suchte dessen Augenkontakt. Der Kommissar tat ihm den Gefallen.

Lipsky musterte ihn einen Moment lang und fragte dann: »Brauchen Sie Hilfe?«

»Geht schon«, antwortete Kielmann und griff beherzt nach dem Dieselschlauch.

»Wollen Sie nicht erst mal die Tankklappe öffnen?«, fragte Lipsky.

»Ich Idiot, bin völlig übermüdet. Also …«, er machte sich ans Werk. Lipsky beobachtete ihn dabei.

Der Automat machte schmatzende Geräusche.

Lipsky starrte nun wieder auf seinen nächtlichen Besucher wie auf einen Geist. Der Kommissar spürte, dass er noch mehr in die Offensive gehen sollte. Die Zapfpistole stoppte. Der Tank war voll. Das Zählwerk zeigte einen Betrag von 98 Euro.

Kielmann fingerte seine Geldbörse heraus und reichte an Lipsky einen Hunderteuroschein weiter. »Den Rest können Sie behalten.«

Lipsky verstaute das Geld.

»Meine Frau ist die Hölle«, sagte Kielmann. »Sie bringt mich noch ins Grab. Ich fühle mich mindestens so wie Sie. Alt und verbraucht. Das geht so nicht weiter.«

»Wieso erzählen Sie mir das?«, fragte Lipsky.

»Vielleicht haben Sie ja das gleiche Problem? Wir Männer reißen uns den Arsch auf, um unsern Frauen zu gefallen, und die danken uns das mit Tritten hinten rein.«

Lipsky ging darauf nicht ein. Er fragte stattdessen: »Wollten Sie nicht nach Kalkhorst?«

»Geht gleich los«, sagte Kielmann. »Ich drehe mir noch 'ne Zigarette. Wollen Sie auch?« Kielmann fummelte ein Päckchen Tabak, Filter und Papier aus dem Innern seines Parkas.

Lipsky beobachtete ihn dabei. »Ich rauche nicht«, sagte er. »Ich trinke nur.«

»Haha, welcher Bauer tut das nicht?«, sagte Kielmann. »Schnaps oder Bier?«

»Nur Schnaps«, sagte Lipsky. »Gin.«

Kielmann rauchte. Es roch leicht nach Vanille. »Gin ist gut«, sagte er, »wenn man guten Tonic hat.«

»Ich trinke den auch pur. Haut mich schnell um.«

»Und das ist das Ziel«, sagte Kielmann.

»Eben«, antwortete Lipsky. »Dann vergisst man schnell die Probleme mit den Weibern.«

»Ich trinke nur Whiskey«, sagte Kielmann, »irischen.«

»Noch nie probiert«, sagte Lipsky.

»Hab welchen dabei. Könnten uns ein Gläschen gönnen, und dann haue ich ab. Meine Olle schläft eh schon.«

»Gleich im Traktor?«, fragte Lipsky.

»Wenn Sie wollen?«

»Klar.«

»Na, dann los«, wies Kielmann auf die kleine Leiter auf der Beifahrerseite. »Wir treffen uns dann dort oben.«

23.18 Uhr

Im Innern des Fahrerhauses blinkte ein Kontrolllämpchen. »Wofür?«, zeigte Lipsky mit dem Finger darauf.

»Ölstand. Ich muss die Kiste dringend mal in die Inspektion geben.« Kielmann griff in seinen Rucksack und beförderte eine noch verschlossene Flasche irischen *Tullamore Dew* zutage. Flugs drehte er den Schraubverschluss auf und reichte den Whiskey an Lipsky. »Erst riechen, dann trinken. Das ist der ganze Genuss.«

Lipsky tat, was Kielmann ihm vorschlug, und verzog beim Absetzen nur sehr leicht das Gesicht. »Nicht schlecht«, sagte er etwas heiser, »kommt sofort dort an, wo man es braucht.«

»Meine Rede«, antwortete Kielmann und setzte ebenfalls an. Er war erleichtert. Die Idee mit dem Whiskey hätte auch schiefgehen können. »Wer hat keine Probleme mit Frauen?«, nahm Kielmann den Hinweis Lipskys von eben auf. »Alkohol macht da schnell vergessen, was an Kämpfen so läuft.«

»Aber auch nur im Moment«, sagte Lipsky. »Am nächsten Tag sind die miesen Gefühle wieder da.«

»Tja, da hilft nur eins. Trennen.« Kielmann reichte die Flasche an Lipsky.

Der trank einen weiteren, kleinen Schluck und sagte: »Oder gar nicht erst kennenlernen.«

»Aber so ganz ohne … das stelle ich mir vor allem im Bett auf Dauer öde vor.«

»Klang aber vorhin so, als würden Sie Ihre Frau auch nicht mehr lieben.« Lipsky blickte auf Kielmann.

»Stimmt«, sagte der. »Sie lässt mich nicht mehr ran und zetert nur noch rum.« Kielmann war gespannt, wie weit er es mit diesem Thema treiben konnte. Er fühlte sich dabei nicht wohl. Er liebte seine Frau. Und er mochte es, dass Frauen im Allgemeinen anders tickten als Männer.

»Wenn nicht, dann hilft auch ein bisschen Zwang. Schon mal probiert?«, fragte Lipsky.

»Vergewaltigung light?«, fragte Kielmann und lachte etwas schmutzig.

Lipsky zögerte jetzt etwas mit seiner Antwort. Kielmann nahm einen winzigen Schluck, spülte ihn aber nicht hinunter. Der Whiskey brannte auf seinen Schleimhäuten unangenehm. Er beförderte ihn abwärts.

»Ich sage Ihnen was«, kündigte Lipsky an. »Der Whiskey dreht ziemlich gut. Ich hatte heute schon eine ordentliche Portion Gin. Deshalb habe ich Ihnen gegenüber sicher einen ordentlichen Vorsprung. Aber …«

»Man lebt nur einmal«, murmelte Kielmann dazwischen.

»… was die Weiber angeht, habe ich mich dazu entschlossen, mir zu holen, was ich brauche.«

»Und danach?«, wollte Kielmann wissen.

»Entsorge ich sie.«

»Entsorgen? Wie meinen Sie das?« Kielmann hatte versucht, die Frage in einer Art beiläufigem Ton zu stellen. Ganz war es ihm nicht gelungen. Auch bei ihm war der Whiskey angekommen und tat seinen Job.

»Entsorgen eben«, zischelte Lipsky. »Weg mit ihnen.«

Kielmann reichte ihm nochmals die Flasche. Es fehlte jetzt ein Drittel. »Ich versteh immer noch Bahnhof«, nuschelte Kielmann und hielt, so gut es ging, seine innere Anspannung in Zaum, »was meint ›entsorgen‹?«

»Wie oft dachtest du daran, einen Menschen umzubringen?«, verfiel Lipsky ins Du. »Zum Beispiel deine Frau?«

Kielmann konzentrierte sich. Sie waren an einem Punkt angekommen, wo alles oder nichts mehr ging. Wie beim Roulette. »Paarmal«, sagte Kielmann. »Aber nie ernsthaft. Sie lebt noch.« Er lachte kurz auf. Es klang irgendwie blechern.

»Ich benutze Frauen für meine ganzheitliche Gier«, sagte Lipsky beinahe gleichmütig. »Indem ich in sie eindringe, versetze ich ihnen gedanklich so etwas wie einen Todesstoß. Als sei mein

Schwanz ein Schwert. Und wenn ich mal vor meinem Richter stehe, dann wird die Sitte verlangen, dass ich einen Mord zugebe, aber nicht meine Lust, die ich vorher dabei hatte.«

»Solange Sie keinen wirklichen Mord zugeben müssten, wäre das doch auch ziemlich egal, oder?« Kielmann blickte scharf auf Lipsky.

Der drehte erst die Flasche in seinen Händen, dann nahm er noch einen Schluck. »Ist gut, mal wieder mit einem normalen Menschen zu reden«, sagte er schließlich.

»Wo haben Sie denn Ihre Leichen verbuddelt?«, sagte Kielmann in einem scherzhaften Ton und sandte ein schmutziges Lachen hinterher.

»Überall«, flüsterte Lipsky jetzt. »Sie umgeben mich wie Gespenster. Sie sind meine Familie. Und bald gehör ich zu ihnen. Bin doch selbst längst tot …« Lipsky blickte ins Dunkel, als tauche dort gleich die Wahrheit auf.

Kielmann war unschlüssig, wie er auf Lipsky reagieren sollte, ohne ihm verdächtig zu erscheinen. Was Lipsky hier gerade abließ, erschien ihm hochgradig psychotisch.

Und dann leierte Lipsky noch einen anzüglichen Reim herunter: »Rot ist die Liebe, schwarz ist das Loch, Mädchen halt stille, rein muss er doch. Kennst du?«

»Nee, nie gehört«, grollte Kielmann. Ihm wurde das hier langsam zu anstrengend. Doch er hatte einen Job, egal, was passierte.

»Ich fick alles, was 'nen Loch hat«, sagte Lipsky ganz ernsthaft.

Kielmann schaltete vom Modus des Angeekeltseins in echtes Interesse. Schließlich war Lipsky der Vergewaltigung eines minderjährigen Jungen verdächtig. »Auch Männer?«, fragte Kielmann und tat dabei so, als würde es ihn nicht interessieren.

»Japp«, antwortete Lipsky. »Ich verrat Ihnen jetzt mal meinen letzten Fick. Is grad mal zwei Tage her. Willst hören?« Er hatte seine Frage leicht gelallt, reichte Kielmann jetzt die Flasche.

»Nee, trink mal noch. Du kannst dich hier dann gleich auf

deinem Hof hinhauen, ich muss noch auf meinen Hof. Bauern sind früh auf den Beinen.«

»Kannst auch hier pennen«, bot Lipsky an.

Kielmann tat, als überlegte er es ernsthaft. »Los, erzähl«, sagte er schließlich und duzte Lipsky jetzt auch. »Verrat mir deinen letzten Fick.«

Lipsky nahm einen ziemlich großen Hieb. Der Whiskey rann ihm an den Mundwinkeln hinunter. Beim Abgang in den Magen machte sein Kehlkopf Geräusche. »'nen Typ, noch grün hintern Ohren.« Lipsky pausierte und äugte zu Kielmann hinüber.

»Das interessiert mich jetzt«, antwortete der ihm schnell.

»Hatte 'nen Knackarsch, der Lütte. Wollt's mal probieren. War schön eng.«

»Klingt irgendwie erregend«, antwortete Kielmann, dabei war ihm speiübel. »Freiwillig oder ...«, fragte er.

»Klar, der wollte es doch auch! Nur gewusst hat er's nicht. Die wollen es alle, die jungen Hühner. Sind alle spitz und voller Hormone, trauen sich nur nicht. Ich hab's dem richtig gegeben, und der hat vor Glück gejammert.«

»Würd den auch gern mal«, hörte sich Kielmann sagen, »ist der aus der Gegend? Hab Druck.«

»Elmenhorst«, sagte Lipsky kurz. »Fünfzehn.«

Kielmann dachte im Moment an die Fotos, die der Forsthausbesitzer gemacht hatte, als er den Jungen nackt und angebunden am Baum entdeckt hatte und die Situation dokumentierte. Dessen Verletzungen im Scham- und Analbereich. Die blauen Flecken an seinen Armen und den Hüften. Er verspürte das unglaubliche Bedürfnis, Lipsky mitten ins Gesicht zu schlagen und dann mit Fußtritten aus dem Fahrerhaus des Traktors auf die Erde zu befördern, um ihn dann zu verhaften. Doch es war nicht so weit. Lipsky hatte noch nichts von dem zugegeben, was ihm vorgeworfen wurde.

»Wo habt ihr es gemacht? Bei dir? Im Wald? Im Feld?« Kielmann dröhnte der Kopf.

Lipsky war im Begriff, zu antworten, als nur Millisekunden lang von irgendwoher Scheinwerfer hell und deutlich aufblitzten. Lipsky war sofort in Alarmstimmung. »Du, ich muss jetzt los. Können später weiterquatschen. Hab noch andere Sexstorys für dich, aber …«, er glitt durch die Traktortür und sprang in die Tiefe.

Kielmann sah, wie geschickt er sich auf der Erde abgerollt hatte, aufsprang und dann zwischen den Hofanlagen und später im Dunkel verschwand. »Wart mal!«, rief Kielmann ihm hinterher. Doch er erhielt keine Antwort. Er griff nach seinem Mini-Videorecorder, der in der Innentasche seines Parkas steckte. Sein Gespräch mit Lipsky war aufgezeichnet worden. Und die Bilder zeigten ihm, dass die Tür des Wohnwagens von Lipsky weit offen stand. Jetzt flog aus dem Innern ein voluminöser Rucksack durch die Tür ins Gras, ihm folgte ein Trolley und dann Lipsky, einen Umzugskarton in der Hand.

»Die Ratte verlässt den sinkenden Kahn«, murmelte Kielmann. Er stolperte über das glitschige Kopfsteinpflaster des Hofes in die Richtung, in die Lipsky verschwunden war. Jetzt zeigten ihm die Bilder, wie Lipsky seine Wohnwagentür zuschlug und mit einem schnellen Sprint wieder zurück ins Dunkel verschwand. Er wartete. Dann hörte er Motorengeräusche, die von irgendwo links von ihm kamen. Das Scheinwerferlicht von Lipskys Wagen zeigte ihm den Weg zu dessen Asyl. Kielmann drückte den Rücken durch, vergewisserte sich, dass die Pistole an ihrem Platz saß und spazierte gemächlich zu Lipskys Fluchtrefugium. Er setzte sich seelenruhig ins feuchte Gras – halbseitig von der Kamera, so dass sie ihn noch im Fokus hatte – und begann, sich eine Zigarette zu drehen. Wenn alles so funktionierte, wie die Polizei-IT es installiert hatte, müssten Eva Lindenthal und Laura Derwall und die angeschlossenen Beobachter in Schwerin Kielmann und Lipsky auch im Blick haben. Der Opel stoppte nur wenige Meter vor ihm entfernt. Scheinwerferlicht ergoss sich über ihn. Lipsky sprang heraus und stolperte, vom Alkohol gezeichnet, an Kielmann heran.

»Was machst *du* denn hier?«

»Ich wollte noch das Ende deiner Geschichte über deinen geilen Fick mit dem jungen Typen hören«, sagte Kielmann ruhig. Er spürte den Schaft seiner Pistole im Rücken. Er drückte in Kielmanns jetziger Sitzstellung gegen dessen Steiß.

»Ich muss aber los«, sagte Lipsky. »Muss morgen in Hamburg sein, Termine.«

»Mit 'nem Umzugskarton?«, fragte Kielmann und lachte freundlich. »Ist da Gold drin?«

»Schön wär's«, knurrte Lipsky.

»Komm, nehmen wir noch einen«, sprach Kielmann, die Flasche in der Hand.

»Aber nur einen, dann will ich weg hier.«

»Warum so eilig?«, fragte Kielmann gänzlich gleichgültig. »Die Nacht ist noch jung und Hamburg nur einen Katzensprung von hier.«

»Ich halt's hier nicht aus«, sagte Lipsky. »Mir ist alles zu eng hier.«

»So eng wie der Arsch des Typen?«, hörte Kielmann sich fragen. Er schob ein schleimiges Glucksen nach.

»Du scheinst echt Druck zu haben«, antwortete Lipsky. »Kann ich verstehen. Mit vollen Eiern denkt man an Dinge, an die man sonst nicht denkt.«

Hatte er eben noch auf seinen Rucksack, den Trolley und die Umzugskiste gesehen, so blickte er jetzt gierig auf die Whiskeyflasche in der Hand Kielmanns. »Los, her damit«, gierte er Kielmann entgegen. »Einer geht noch rein.«

»Los, erzähl, wie ging's weiter? Wo habt ihr … und wie lief's ab …«

»Im Wald hinter Elmenhorst«, nuschelte Lipsky und setzte die Flasche an. Er schluckte. »Hab ihn an 'nem Baum fixiert, damit er auch seinen Spaß haben konnte, ohne sich irgendwo festhalten zu müssen. Ich glaube, das war 'ne gute Idee, denn er hat stillgehalten.«

Kielmann vermied den Blickkontakt mit Lipsky. »Er hat sich nicht gewehrt?«, quetschte Kielmann mühsam heraus.

»Doch. Aber er hatte sicher seinen Spaß.« Lipsky verlangte es nach einem weiteren Schluck.

Kielmann reichte ihm die Flasche und überlegte im selben Moment, ob diese Aussagen, die jetzt auch über die Kamera übertragen worden waren, als Anschuldigung vor einem Gericht Bestand hätten. Doch er zweifelte daran. Würde der Richter Lipsky beschuldigen, einen Minderjährigen vergewaltigt zu haben, käme mit Sicherheit ein geschickter Anwalt mit der Begründung, dass der Mitschnitt illegal war, hier Aussage gegen Aussage stehe, und sein Mandant könnte behaupten, dass der Junge den Sex einvernehmlich *mit ein paar Fesselspielen* wollte. Ganz offensichtlich glaubte Lipsky ja sogar selbst daran. Dann würde er höchstens wegen sexueller Handlungen mit einem Minderjährigen angeklagt werden und vergleichsweise glimpflich davonkommen. Das war Kielmann in der Gesamtbetrachtung der mutmaßlichen Taten Lipskys zu wenig.

Zwar hat der Junge ausführlich beschrieben, wie er von dem Mann gewaltsam zum Sex gezwungen und dabei im Analbereich schwer verletzt wurde. Aber dieser Mann war eben vom Äußeren nicht Lipsky, auch wenn das Nummernschild des Autos mit dem flüchtigen Täter mit dem übereinstimmte, das gerade vor ihm stand. Aber auch hier konnte ein Anwalt behaupten, jemand habe Lipskys Auto für die Tat benutzt. Der Wismarer Kommissar überlegte intensiv, wie er das Gespräch auf die beiden toten Teenagerinnen lenken konnte.

»Hast du den auch entsorgt, wie du deine Weiber entsorgst?«, fragte er gleichmütig.

»Nee, der hat sich aus dem Staub gemacht. Gut für ihn. Aber ...«, Lipsky brach ab.

»Aber?«, fragte Kielmann.

»Was würdest du tun, wenn du wüsstest, dass zwei noch einigermaßen junge Polizistinnen hinter dir her wären?«

Kielmann wusste im Moment, wen Lipsky damit meinte. »Kommt drauf an«, antwortete er ohne lange zu überlegen. »Wenn es um eine Bagatelle geht, würde ich sie danach fragen, ob sie nicht lieber mit mir in die Kiste springen wollen, als damit Zeit zu vergeuden, mir hinterherzuspionieren. Würden sie mich wegen Raub oder Mord suchen, würde ich ziemlich schnell untertauchen.«

Lipsky grinste. »Die erste Idee klingt super.«

»Ist jemand hinter dir her?«, fragte Kielmann absichtlich besorgt.

»Nee, nee, keine Sorge, war nur so eine Frage. Mich beschäftigen manchmal merkwürdige Dinge.«

»Glaub ich dir nicht. Sonst hättest du das nicht gefragt«, blieb Kielmann an dem Thema dran. »Noch einen Schluck?«

»Lass mal«, wehrte Lipsky ab, »ich bin sonst zu platt zum Fahren.«

»Willst du wirklich heute noch nach Hamburg?«

»Ganz sicher, ich muss ja untertauchen ... Nee ... ein Scherz.«

Kielmann wurde jetzt ganz wach und ging in seiner Antwort jetzt aufs Ganze. »Mich treiben manchmal auch komische Gedanken um«, sagte er. »Neulich wollte ich für uns zu Hause einen neuen Teppich kaufen, weil der alte schon ziemlich durch war. Und als sich meine Frau, die eigentlich diese Bezeichnung gar nicht mehr verdient, da zur Probe drauf gesetzt hat, kam mir der Gedanke, sie einfach darin einzuwickeln und in einem Fluss zu versenken. Steine ran, und weg ist sie.«

»Interessanter Gedanke«, sagte Lipsky versonnen. »Ich mag Teppiche auch. Es ist so schade, dass sie so oft nur mit Füßen getreten werden oder als Schmuck an einer Wand versauern.«

»Hast du in deinem Wohnwagen auch welche?«

»Klar.«

»Ich mag Kelims«, sagte Kielmann.

»Ich hab die früher selbst gewebt. Ich weiß jetzt gar nicht, welche Orientteppiche ich mag. Meine eigenen am liebsten.«

»Klingt nach einem interessanten Job. Kreativ.«

»Isser auch. Ich hab noch meine alte Werkstatt, aber verpachtet an den Nachfolger meiner Weberei. Beinahe am Wasser. Ein guter Ort, um ungestört zu sein.«

»Haha, sicher in St. Pauli, damit du es zu den Weibern nicht so weit hattest.« Kielmann versuchte, seine Sprache an die seines Gegenübers anzupassen. Er durfte weder zu gebildet noch zu ungebildet klingen. Seine Bauernkluft jedenfalls schien für den Bauernsohn Lipsky die richtige Wahl gewesen zu sein.

Lipsky glotzte ihn an. »Das ist richtig. Kannst du Gedanken lesen?«

»Nö, das war jetzt 'ne Vermutung in meiner Whiskeystimmung.« Kielmann kicherte, wechselte dann aber schnell zur nächsten Frage, ehe Lipsky in seinem Rausch anfing, selbst Fragen zu stellen. »Erkennt man denn deine Teppiche an etwas Besonderem? Hast du da deinen Namen mit reingewebt? Also wie ein richtiger Künstler?«

»Natürlich«, sagte Lipsky jetzt prahlerisch, »jeder sollte eigene Werke signieren. Meine erkennt man daran, dass immer die Zahl *17* im Zentrum des Musters eingewebt ist. In dem Alter hätte ich beinahe ein Kind bekommen, wenn meine Ex nicht abgetrieben hätte. Diese miese kleine Schlampe. Für mich eine besondere Zahl.« Lipskys Stimme triefte vor Selbstmitleid.

»Das tut mir echt leid, zu hören«, verlieh Kielmann seiner Stimme Aufrichtigkeit.

»Schon gut«, sagte Lipsky. »Für mich hat die *17* aber auch etwas Mystisches. Nimm die Bibel. Am *17.* Tag des zweiten Monats begann die Sintflut und endete am *17.* Tag des siebenten Monats. Odysseus trieb *17* Tage auf einem Floß, nachdem er Kalypso verlassen hatte. Der persische Prophet Zarathustra verfasste in den Gatahs *17* visionäre Hymnen.«

Kielmann war beeindruckt. Lipsky schien neben seiner völlig aus dem Ruder gelaufenen mörderischen Triebe seine Interessen an spezieller Bildung nicht zu vernachlässigen. »Stimmt!«, rief Kielmann begeistert aus. »Mit Trick *17* beschreibt man Lösungswege bei Problemen, die originell, speziell oder einfach nur verblüffend sind.«

»Und mit siebzehn ist man kurz vor der Volljährigkeit«, ergänzte Lipsky.

»Und erst mal die Schlager: ›Mit siebzehn hat man noch Träume‹ und ›Siebzehn Jahr, blondes Haar‹ …«

23.55 Uhr

»Jaja, und bei einem Lächeln werden siebzehn Muskeln bewegt«, krachte nur einen Moment später eine weibliche Stimme dazwischen. Sie war urplötzlich aus dem Dunkel ertönt. Davon war nicht nur Lipsky überrascht, auch Kielmann zuckte glaubhaft erschreckt zusammen.

»Ist ja ein nettes Kaffeekränzchen hier.« Die Frau trat zu ihnen.

»Wer sind Sie verdammt?«, fauchte Lipsky.

»Louise Rausch.«

Kielmann blieb äußerlich gefasst. In seinem Innern tanzten seine Gedanken Tango. Eva Lindenthal hätte als perfekte Besetzung der Mutter Courage aus Brechts gleichnamigem Theaterstück durchgehen können. Aus ihrer glatten Haut war eine Orangenhaut geworden, ihre Lockenmähne gebändigt auf glattes Haar mit strengem Dutt. Sie trug ein altmodisches langes, geblümtes Kleid, darüber eine blaue Schürze und eine weiße Bluse mit Puffärmeln. Ihre Füße steckten in holländischen Holzpantinen. Ihre braunen Augen waren blässlich blau, ihre Augenringe überzeugend, ihr geschätztes Alter: Ende fünfzig.

»Sie haben meiner Mathilda wehgetan«, sagte sie an Lipsky gewandt. »Sie hat mir aus dem Reich Gottes gesagt, wo Sie wohnen. Der Herr sieht alles. Auch was Sie mit ihr getan haben. Sie sind der Zeuge ihrer eigenen Taten.«

»Was? Wie? Ich?« Lipsky war jetzt sehr gestresst. Der Alkohol hatte ihn fest unter Kontrolle.

»*Erwachet*!!!«, schrie Eva Lindenthal plötzlich auf, als stünde sie tatsächlich auf einer Bühne. »*Erwachet*!!!«

Lipsky war bei jedem Aufschrei zusammengezuckt, als stächen dicke Nadeln auf ihn ein. Ein Gedanke zuckte durch seinen Kopf. War diese irrsinnige Frau von Gott gesandt worden, um ihn zu befreien? War es diese Begegnung, die er erhofft hatte, nachdem er in diesem seltsamen Magazin gelesen hatte?

»*Erwachet*!!!« Lindenthals letzter Aufruf war der mit Abstand lauteste und durchschnitt die Stille des dunklen Abends wie das Schwert eines Engels, der vor der Hölle Wache hielt. Ihre Schreie mussten kilometerweit zu hören gewesen sein. Kielmann konnte kaum an sich halten. Am liebsten hätte er Applaus gespendet. Kollegin Lindenthal spielte ihre Rolle wirklich gut.

»Was geht denn hier vor?!«, mischte sich eine weitere, sehr streng klingende Frauenstimme ein, die seitwärts vom Wohnwagen zu kommen schien.

Lipsky war perplex. Kielmann verblüfft. Die Kommissarin gab sich ebenfalls überrascht. In das diffuse Licht, das durch die geöffnete Wohnwagentür auf den Rasen ringsum fiel, trat eine weitere, weibliche Person zu ihnen heran, die wie die Sängerin Bonnie Tyler zu ihren besten Zeiten eine famose Stimme aus geraspeltem Eis hatte.

Ihr Aussehen war zwar nicht grotesk; aber wer genau hinsah, erkannte, dass nicht alles echt sein konnte. Doch im Schummerlicht vor dem Wohnwagen, im Zustand Lipskys und bei dieser besonderen Situation des Auftritts von Menschen, die der Hof zuvor niemals sah, wäre wahrscheinlich – zumindest bei Lipsky – auch ein halbwegs zivilisiertes Alien als Mensch durchgegangen.

Die Frau mit der besonderen Stimme trug zwar »nur« einen Overall, der über und über mit glitzernden Pailletten besetzt war, dazu kernige Schuhe aus Leopardenfell mit dicken Sohlen, viel zu viele Armreifen, Ketten um den Hals und ein Basecap mit der Aufschrift: *Las Vergas for ever*; doch ihr Gesicht war eine Maskerade aus russischem Clown und dem Joker aus Batman. Sie schritt geradewegs auf Lipsky zu. Der wich erschrocken zurück. Sein Gesichtsausdruck, der vom Whiskey schon fahl und abgekämpft war, fiel noch mehr in Richtung Überforderung. Beim Versuch, sich die langen schwarzen Strähnen halbwegs hinter die Ohren zu schieben, kippte er fast um.

»Darf ich mich vorstellen?«, sägte die Stimme Eisspäne ins Gras, »ich bin Monika Lambertz. Sie haben meine Tochter Elisabeth zuerst gewürgt, dann vergewaltigt, dann umgebracht und später in einem Teppich unter eine Brücke hier in der Nähe geworfen. Erinnern Sie sich?«

Lipsky war während ihrer kurzen Ansprache erstarrt. Kielmann mutmaßte derweil, dass dies die Visagistin aus dem Theater sein musste, die Laura gefunden und Eva Lindenthal engagiert hatte. Sie war verdammt gut, dachte er. Außerdem war für ihn die Sache klar. Lipsky würde zusammenbrechen und alles gestehen. Diesen Druck ihm gegenüber hält niemand aus, war er überzeugt. Der Kommissar aus Wismar nahm noch einen Hieb aus der Flasche. Sein Part war erledigt, glaubte er.

»Ich, ich …«, stotterte Lipsky.

»Was denn?«, fragte die Pailettendame ganz freundlich vereist. »Hatte ich noch etwas vergessen?« Ihr Kleid glitzerte unverschämt großartig, selbst bei dem diffusen Licht aus dem Wohnwagen gegenüber. Lipsky sah jetzt auf Kielmann. »Was passiert hier?«, fragte er hilflos.

»Ich weiß es nicht«, antwortete der Kommissar. »Vielleicht werden wir verrückt. Alle reden von Tod und Sex, von Gewalt und jungen Mädchen. Und alle meinen sie dich.«

Lipsky bekam so etwas Ähnliches wie eine Schnappatmung. Sein Mund ging auf und zu, sein Atem rasselte.

Plötzlich knallte ein Schuss. Lipsky zuckte zusammen. Dann noch einer und ein dritter. Und dann flogen, wie von Geisterhand geworfen, kleine Teppichrollen aus dem unergründlichen Dunkel mitten auf den Rasen und landeten vor Lipskys Füßen. Der sprang jetzt tatsächlich auf die Beine.

»Hier geblieben!«, ertönte eine wiederum weibliche Stimme im Kasernenhofton, gleichzeitig fiel ein weiterer Schuss. Lipsky blieb stehen, wie von Kleber übergossen.

Auf die Bühne dieses nächtlichen Spektakels trat eine schlanke weibliche Person, mit langen, blonden, gelockten Haaren und einer gut ausgestatteten Oberweite die Szene. Sie trug einen ihrer Haut und Figur folgenden roten Lackanzug, der einer Polizeiuniform nachgestellt war und der sogar Schulterzeichen für ihren Dienstrang hatte. Polizeiobermeister. In dem schwarzen Lackgürtel, der mit Nieten besetzt war, steckte eine klobige Waffe. Die Frau war übermäßig auf Vamp geschminkt.

»Alle setzen sich jetzt langsam auf die Erde. Und dann möchte ich mal Ihre Ausweise sehen!«, schnarrte die Erscheinung, die die Stimme von Laura Derwall, der Assistentin von Eva Lindenthal, hatte. Niemand parierte, auch Lipsky nicht.

»Ich glaube, ich werde wahnsinnig. Vielleicht bin ich es sogar«, sagte er tonlos und blass und im Stehen.

»Vielleicht träumen wir das auch bloß«, sagte Kielmann zu ihm. Er war der Einzige, der saß. »Komm, setz dich, wir trinken, ich halte das hier sonst auch nicht aus.«

Doch Lipsky blieb dort stehen, wo er sich vor einigen Minuten selbst abgepackt hatte. Er beugte sich zu Kielmann, griff gierig nach der Flasche und stoppte erst, als Kielmann – sich mühsam aufstützend – ihm das Getränk vorsichtig entzog. »Lass mir auch noch was drin«, brummte er.

»Wird's bald?!«, mahnte Laura und zog ihre Waffe.

»*Erwachet*!!!«, schrie Eva Lindenthal erneut. Laura fuchtelte der Kommissarin jetzt mit der Waffe vor der Nase herum.

»Alle setzen!«, rief sie.

»*Erwachet*!!!«, brüllte Eva in ihre Richtung.

Kielmann konnte sich kaum noch beherrschen. Es war einfach zu lustig, wenn der Grund nicht ein sehr ernsthafter gewesen wäre. Die Kommissarin setzte sich. Die Visagistin ebenfalls.

»Ausweis?!«, knurrte Laura jetzt böse und zielte wieder auf die Kommissarin. Kielmann hielt sich krampfhaft an seiner Flasche fest.

Eva zeigte ihr den Ausweis. Laura warf einen konzentrierten Blick darauf. Dann wandte sie sich ab und kontrollierte nacheinander die Ausweise von der Visagistin und von Kielmann. Lipsky nutzte die Unaufmerksamkeit Lauras aus und machte eine eindeutige Bewegung. Laura fuhr herum und zielte auf ihn. »Still gestanden! Hier bestimme ich, wer geht und wer bleibt.«

»Ganz sicher nicht«, sagte er in bösem Ton. »Schießen Sie doch, ich fahre jetzt los.« Er stolperte zu seinem Wagen. Eva Lindenthal gab für alle sichtbar ein eindeutiges Zeichen.

»Er kommt nicht weit«, flüsterte sie. »Wir sind von Einsatzkräften umzingelt. Das LKA hat geliefert. Er kommt nirgends durch. Ich gebe die Beschreibung seines Autos durch.«

»Und die vielen Waldwege?«, fragte Kielmann schnell.

»Die meisten haben wir dichtgemacht, die anderen enden an der Steilküste.«

0.45 Uhr

Lipsky grinste überlegen. Er hatte seelenruhig seine Taschen und den Umzugskarton mehr oder weniger standfest in seinen Wagen gehievt, den Kofferraum zugeschlagen, sich hinter das Steuer gesetzt und war losgefahren. »Haben doch alle keinen Mumm«, knurrte er leise vor sich hin. Er gab Gas, Steinchen schleuderten auf, er lenkte ein, hätte dabei fast die gemauerte Einfassung des weit geöffneten Hoftores gestreift und bretterte auf der schmalen Landstraße in Richtung Westen. Schon von weitem sah er die blinkenden, blauen Lichter. »Scheiße«, fluchte er, wendete und fuhr in die andere Richtung zurück.

Er raste erneut am Hof vorbei und nahm dann einen schmalen Waldweg, von dem er wusste, dass er ihn an Steinbeck vorbei wieder zurück auf die Landstraße führte. Lipsky fürchtete sich. Das fahle Licht, das aus seinen Scheinwerfern auf die dunklen Bäume des Waldes prallte, machte aus den Stämmen und Ästen Gespenster aus seiner Kindheit. »Weg, weg«, schrie er seinem Lenkrad entgegen. »Haut ab, ich will euch nicht!«

Lipsky überfuhr die Schlaglöcher des Weges, als seien sie nur aus Papier. Alkoholisiert, wie er war, verriss er sein Steuer, fing den Wagen aber immer wieder rechtzeitig ab. Sein Auto sprang wie ein wildes Tier, Lipsky schleuderte auf seinem Sitz nach oben, nach unten, von links, nach rechts. Doch er spürte die Blessuren nicht. Lipsky fuhr wie einer, dessen Ausweg nur ein Ziel kannte. Und wieder steuerte er mit aller Kraft gegen seine Räder, um nicht an einem Baum zu enden, doch sein rechter Fuß schien am Gaspedal wie festgeklebt.

Jetzt näherte er sich dem Parkplatz und der Brücke in Steinbeck, unter der er Elisabeth in einem Teppich in den Bach warf, so, als sei sie kein Mensch, sondern ein Kadaver. Vor ihm blinkte es blau und kalt durch die Nacht. »Verdammt«, fluchte er. Sein völlig unkontrollierter Eskapismus verstellte ihm jede rationale Entscheidung. Wohin jetzt? Nach rechts? Käme er wieder zum Hof zurück. Nach links? Da wartete die Polizei. Geradeaus? Waren die Steilküste und das Meer. Er stoppte für seine Entscheidung nicht. Er gab Gas und fuhr einfach geradeaus weiter. Der tiefe Fall, das Krachen des Autos, als es auf entwurzelten Bäumen aufschlug, die Funken, die dabei entstanden und den Wagen in Brand setzten, die Explosion des fast vollen Tanks – all das versank in einem Geräuschgemisch der tosenden Wellen, die von einem starken Westwind getrieben, ihre eigene, kraftvolle Symphonie dirigierten.

Die Ermittler waren in nur wenigen Minuten vor Ort. Die Scheinwerfer der Einsatzwagen des Spezialkommandos wiesen ihnen den Weg. Sie waren Lipsky in den Wald hinein gefolgt. Das grelle Licht verlieh den Bäumen, den verwucherten Rändern der Steilküste und der aufgewühlten Erde einen gespenstischen Ausdruck. Eva Lindenthal sprang aus dem Auto, gefolgt von ihrer Assistentin und Toni Kielmann. Sie nahmen den gleichen Weg wie schon die Familie Friedensreich auf Ostergeschenksuche einige Tage zuvor. Die starken LED-Birnen ihrer Taschenlampen tasteten den Strand ab und trafen schließlich auf das noch immer schwelende Auto Lipskys. Es lag auf dem Dach im Wasser, umspielt von den Wellen der Ostsee. Die Scheiben waren zertrümmert, das Blech zerknautscht. Vorsichtig näherten sie sich dem stinkenden und qualmenden Haufen Blech. Laura wollte ihr folgen, doch Toni Kielmann hielt sie zurück. »Das ist Lindenthals Part«, flüsterte er leise. »Ermittler brauchen den Moment des Erfolgs.« Laura fügte sich.

Die Kommissarin leuchtete in das Innere des Wracks. Der Airbag der Fahrerseite hatte sich wie ein weißer Riesenchampignon um das Lenkrad gewickelt. Sie leuchtete auf den Rücksitz, dann wieder vom Beifahrersitz zum Lenkrad und den Airbag.

»Ich sehe ihn nicht!«, rief sie alarmiert aus und winkte die beiden anderen zu sich. Der Kommissar und die Assistentin traten, so schnell es der nasse Strandsand zuließ, mit ihren Taschenlampen hinzu. Kielmann beleuchtete den umliegenden Sand. Die Wellen hatten jede mögliche Spur von Absätzen eines Schuhs zerstört.

»Verdammt«, fluchte Eva Lindenthal und kämpfte dabei mit ihrer Stimme gegen den Wind an. »Er *kann* nicht weit kommen, er *muss* schwer verletzt sein.«

»Es gibt noch einen Weg nach oben!« Laura zeigte mit einem Arm auf einen schmalen Kletterweg, der sich vom Strand aus zur

Steilküste nach oben wand. Doch dort leuchteten grelle Lichter der Einsatzfahrzeuge alles aus.

»Kommt!«, rief Kielmann laut. »Wir müssen zu den Spezialkräften!«

Nur mit Mühe erklommen sie den rutschigen Pfad, eine Mischung aus Lehm, Sand, nassem Gras und losen Steinen. Oberhalb des Strands stoppten sie.

»Wer leitet den Einsatz?«, fragte Eva Lindenthal atemlos einen vermummten Polizisten, der ihr am nächsten stand. Der wies mit der Hand auf einen eher kleingewachsenen Beamten ohne Helm, aber mit Polizeiweste und Schusswaffe an der Hüfte. Sie schritt auf ihn zu, reichte ihm die Hand und sagte: »Ich bin Oberkommissarin Lindenthal. Er ist uns entwischt. Das Wrack ist ohne ihn abgebrannt.«

»Das ist ungünstig«, antwortete der Einsatzleiter und wischte sich über seine kurzen, stoppeligen Haare. Er fasste nach seinem Funkgerät und ordnete eine neue Lage an. »Wir haben einen Flüchtigen. Wahrscheinlich verletzt. Ausschwärmen in Zwanzig-Meter-Abständen, neue Absperrungen im Umkreis von einem Kilometer für alle Straßen.« Er sah die Oberkommissarin prüfend an. »Hubschrauber mit Nachtsicht? Würde Ihnen das helfen?«

Eva Lindenthal hob den Daumen. »Wann kann der vor Ort sein?«

»Halbe Stunde? Vielleicht schneller.«

»Gut«, sagte sie. »Was können wir noch tun?«, fragte sie den Polizisten.

»Alle Ärzte im Umkreis anrufen, alle Tankstellen. Er wird seine Wunden versorgen wollen. Vielleicht verhält er sich aber auch wie ein verletztes Tier. Dann sucht er irgendwo Unterschlupf, wo er unsichtbar bleibt und sich ausruht.«

»Oder je nach Schwere der Verletzung stirbt«, ergänzte Kielmann. »Das würde ich ihm wünschen.«

Die Kommissarin blickte ihn missbilligend an. Für sie gab es eine neue Situation. Wäre Lipsky bei seinem selbstverschuldeten Unfall ums Leben gekommen, wäre dieser Tragödie eine persönliche Entscheidung vorausgegangen. Jetzt sah die Sache anders aus. Sie fühlte sich geradezu verantwortlich dafür, dass Lipsky überlebte, im Krankenhaus behandelt und schließlich vor ein Gericht gestellt wurde.

»Der nächste sichere Ort ist sein Bauwagen«, warf Laura dazwischen.

»Ich telefoniere mit unserem Förster«, sagte Kielmann, »er sagte doch, dass er hier jeden Menschen kennt. Vielleicht kann er uns weiterhelfen.«

»Gute Idee«, murmelte Eva Lindenthal. »Komm, Laura«, wandte sie sich ihrer Assistentin zu, »wir peilen die Lage auf dem Hof seiner Eltern. Vielleicht liegst du mit deiner Vermutung richtig.«

Sie wandte sich nun an Kielmann und den Einsatzchef. »Sie übernehmen beide vor Ort. Möglicherweise finden wir ihn tatsächlich über eine Nachtsichtsuche aus der Luft.«

»Ist in Kriegsgebieten meist erfolgreich«, erhielt sie zur Antwort. Sie warf dem Beamten in seiner Kampfuniform einen kalten Blick zu und schnappte ihn an: »Ich hoffe, nur bei der Rettung von Menschen. Nicht beim Töten.«

Sie wartete dessen Reaktion nicht ab, weil sie diese für vorhersehbar hielt. Sie trat einfach weg ins Dunkel. Laura folgte ihr schnell.

»Heißer Feger, die Gute«, kommentierte der Kampfpolizist und nahm erneut Kontakt mit seiner Truppe über sein Funkgerät auf. Kielmann hielt sein Handy ans Ohr.

1.20 Uhr

Der schmale Bach plätscherte kaum hörbar unter der kleinen Brücke in Richtung des Meeres, vorbei an wildem Gras, niedrigen Sträuchern, verrotteten Blättern und vermoderten Zweigen der Bäume. Dort, wo Elisabeth noch vor wenigen Tagen in einem Teppich im Schlamm lag und nur dadurch ihre letzte Ruhe auf einem Schweriner Friedhof fand, weil ein kleiner Junge auf der Suche nach Ostereiern zufällig auf sie stieß – dort lag Jonas Lipsky stark blutend und schwer atmend halb im Wasser, halb an Land.

Seinen Hinterkopf hatte er gegen einer der eisernen Brückenpfeiler gelehnt. Er hörte Stimmen von Männern, die mit ihren Taschenlampen das Dunkel absuchten. Ihre Lichtkegel blitzten nervös durch die Nacht. Er duckte sich jetzt tief hinunter. Doch sie sahen Lipsky nicht. Sie leuchteten nicht unter die Brücke, weil sie nicht wussten, dass hier eines der Opfer gefunden worden war. Sie stellten zwischen der schmalen Brücke, dem plätschernden Bach, dem Opfer und dem Flüchtigen keine Verbindung her. Sie leuchteten in den Wald, auf die Wege, aber nicht auf das Rinnsal unter ihnen. Lipsky richtete sich mühsam wieder auf. Sie entfernten sich mehr und mehr.

Zwischen Lipskys Händen, die er sich mit aller Kraft auf die Wunden an seinem Bauch presste, quoll Blut hervor. Sein Gesicht war rußig, die meisten seiner Kopfhaare verbrannt. Auch die Haut auf seinen Handknöcheln war versengt, teilweise zeigte sich das blanke Fleisch. Von seinen Hosen war nicht mehr viel übrig, ebenso von seinem Pullover, dessen Kunstfasern sich mit der Haut seines Leibes verschmolzen hatten. Lipsky stöhnte vor Schmerzen, unterdrückte aber ihre Laute.

Er spürte, dass er nicht mehr lange durchhalten würde. Er spürte, wie seine Kräfte mehr und mehr schwanden. Er strich mit einem seiner versengten Schuhe über das nasse Gras neben sich.

»Ach, wie läuft dieser Tod herum«, flüsterte er leise und wie zu einem Publikum, »und fängt sich auf allen Seiten Beute. Doch mein Tod zahlt alle Schulden, was soll's …«

Sein Gehirn bäumte sich noch einmal auf.

Er durchlebte gedanklich, wie er das Mädchen im Rollstuhl angesprochen und schließlich in seine Wohnung gezerrt hatte. Wie er sie erst erwürgt und dann missbraucht und schließlich hier abgelegt hatte. Sein innerer Film zeigte ihm nicht nur diese Tat. Er zeigte ihm weitere Versuche, minderjährige Mädchen zu Opfern zu machen, ihnen die Würde zu nehmen, indem er seine Macht und Gier ausspielte und erst von ihnen abließ, wenn er befriedigt war.

»Gott«, flüsterte er leise, die Augen halb geschlossen, »wie stark bist du wirklich?«

Jonas Lipsky verlor die Besinnung.

11

Am übernächsten Tag, Polizeiinspektion

Es herrschte eine teils angespannte, teils betretene Stimmung im wie ein Museum anmutenden Büro des Kommissariatsleiters. Die zwei ermittelnden Kommissare Lindenthal und Kielmann, die Assistentin Laura Derwall und der Kommissariatsleiter Ulrich Timmermann saßen sich auf den Sesseln der ausladenden Sitzlandschaft gegenüber.

Eva Lindenthal ergriff das Wort. »Jonas Lipsky wurde gestern Abend, gegen achtzehn Uhr, von Spaziergängern gefunden, als sie ihrem Australian Shepherd hinterherstiegen, der permanent bellte und partout von seinem Ausflug nicht zurückkehren wollte. Zum Zeitpunkt seines Auffindens war er vollständig entkleidet, also nackt. Auffälligste, äußere Verletzung war das Fehlen seines Geschlechtsteils …«, die Kommissarin unterbrach sich selbst einen Moment lang, »das auch von der Spurensicherung nicht aufgefunden wurde. Die Schweriner Gerichtsmedizin legte Lipskys Tod auf etwa vier Uhr morgens fest. Er lag unter dieser verfluchten Brücke also mindestens vierzehn Stunden. Als sicherste Todesursache nennen die Pathologen eine angerissene Leber, vielfache Rippenbrüche, eine verletzte Lunge durch Knochensplitter und – ich zitiere wörtlich – ›Verbluten aufgrund mutmaßlicher Selbstverstümmelung im Genitalbereich durch eine Ruptur des Venengeflechts im Beckenbereich und der Leiste‹.«

»Ist das bewiesen?«, fragte ihr Vorgesetzter Timmermann. Ihm flogen die Blicke von Eva, Laura und Toni gleichzeitig zu. Er räusperte sich. »Also, dass er … ihr wisst schon … sich den Penis abgeschnitten hat?«

»Nein«, sagte die Kommissarin ruhig. »Ich halte das auch für irrelevant. Und für wen das wichtig ist: Ein zweifelsfreier Beweis dafür kann so oder so nicht erbracht werden, weil dieser Mensch nicht mehr lebt …«

»Es gibt da dennoch ein paar offene Fragen«, warf Toni Kielmann ein.

»Wir hören«, brummte Timmermann. Er drehte ein Zigarillo zwischen Daumen und Zeigefinger. Eva Lindenthal sah interessiert zu ihm hin. Ihr war auch nach einer Zigarette zumute.

»Warum haben die Spezialkräfte den sterbenden Lipsky unter der Brücke nicht entdeckt? Wer hat ihn tatsächlich das letzte Mal lebend gesehen? Waren wir das? Oder war da noch jemand anderes? Wer hat ihm diese finale Verletzung im Genitalbereich zugefügt? Und …«, jetzt beugte sich Kielmann aus seinem Sessel ein wenig vor und sah jeden der Anwesenden nacheinander ernst an, »warum ist Lipskys Wohnung bereits wieder vermietet, obwohl die Leiche noch nicht einmal richtig kalt ist? Haben wir von dort wirklich *alle* Spuren? Wieso kennen wir noch immer nicht die Empfänger seiner schmutzigen Filme, die er mit seinen Kameras gedreht hat? Steckt noch jemand anderes hinter diesen Taten? Wurde er sogar aus dem Darknet heraus dazu angestiftet? Auf seinem Konto sind beinahe 44.000 Euro. Er war ohne Arbeit. Woher kamen die? War das vielleicht sogar ein Judaslohn? Handelte er also vielleicht im Auftrag und ließ sich seine Taten bezahlen, um ein perverses Netzwerk zu befriedigen? Und wie viel standen ihm noch in Aussicht, hätte er weiter gemordet und die Leichen geschändet?« Kielmann lehnte sich wieder zurück und schwieg jetzt.

Eva Lindenthal blickte zuerst auf Ulrich Timmermann. Der wich ihrem Blick aus und vergrub seine Augen in der Scheibe des Fensters seines Büros. Es war ein strahlender Vormittag. Dann suchten ihre Augen Laura. Die nickte kaum sichtbar.

»An die Arbeit, Kollegen!«, sagte Eva Lindenthal mit Nachdruck. »Der Mörder ist tot, aber nicht das Verbrechen!«

SUSANNE RÜSTER
Abgedreht